巧女出頭天 下

文創風 635

織夢者 著

目錄

第三十一章

明玉秀招人只有三項標準：手腳乾淨、衣著整潔、勤懇認真。

事情一商議好，胡衛推著板車就出去了。不消三刻工夫，明大牛家要招短工開作坊的事情就傳遍整個臨山村。一聽說每天有二十文工錢，村裡的老老少少只要閒著沒事幹的，都有些躍躍欲試。

就連已經上了年紀，輕易不挪地的村長大人也激動起來。

今年村裡黃豆氾濫成災，吃也吃不完，賣又賣不掉，不少鄉親最後都拿這玩意兒餵豬狗。他正愁自己這個「罪魁禍首」無顏面對父老鄉親，明家的大丫頭突然跑出來要收購黃豆，這簡直是救他於水火！

村長拄著枴杖，跑到明家院子裡，想要問問到底是啥情況？卻在半道上聽說明家已經分家，明大牛一家子現在住在徐寡婦家，於是立刻又拐了個彎找到徐家來。

明玉秀正準備尋個時間把分家的文書送到村長那裡去備案，正巧村長自己來了，省得她多跑一趟。她扶著老村長坐下，親自去廚房裡炒了幾顆紅棗沖茶，端到村長面前。

村長見明玉秀行事穩重有禮，在心中暗暗點頭。這丫頭倒是與她那上不得檯面的祖母沒有一絲相像。

「秀丫頭，你們家怎麼突然就分家了？這麼大的事情我竟然不知道。」

村長端起紅棗茶，輕輕吹了吹，茶湯入口，伴隨著香濃的茶香，一股焦糖的甜味和清新的棗香也鑽入他的鼻尖。他低頭又抿了一口，頻頻點頭，顯然這茶頗合他的口味。

明玉秀見村長話中並無不悅之意，便放下心來，將昨日發生的事情，一五一十地告訴他，並拿出之前幾人共同畫押的分家文書交給村長。

村長自從上次妻氏和陶銀做了壞事丟他的面子以後，對這兩人是一點好感都沒有，此時一聽這兩人又折騰出這事，當下氣得連連冷哼。

「要不是我年紀大了，我非要把這兩個丟人現眼的東西趕出我臨山村去不可！」老村長吹鬍子瞪眼，想起明玉秀早已過世的祖父，連連為他嘆不值。

「真是難為了繼祖啊！你祖父當年也是咱們村裡數一數二的俊俏男子，就是家裡窮了點，自個兒身子又不爭氣，妳祖母是妳曾祖母聽信一個算命先生的話，硬要說她八字硬，能鎮住妳祖父的命格，讓他能夠多活些年頭，這才不顧妳祖父的意願，將她娶了進來，誰知道……唉。」

村長似是想起了陶銀和妻氏的骯髒事，晦氣地一擺手，將剩下的話嚥了下去。「不提也罷。」

明玉秀沒想到，祖父都已經去世二十年，自己還能從老村長嘴裡聽到這麼一段八卦，心裡也是暗自唏噓。

她就說嘛，祖母不但長得不好，性子也不好，還耐不住寂寞紅杏出牆，她祖父當年是怎麼看上她的？原來其中還有這麼一齣，也不知道是哪個算命的坑了他？

古代就是這樣，婚姻大事乃父母之命、媒妁之言，像明彩兒和王斂那樣的人畢竟是少數，許多人在成親之前，根本連對方是長是短、是圓是扁都不知道。

夫妻兩人第一次見面就是在洞房花燭夜，蓋頭掀起時，不論蓋頭兩端的人長得是何等模樣，都必須乖乖笑納，熄燈造娃。只是像這樣摸瞎湊對的包辦婚姻，又有幾個是真愛？能不能和美地往下過日子，靠得不過就是碰運氣罷了。

「秀丫頭，我聽說妳這回收購黃豆是打算開個作坊？」老村長將手裡的分家文書看了一遍，確認沒有什麼問題，便拿出自己的印章在上面蓋章，然後收入袖袋。

「是的，村長爺爺。」

明玉秀將自己的打算跟老村長備案。村長是臨山村裡最大的官，如果能得到他的大力支持，對她以後要做的事情是有百利而無一害。

明玉秀的一些想法讓村長覺得甚是可行，特別是聽說徐家賣的豆腐並不像傳言那樣，是徐氏的方子所出，而是由明玉秀自己琢磨出來的時候，他的一雙眼睛登時變得亮晶晶的。

「妳妳妳，妳這個丫頭，原來妳這麼深藏不露啊！妳祖母要是知道了，還不後悔死？」

老村長伸出一根手指，隔空點了點明玉秀的額頭，忽然又似想到了什麼，一臉「我很懂」的表情看著明玉秀。「妳祖母把你們分出去，妳心裡其實很高興吧？」

明玉秀無奈地朝老村長笑了笑。「村長爺爺，人都是一心換一心的，包括子女對父母。我祖母怎麼對我，我就怎麼對她，我不是愚孝之人，無愧於心即可。」

村長一愣。這話乍一聽似乎有些刺耳，但是細細一琢磨，確實也有幾分道理。

一個人的出身並不能由自己選擇，子女不能選擇自己的父母是好還是壞，但是父母卻可以選擇對自己的孩子好或不好。如果長輩沒有對晚輩盡到應盡的責任，卻反過來要求晚輩對自己恭敬孝順，實在是有些強人所難。

「秀丫頭，妳這個作坊如果真能辦成，那真是大大解決了我們村眼下的難題啊！妳就放心去做，有什麼需要村裡幫忙的，儘管來找我老頭子開口！」

這些豆子原本都是他叫鄉親們種下的，本意是想給村民們多帶來些收入，誰知道這麼多豆子一下子就滯銷了，不僅沒給大夥兒多帶來錢財，還耽誤了他們一年的收成。有好幾家人已經在暗地裡抱怨他，只是礙於他的身分，不敢說到明面上來罷了。如果這些豆子真能像秀丫頭說的那樣，做成各種各樣的新鮮花樣，確實是個不錯的出路。

村長前腳剛出門，後腳守在門口的村民們便一窩蜂地狂湧而上。

「明丫頭，我是來應徵、我是來應徵的！」

「我也是！我也是！」

明玉秀一看卻是嚇了一跳。小院外面，密密麻麻圍著的全是前來應徵的人，這陣仗，險些讓她密集恐懼症都要犯了。

「噓，你們小點聲，我爹還在病中呢！」

明玉秀伸手放到唇邊做了個噤聲的動作，但人群的沸騰依然如炸開了鍋，衝在最前面的幾個人爭先恐後地往明玉秀跟前湊，生怕自己晚一步就會落下。

明玉秀見眾人這般不識趣，只顧著自己，根本不考慮屋中還有病人，她的面色迅速冷了下來。「好啊，既然大夥兒這麼熱情，那咱們現在就比比誰的嗓門最大，咱們就先將誰篩掉！」

大夥兒聽到這句話，立刻噤口，院子裡一下子就安靜下來，明玉秀心中暗暗搖頭，不知道這算不算是犯賤？

「有意報名的，隨我到外面來。」

明玉秀話說完，率先走到院外。距離徐家百步外有一片空曠的場地，是村民們秋收後用來打稻穀的稻場，人群隨著明玉秀聚集到稻場，開始選人進作坊。

明玉秀已經想好作坊的場地。胡家的房子寬敞，慕汀嵐買下房子後便沒怎麼去過，等他晚點過來她再與他商議一下，暫時就將胡家作為她的生產基地，相信慕汀嵐一定會同意的。

「胡大叔應該已經將我選人的標準告訴大夥兒了，這二十文錢的工錢雖然很高，但是要拿到手裡並不容易。」

陸氏現在繡一條帕子也就賺個三文錢，要繡出七條帕子得盯著繃子，從早到晚繡上五、六個時辰，二十文的工錢對於臨山村的村民來說，確實算得上是高薪。

村民們沒有去想明大牛家是怎麼一下子發家了，畢竟大夥兒前段時間都曾看到，有個貴族公子在明家出入頻繁，想必他們家自有門路吧。

「秀丫頭，妳說的要求咱們都符合，妳就放心聘咱們吧！」

一個穿草綠色對襟襖子的大嬸率先從人群裡鑽出來，朝明玉秀咧咧嘴。

「是啊！咱們不偷不搶，都是勤懇的老實人，就是這衣著嘛，嘿嘿……」那大嬸旁邊的黑臉漢子，有些不好意思地摸了摸頭。

他的話還沒有說完，身旁一個穿著紫紅色褂子的小媳婦就道：「咱們知道妳是想做吃食，怕我們穿得不乾淨糟蹋了糧食，但是咱們平時給自家做飯也是穿的這身衣裳啊，要那麼乾淨幹啥？下了地，還不是一會兒就弄髒了？」

明玉秀聽了幾人的話，抿唇笑了笑。「嬸子說得有道理，但我只需要二十人，這麼多人來應徵，我總得提幾個篩人的條件吧？不然都是鄉里鄉親，我得罪誰都不好啊。」

眾人一聽明玉秀這話，頓時也覺得是這個理，之前有幾個覺得明玉秀這些條件有些做作的村民們，也都無話可說了，紛紛睜大了眼睛看著明玉秀。

「都說親兄弟明算帳，既然大家都沒有意見，我就將我的規矩與你們說說。」明玉秀踩上一塊用來碾稻穀的石滾子，居高臨下地看著眾人。

「雖然我年紀小，不如各位叔嬸爺奶閱歷深，但我行事也有自己的一套準則，咱們把醜話說在前頭，進了我的作坊，就是我的員工，吃不了苦、想要靠鄉里交情偷懶耍滑者，現在就可以離開了。」

明玉秀說得毫不客氣，甚至隱隱有些上位者的氣勢，聽得眾人心中心思各異。

「這怎麼會呢？咱們可都是老實人，怎麼會偷懶！秀姊兒，妳這麼說鄉親們是不是有點過分了？」那身穿紫紅褂子的小媳婦見明玉秀這般說話，心裡有些不舒服，嘴角微微下撇。

「是啊，妳別手裡有幾個小錢，就開始瞧不起鄉親們了啊！」人群裡又冒出一個人來，明玉秀定睛一看，居然是她那個來路不明的三叔陶鶴橋。

哼，這人還真是有意思。自從除夕那天開始，陶鶴橋這半個月基本就長住在明家了，婁氏正屋裡，本來用來吃飯的那間房都給他收拾了出來。昨天分家時，陶鶴橋正好回陶家取衣服，沒趕上家裡那齣大戲，沒想到這會兒又冒了出來。

「既然大夥兒都這麼說，那願意來上工的，就把這合同簽了吧！」

明玉秀無所謂地撇嘴一笑。人是有劣根性的她知道，老闆和員工也不可能真的做朋友，因為他們有的只是利益關係而已，她從一開始就沒有想過，要站在平等的位置去對待來作坊工作的這些村民。

「什麼？還要簽合同？妳這合同上面寫的都是些什麼呀？不會把我們賣了吧？」那年輕小媳婦一聽還要簽合同，立刻變了臉，緊張兮兮地看著明玉秀。

「當然不會，合同上只是寫了我說的那三條規矩，若誰違反了規則，便按照月薪的十倍賠償我。」

十倍？一天二十文，一個月就是六百文，十倍就是六兩銀子！這誰賠得起啊？

「妳、妳這是想坑我們吧！」還沒掙到錢就要先簽這令人傾家蕩產的合同，這樣突如其來一紙文書，一下子便擊退了一大半人的熱情。

「大家都是老實人，只要你們認真做事，這賠償條款自然威脅不到你們，如果是打著主意不想認真幹活的，不簽便是。」明玉秀雲淡風輕地回答，不在乎村民們的退縮。如果這樣一個普通的賠償條款就能把人給嚇跑，說明這些人也不是誠心來幹活的。

「我簽，我願意簽！」就在這時，嘈雜的人群裡，忽然站出一個頭髮有些枯黃，面上有些倦容的年輕女子，正是村裡趙老頭的兒媳婦柳枝。

柳枝是前些年，趙老頭從人販子手裡買回來的一個外地姑娘，趙家的兒子趙松是家裡的獨子，趙老頭又是中年得子，家裡上上下下對這個兒子可謂是寵上了天。

趙松平時什麼也不用幹，睡醒了、吃飽了就是遊手好閒地四處亂晃，偷雞摸狗、拈花惹草，什麼來勁他就幹什麼。

沒奈何趙家家境不好，趙老頭寵不了趙松一世，給不了他一直衣來伸手、飯來張口的生活，又將他養得四肢不勤、五穀不分，等趙家人發現孩子長歪時，為時已晚。

趙松成年以後，對物質的要求越來越高，但是家裡條件就那樣，爹娘都是土生土長的莊稼人，就連兒媳婦都窮得娶不上了，柳枝還是他爹走了歪路，從人販子手裡買回來給他當媳婦的。

為了這事，趙松沒少被他那群狐朋狗友笑話，他的脾氣就這樣變得越來越差，平時稍有不順心，就朝家裡人發火，遭殃最多的就是他的媳婦兒柳枝了。

趙老頭和趙大娘也是被趙松反覆無常的脾氣，折騰得心力交瘁，平時沒少埋柳枝抓不住趙松的心。

平時家裡有什麼苦活、累活都交給柳枝去做，一有不滿，輕則吼罵、重則動手，就這樣，柳枝這個苦命的女人不到二十的年歲，硬生生被搓揉得像個三十歲的婦人。

之前衝在最前頭、嚷嚷聲最大的幾個人，見柳枝這般傻乎乎地應了明玉秀，紛紛打起了退堂鼓，默不作聲地往後退去，而一直被他們擋在身後的那些人便站到了明玉秀跟前。

「秀丫頭，我們也願意簽，妳把我們留下吧！」

「是啊，咱們會努力幹活的！就像給自家做吃食一樣講究！」

第三十二章

明玉秀打量幾人的衣著，雖然他們身上穿得都不算新，但是補丁打得齊整，清洗得也十分乾淨，看得出來都是平時比較注重衛生的人，她在心裡暗暗點頭。

她又瞧這些人的年歲都不算很大，男男女女都有，最大的大概四十五、六歲，便拿出一摞合同，讓他們一一簽下，簽到最後，比預期中多了四、五個人，她也全都留下了。

「今天大家先回去，把家裡的事情安排好，明天巳時再來胡家，我教大家如何分工。」

人群散去以後，明玉秀瞥了一眼匆匆忙忙往明家去的陶鶴橋，不知道婁氏知道他們這邊的動靜以後，會做何反應？

吃過午飯，胡衛從外面拖了七、八十袋黃豆回來。村民們為了讓自家豆子盡快被收走，紛紛自覺地將黃豆摘下來裝到了麻袋裡，每個袋子一百斤，好方便胡衛前來驗收。

明玉秀將陸氏、徐氏和周氏聚集在一起，然後取出黃豆，將榨豆油、製作醬油和豆瓣醬的方法，詳細地畫在紙上，講解給她們聽。

決定經營這三種商品是她仔細考慮了良久的，油是每家每戶一日三餐的必需品，豆油又比豬油的成本低，口感也好，日後必定能成為美食主流。

而醬油和豆瓣醬在現代是兩種百吃不厭的調味料，相信在古代也不愁銷路，這三種豆製品比起人們偶爾吃一次的豆腐來說，更有發展前途，也更有大量生產的價值。

除了榨豆油比較麻煩之外，醬油和豆瓣醬的操作相對簡單一些，只是這兩樣耗時太久，要四個月到一年的時間才能釀製完成。

這個時代沒有榨油機器，榨豆油需要大量的勞力去運作，為了省時省力，明玉秀在腦海裡琢磨了一下木製榨油機的大致結構。想清楚後，決定先去鎮上與上次做豆腐模具的那家木匠再討論一下，希望能做出榨油機來減輕人工勞作，讓前來上工的人不至於那麼辛苦。

到時候，她先安排人把做醬油和豆瓣醬的前期工作處理好，接著在等待釀製的時間，一心一意榨豆油就行了。

有多的工夫，她還可以做點豆腐乳、臭豆腐、豆乾、豆花……這麼多產品，想一想她就覺得，以後的生活必定會很美好。

陸氏三人聽了明玉秀的一番解說，簡直有如聽到了天方夜譚，她們如何都不能想像，秀兒一個小丫頭，腦子裡怎麼會有這麼多千奇百怪的想法？

但又見她說得有鼻子有眼，也都信了七、八分。

幾個人在屋內商量了好一會兒，徐家的院門突然被人拍得砰砰響。

明玉秀一聽屋外那激動得破音的大嗓門，立刻就知道是誰，她朝陸氏眨了眨眼睛，示意她先回房去照顧明大牛，然後自己施施然走到了門外。

婁氏領著陶鶴橋和文氏，怒氣衝衝地站在徐家門外大聲叫罵。

「好妳個不要臉的徐婆子！攛掇我兒子、兒媳跟我分家，還把我家的財產都偷偷捲走，妳是想錢想瘋了吧！」

明玉秀挖了挖耳朵。她這個祖母還是一如既往地厚臉皮。她懶得再跟婁氏講理，一腳踏出院門，自顧自地朝門外走去。

「秀姊兒妳給我站住！妳這個賤蹄子，偷拿家裡的錢去貼補徐家，還幫徐寡婦開作坊！妳個吃裡扒外的狗東西，妳身上到底流得誰的血！」

婁氏見明玉秀看見她跟沒看見似地就要往外走，連忙一把扯住她。「妳想去哪兒？今天不把從家裡偷出去的銀子給我交出來，別怪我這個祖母大義滅親！」

明玉秀不耐煩地一把甩開婁氏的手，冷冷地看著她道：「祖母？我們都已經斷絕關係了吧？而我，我只是去村長家一趟，順便跟村長爺爺探討一下白礬和清油的特殊效果。」

婁氏的臉頓時一僵，伸出手，哆囉哆嗦地指著明玉秀。「好妳個惡毒心腸的小娼婦！之前跟個來路不明的男子不清不楚，我都還沒說妳呢，妳居然敢拿村長壓我！」

婁氏方才乍一聽到陶鶴橋說起明大牛一到徐家以後，立刻就腰纏萬貫，馬上就急紅了眼，不管不顧地跑到徐家來準備大鬧一場。這時候聽明玉秀又拿之前驗親作假的事情來威脅她，心裡真是十分不爽。

「壓沒壓妳，村長爺爺自有公斷。」明玉秀話說完，將婁氏拋在身後，大步朝前面走去。她爹還在屋裡躺著呢！為了不打擾到他休息，她必須將這件事情速戰速決。

婁氏見明玉秀那態度堅決得不似作假，心裡一驚。莫非這丫頭，真的要去村長那裡告發自己？這滴血驗親、使用清油的點子，就是這丫頭自己想出來的啊，她能這麼傻去揭穿自己嗎？

「妳給我站住！站住！」

婁氏心裡一慌，連忙邁著大腳，兩步追上了明玉秀，一把抓住她的衣領，狠狠往後一扯，那模樣、氣勢，儼然是要動手教訓明玉秀了。

明玉秀猝不及防地被婁氏扯了個倒仰，眼看就要摔到地上去，她心裡一驚，暗道自己這回要慘了。後腦著地，可千萬別把她給摔傻了啊！

就在這千鈞一髮之際，遠處有一抹天青色的身影踏空而來，轉瞬就到了眾人眼前。那男子身形如電，眨眼間就將明玉秀抱了個滿懷，兩人腳剛站穩，慕汀嵐便立刻放開明玉秀，朝她淡淡施禮道：「在下方才救人心切，得罪了明姑娘，還望姑娘海涵。」

明玉秀感覺慕汀嵐剛才放開自己時，他的手似乎還在她腰間捏了一把，此刻被他捏到的那一處，隱隱有些酥麻，又見他一本正經地在那裝模作樣，她的嘴角忍不住抽了抽。

山兒果然是慧眼識人，這慕汀嵐就是個登徒子！大色狼！

幾人剛站定，跟在慕汀嵐後的慕汀珏，和軍營裡的王軍醫也都走上前來，他們身後還跟了幾名貼身保護的侍衛。

婁氏見那幾名隨從皆是身著鎧甲、腰間攜帶佩劍，立刻領著文氏和陶鶴橋遠遠地退開，然後灰溜溜地跑回自己家。明玉秀的這個貴人一來，今天他們是占不到什麼便宜了。

「不是說晚飯時才來嗎？怎麼來得這麼早？」明玉秀看了看天，然後將自己被婁氏扯亂的衣領理了理，朝慕汀嵐問道。

慕汀嵐將昨日向胡衛詢問的一些細節以及回去與軍醫商量的結果，告訴明玉秀。

「我與軍醫打算先去落峰崖查明情況。據胡衛所說，妳爹出事時，他們正是在靠近天青湖的那一面山崖上。」

軍營裡染病的將士越來越多，此事已經是十萬火急，容不得片刻耽擱，明玉秀深諳其中道理，進屋與陸氏細細交代了一番，出來便朝慕汀嵐道：「我與你同去吧，說不定能幫上什麼忙。」

「這怎麼行呢。玉姊姊，妳可是個女兒家，又不會武，萬一遇到危險怎麼辦？」慕汀玨不贊同地朝明玉秀擺擺手。「眼下要不了一個時辰天就該黑了，妳還是待在家裡等我們消息吧，我還想回來吃妳做的飯呢！」

「不，我想去，我想知道我爹到底是如何出事的？就讓我去吧，好不好？」明玉秀的前半段話是對著慕汀玨說的，後半句卻是目光灼灼地盯著慕汀嵐。

慕汀嵐朝她無奈一笑。「那就一起去吧。記得跟著我，不要自己到處跑。」

「嗯，不過……先等等！」明玉秀忽然想起胡衛的隱瞞，覺得這件事情還是跟慕汀嵐確認一下比較好，她不放心地問道：「你昨天去問胡大叔，有沒有問出什麼有用的消息？我總覺得他對我們有所隱瞞。」

慕汀嵐心中對於明玉秀的聰明和敏銳生出一分讚賞。明玉秀是一名生長於鄉野的農家姑娘，無人教導、無人指引，她能察覺到這其中的不同尋常，很是難得。

「他確實有所隱瞞，不過不是什麼壞事。」

原來明大牛昨日滑落山崖之後，胡衛第一時間便想找根藤蔓下崖救人，誰知道他剛轉身，就聽見「砰」的一聲，回頭看明大牛已經被人從崖下拋了上來。胡衛探頭朝山崖下看去，才發現雲霧繚繞的半山腰上，隱約有個山洞，洞口站著幾個身著奇裝異服的怪人。

「骯髒的大寧人，要死滾遠一點！不要污了我們的聖湖！」為首那一人嫌惡的語氣，如同明大牛是一件發臭的垃圾，還向胡衛威嚇。「要是膽敢把我們的行蹤報告你們寧皇，你們全村人就等著陪葬！」

胡衛受了那幾人威脅，害怕牽連身家性命，這才將此事隱瞞下來，昨日慕汀嵐前去詢問時，胡衛猶豫再三，還是將事情的經過告訴他。

明玉秀聽慕汀嵐這般說，心裡暗道，如果這夥人真的存在，那他們絕對是敵非友，而且，他們在青城山上挖個山洞是要幹麼？

「大哥，胡衛所說是真是假，我們找到那個山洞進去看看不就知道了？」慕汀玨摸了摸額頭，有些不解。

「不可打草驚蛇，萬一真的是南詔人搞的鬼，那麼他們所圖必定不小。」

青城山這麼大，要想藏什麼、造什麼，在山體中心挖個地下空間，完全是絕對隱秘的好地方，估計那夥人看胡衛只是個沒見過世面的鄉野村夫，絕不敢亂說話，又擔心出了人命會引人注意，這才輕易放過他。

「我倒覺得那夥人極有可能是南詔人，南詔人就是把天青湖叫作聖湖。」站在一旁一直默默聆聽幾人談話的王軍醫，緩緩開口。

在場的幾個人陷入了沈思。這麼說，就是南詔人在落峰崖附近搞鬼了。

「這樣我們更要去看看了！」慕汀玨從影衛手裡牽過馬，說走就走。

「要不，我們把黑虎也帶上吧！」明玉秀話畢，朝院子裡喚了一聲，黑虎很快就聞聲跑出來。

這段時間牠一直待在家裡養傷，雖然腿傷還沒有大好，但是一般的行走已經沒有大礙。動物本有敏感的危機意識，黑虎又格外通人性，帶上牠興許能幫上點忙。

趁著這會兒天色還大亮，幾人沒有多耽擱，集體上山。落峰崖上奇花異草繁多，大多雜生在北邊的玉松林中，玉松林終年瘴氣密布，等閒人不敢輕易進去。

慕汀嵐將明玉秀拉上馬，讓她坐到自己身前；慕汀玨載著軍醫和黑虎，幾人策馬繞過玉松林，直往落峰崖而去。

不到半個時辰，幾人已抵達明大牛出事的那面山崖，明玉秀從馬背上跳下來，指著遠處渾圓的一輪落日，回頭朝慕汀嵐道：「哇！這裡的景色可真漂亮！」

慕汀嵐將馬拴好，看著明玉秀興高采烈的模樣，從懷裡掏出帕子，擦了擦她額頭上的汗，然後將帕子塞到她懷裡。

「唔！」這時，一直跟在慕汀嵐身後貼身保護的慕四，突然皺緊了眉頭，伸手捂住了胸口，垂下頭，艱難地大口呼吸。

「阿四，怎麼了？」慕汀嵐見狀況不對，警覺地回過頭，一把扶住快要倒下的慕四。只見慕四的額頭上，汗珠瞬間驟如雨下，手上已有大片的白斑，以肉眼可見的速度，一點點地蠶食正常的皮膚。

王軍醫見勢頭不對，連忙跑到幾人跟前蹲下，替慕四檢查起來。

「將軍，這裡不對，這症狀和軍營裡發病的人一樣！我們快走！」王軍醫的眉頭皺緊，就在這時，跟著幾人一起前來的其他六名影衛也紛紛倒下，個個面色如紙，與慕四毫無二致。

「這是怎麼回事？他們……」慕汀玨慌亂地上前一一察看這些影衛。這些都是跟隨兄長許多年的生死兄弟，他們可千萬不要出事！

「汪汪！汪汪汪！」

幾人眉頭緊鎖之際，蹲在馬背上的黑虎突然大聲叫了起來，似是察覺到什麼，不顧腿上的傷，從馬上一躍而下，衝到懸崖邊，朝崖下叫喚起來。

「黑虎一定是察覺到什麼異樣！」明玉秀跟著走到懸崖邊朝下看了看。崖下此時大霧蔽目，能見度太低，她根本看不清什麼。

黑虎見明玉秀似乎看不出什麼不同，又顛顛地跑到慕汀嵐跟前，用嘴咬著他的衣襬，將他往崖邊拖。慕汀嵐見黑虎有所發現，當機立斷地吩咐慕汀玨。「汀玨，你和軍醫將影衛送回軍營醫治，快！」

似乎是想到了什麼，慕汀嵐又叮囑道：「你和軍醫騎我們的汗血馬，切記！那幾匹烏血馬暫時不要接觸了！」

「大哥，你是說……」難道影衛們突然發病，與這烏血馬有關？這烏血馬可是今年皇上特地賞賜給西營的啊，皇上為什麼要害他們？

「我也不確定，現在來不及與你多說，你按我說的去辦！快回去！」

慕汀嵐不能肯定這種異狀是否與這些烏血馬有關？只是為何他們一路同來，只有影衛出事，而他們幾人卻都沒事？他向來都是與自己的士兵們同吃同喝，這次上山來，唯一的不同之處，就只有他們所騎乘的馬不一樣。

除此之外，他再也想不出別的什麼不同來。

第三十三章

慕汀玨和軍醫救人心切，連忙用馬韁將那幾匹烏血馬綁起來，再去周遭砍了一些樹枝，編了個簡易的筏子，將病發的影衛們放到筏子上，往軍營匆匆而去。

「我們現在怎麼辦？」明玉秀探頭朝山崖下看了看，一時沒了主意，眼巴巴地看著慕汀嵐，等待著他的指令。

「我要下去看看，這崖下一定有什麼詭秘。」慕汀嵐若有所思地盯著懸崖下那一片茫茫的白霧。

「那我現在就去砍藤蔓。」明玉秀說完就轉身往遠處跑，突然似想到什麼，又摸了摸頭，回頭朝慕汀嵐道：「你有刀嗎？給我把刀。」

慕汀嵐皺眉，不放心地撫了撫明玉秀的頭髮。「秀兒，這裡比我想像中危險，趁現在天還沒黑，妳先回去，在家等我，記得晚上給我留飯。」

明玉秀見慕汀嵐想要獨自下崖，噘了噘嘴，有些沮喪，但又想到自己並不會武功，堅持跟他下去，恐怕只會拖累他罷了。

「聽話，這把刀妳拿著防身。」

慕汀嵐見明玉秀情緒有些低落，從懷裡掏出一把匕首塞到她手裡，又見她長長的睫毛低垂，在夕陽的餘暉下宛如一排小扇子，忽然笑了起來。「妳的睫毛好長。」

明玉秀一愣。這畫風怎麼轉變得這麼快？

「那我拔下來給你，你會帶我下去嗎？」明玉秀說著，伸手就要去扯自己的睫毛。

慕汀嵐抿唇笑出聲，連忙按住她，順手將她一把攬到自己懷裡揉了揉。「拔下來就醜了，我可不要。」

男子身上薄薄的梨花香混合著淡淡的汗意，將明玉秀從頭到腳裹得嚴嚴實實，兩人之間似乎一下子變得寂靜無聲。

明玉秀的小臉紅紅，她閉上眼睛細細聆聽，似乎能聽見怦怦的心跳聲在響動，也不知道是他的還是她的？

慕汀嵐撫了撫明玉秀落在腰後的長髮，輕輕拍了拍她的背。「快回去吧！晚點天黑了就不安全了。」

「哦……」明玉秀恍恍惚惚地看了慕汀嵐一眼後，才愣愣地領著黑虎朝山下走去。

直到看不見少女窈窕的身影，慕汀嵐這才轉身，從樹林草叢中砍了些藤蔓枝椏，編了根長而結實的藤索，將藤索綁在臨近懸崖的一棵大樹上，自己拉著藤索，慢慢往山崖下滑去。

懸崖陡峭，極不好落腳，縱使慕汀嵐有輕功在身，行動也十分緩慢；越往下溫度越低，眼前白茫茫的一片，什麼都看不見，只能憑著感覺一點點往下挪。下移了大約一刻鐘，直到隱約能聽見嘩嘩的流水聲，慕汀嵐才往下一看，終於發現胡衛口中所說的山洞入口。

他將藤索在自己腕上纏了幾圈，然後使足力氣，騰空一躍，眨眼落在山洞前的空地上。

人剛站穩，忽然就聞到一股奇異的花香迎面撲來。

慕汀嵐連忙從懷裡掏出一顆百草丸含在自己舌下。這顆百草丸乃明月谷內天下第一神醫世家柳家所出，素有百毒不侵之奇效，這個山洞來歷不明，還是謹慎些得好。

慕汀嵐仔細打量了一下四周，見這山洞裡陰暗潮濕，除了光禿禿的石壁之外，什麼都沒有，若說它是個重地，卻連個把守的人也無，實在是蹊蹺。

為了不被人發現，慕汀嵐並沒有點火摺子，孤身往山洞深處走去。越往深處走，這股奇異花香味越濃，走了近一刻鐘，慕汀嵐便感覺自己的眼前有一些模糊。

他伸手揉了揉眼睛，再睜開時，眼前忽然出現一大群身著鎧甲、手執利刃的士兵，這些人身上的衣著竟然還都是陳國服飾！這是怎麼回事?!

「慕汀嵐！你殺我飛沙關數萬將士，今天就要你給他們的英魂償命！」

「狗賊拿命來！」

敵人勢如猛虎，慕汀嵐立刻抽出佩劍嚴陣以待，然而，眼前的人卻突然變成自己的母親。

「嵐兒，你爹心裡只有那個賤人和賤人生的兒子，根本沒有我嵐兒和珏兒，更沒有我這個結髮之妻啊！嵐兒，你幫娘殺了你爹吧？殺了你爹，那個賤人就沒有依仗，她就不敢在我面前囂張了！我們殺了你爹吧！

「你不肯殺你爹？好，那你就殺了娘！殺了娘，娘便不會再這麼痛苦了！」

不，這不是真的，這些都是幻覺！

慕汀嵐閉上了眼睛，強迫自己的心冷靜下來。他的心裡十分清楚，眼前看到的這一切一定是幻象，自己明明身處落峰崖下的山洞裡，他的母親是絕對不可能出現在這裡的。

「哼！你不過是個靠走後門才進來的關係戶，有什麼資格統領我們天策軍？」

「就是！有本事將鳴沙城收回來，再到我們面前逞威風！」

「一個毛頭小子而已，我們憑什麼要聽你的！」

縱使慕汀嵐心知自己深處幻境，但他耳邊各種各樣的叫嚣仍在繼續，眼前越來越黑，腦中如同炸裂般的疼痛，快要將他撕裂，他長劍一揮，克制著想要毀滅一切的衝動，緊咬雙唇，在心中大聲嘶吼——都給我閉嘴！

銳利的眼眸瞬間睜大，正當他欲神擋殺神、佛擋殺佛的時候，面前的一切卻又在他睜眼的瞬間，全都化作了齏粉。

慕汀嵐將舌下的百草丸吞入腹中，伸手朝自己周身幾處大穴點去，試圖護住自己的心脈。揮去了腦中那些雜亂紛擾的思緒，他定了定心神，再度往前走。空曠的山洞裡，清風徐徐，才拐過一個轉角，他的面前出現了一大片花海。

花海裡的植株葉片碧綠，花朵五彩繽紛，莖株亭亭玉立，蒴果高高在上。

慕汀嵐眼前的模糊感越來越重，他騰空躍起，踏花而去，伸手從最近的一處撈起一株無名花，然後立刻按照原路，從山洞裡退了出去，迅速地攀上吊在洞口的那根藤索。

被山澗裡的冷風一吹，慕汀嵐頓時感覺自己清醒許多，怕將這株花草揉壞、撞壞，他便順手將它插在自己的腦後，然後抓著藤索，一步一步向上攀爬。因為視野角度，上去比下來時容易得多，不到小半刻，他已經隱約能看見下來時的那棵大樹。

就在慕汀嵐將要翻身躍上懸崖的當口，喀嚓一聲，承載著一個成年男子上下兩回的藤索，已有斷裂之勢。雖知腳下即是浩淼的天青湖，掉下去不一定會摔死，但是這麼高的距離，萬一殘了怎麼辦？

眼看著藤索一點點斷開，千鈞一髮之際，慕汀嵐不敢再用力去拽住繩索。

為今之計只有賭一把了！

他打定主意，將全身上下所有的力氣都聚集在雙足之上，然後借著藤索最後一絲助力，雙足輕點，如一隻展翅的雄鷹，穩穩地落在了懸崖邊。

那根已經斷裂的藤索在他翻身的那一刻，與他錯身而過，墜落在無盡的深淵中。

就在慕汀嵐雙腳剛站穩之時，他的眼前突然一陣迷濛，方才在山洞裡的那種恍惚感，再度襲來，使他的身子不由自主地往身後倒去。

身下即是萬丈懸崖，可是他的腦中一片模糊，根本無法控制自己，眼看著就要任由自己的身體落入山澗，突然一道清麗的喊聲落入他的耳中。

「慕汀嵐！」

隨聲而至，一隻粉白的小手突然伸到慕汀嵐面前，用盡全身的力氣，緊緊地拽住他的手，往自己身後帶去。

慕汀嵐被這突如其來的力量拉回了懸崖邊，兩人一下子跌坐在地上。

「你是怎麼回事啊，慕汀嵐？」明玉秀氣喘吁吁地撫著自己狂亂的心跳。真是嚇死她了！

明玉秀伸出五指在慕汀嵐眼前晃了晃，見他雙目無神沒有反應，又從腰間取下自己隨身攜帶的水壺，倒出一些清水，輕輕地拍打在他的臉上。

現在還是初春，清水冰涼，慕汀嵐不一會兒便回過神來，發現自己坐在地上發呆，而明玉秀正像隻勤勞的小母雞一樣，不停地圍著他焦急打轉，心中便是一暖。

「不是叫妳回去了嗎？怎麼又跑回來了？」

「你清醒了？你剛才想什麼呢？我一來就看見你直直往崖下倒，嚇死我了，你是不是中邪了？」明玉秀嘰哩呱啦吐出一大串責問。之前她是被慕汀嵐那溫柔地一抱晃了心神，等她意會過來，自然就跑回來了。

就算她不能下崖，至少應該在崖上等著慕汀嵐，萬一他沒有上來，她也好早點去給慕汀玨他們報信啊！

結果她一來就看見，慕汀嵐跟被鬼上身了一樣，直直往山下倒，要是她再晚來一步，估計他們今天晚上就該去天青湖裡給慕汀嵐打撈屍體了。

慕汀嵐伸手揉了揉自己的腦袋。這真是太詭異了，他剛才怎麼會又陷入了幻覺呢？明明自己已經不在那山洞裡了，難道是……這朵花嗎？

他伸手將自己插在腦後的那朵無名花給取下，放到眼前細細端詳。

「咦？這是冷香草啊！」

明玉秀睜大了眼睛。前些日子，隔壁村有人在落峰崖上採過冷香草，據說還在漢中府的大藥房裡賣出了高價，村裡很多人都央求那人畫下樣子，好讓他們照著圖去碰運氣，她正巧在外面見過。

「妳說這是冷香草？」慕汀嵐疑惑地看著明玉秀。

「嗯，據說這是味藥材，我覺得你還是拿回去給王軍醫看一看。」明玉秀將自己對於冷香草的所知，簡單地告訴慕汀嵐。「我們隔壁村那人也是在落峰崖附近採到的，覺得可能是草藥，便託人拿到府城去賣，還賣出了高價。」

慕汀嵐盯著那株冷香草若有所思，突然他似想到了什麼，連忙從自己的衣襬上撕下一大片布料，將這朵妖豔的冷香草包在其中，掩去了它的香味。「走吧，我們先回去。」

「嗯！」

慕汀嵐從大樹旁牽過自己的汗血馬，將那個包著冷香草的小布包繫在馬鞍下，然後載著明玉秀一起往山下走，此時天色漸黑，天邊一輪落日如同鑲嵌金邊，徐徐西下。

「妳又救了我慕家男兒一命，不知道這回想要什麼報答？」

晚風輕拂，慕汀嵐將下巴擱在明玉秀的頭頂上，聲音裡帶了一絲輕鬆的愉悅。

「嗯？報答嗎？」明玉秀認真思考了一會兒。「不如，你再給我一千兩？」

「小財迷。」慕汀嵐嫌棄地用下巴碰了她一下，接著又道：「不如，我以身相許吧？」

明玉秀嘴角彎彎，心裡甜甜。慕大將軍又開始撩妹了。

她俏皮地一笑。「好啊！不如就現在？」

「為夫竟不知道娘子如此急切。」慕汀嵐好笑地揚了揚馬鞭，有一下、沒一下地抽打著胯下的駿馬。

男子灼熱的氣息噴灑在明玉秀的耳邊，使她不自然地側了側身，回頭想要提醒他，孰料一轉身，碰上了慕汀嵐正湊過來的溫熱唇瓣。

慕汀嵐原本是想將追求的節奏放慢些，這樣才顯得出他對明玉秀的看重，但是此刻溫香軟玉在懷，又是自己心愛的姑娘自己送上門來任君採擷，他愣了一愣，片刻沒有猶豫，埋頭下，輕輕吻住了她嫣紅的薄唇。

回到徐家時，明玉秀摀著臉率先下馬，一溜煙衝進了廚房裡準備做晚飯。慕汀嵐面上倒是一片雲淡風輕，他與陸氏打了聲招呼後，徐徐來到了明大牛的榻前。

明大牛見慕汀嵐進來，連忙想要起身與他行禮，慕汀嵐趕緊上前一步攔住了他。開玩笑，這可是未來老丈人，要是讓秀兒看見她父親帶著傷給自己行禮，那可怎麼得了？

「明大叔，這是我帳中軍醫自己研製的一味骨傷良藥，專治骨折、骨裂，一日三次，一次一丸，您配合著許大夫配的湯藥來喝。」

慕汀嵐從袖袋裡拿出一個白瓷瓶交到明大牛手裡，與他細細叮囑了養傷的細節，不一會兒，陪著徐氏和周氏在屋裡磨豆腐的明小山聽見慕汀嵐來了，立刻屁顛顛地跑到他跟前。

「姊夫！」

明大牛和慕汀嵐俱被明小山這一聲叫喚給嚇了一跳，慕汀嵐小心翼翼地打量明大牛的神色，也不明白自己為什麼會這麼心虛？

見明大牛的面上只有震驚沒有震怒，他的心裡便放心不少，豈料陸氏這時候也從門外走了進來，慕汀嵐剛放鬆的神經，一下子又緊繃起來。都說醜媳婦見公婆才會心裡惶惶，他這麼年輕有為、英俊瀟灑，岳父、岳母不會看不上他吧？

陸氏沒有明大牛那麼罕言寡語，她方才在門外就已經聽到，明小山那一聲高亢嘹亮的「姊夫」了，又見女兒回來時唇上那一抹不正常的嫣紅，心裡哪裡還有不清楚的？

現在連山兒這稚兒都已經知道，只怕這兩個孩子已經在自己看不到的地方，互生情愫了。

「慕將軍。」陸氏在心中積壓了許久的話，今日總算是逮住了機會，要與慕汀嵐開門見山地說上一說。

慕汀嵐見陸氏面上一片嚴肅，全然沒有往日的和藹可親，他的神色也鄭重許多，朝她拱了拱手，行了晚輩禮。「大娘請講。」

陸氏望著慕汀嵐對自己恭敬有加的模樣，心中一嘆。

唉，這孩子當真是個好孩子，不是她想棒打鴛鴦，而是她和夫君實在給不了秀兒與之匹配的身分啊！門戶間的地位懸殊太大，對於孤身一人嫁去夫家，又毫無依仗的女子而言，實在不是良緣。

第三十四章

「汀嵐啊……」陸氏見慕汀嵐對自己行了晚輩禮，便也站在一個長輩的立場開口。「你也許不瞭解我家秀兒的性子。她這個孩子雖然看似溫順，但從小就有自己的主意，把尊嚴、體面看得重，我和你大牛叔雖然沒什麼本事，但是一直沒有賤養女兒，平時也就慣得她有一些小脾氣。」

陸氏不好直接說慕汀嵐不好，只好將問題都栽到自己女兒身上。

他們鄉下人沒有府城那麼多規矩，更沒有哪家哪戶有三妻四妾的，慕汀嵐是大戶人家的少爺，又是有軍功在身的將軍，要是配秀兒這麼一介鄉野村姑，只怕慕家是不會同意的。

陸氏和明大牛不願意看自己的女兒去受那種委屈，何況屆時他們根本無法反抗，更無法替自己的女兒出頭啊！

陸氏靜靜地說著，慕汀嵐靜靜地聽。原來秀兒的爹娘擔心的是這個啊！這件事情他早在回來的路上就與秀兒說過，現在不介意再與未來的老丈人和丈母娘說一次。

「大叔、大娘，我已經打定主意，今生只娶一妻，不會再有別的女人。」慕汀嵐並沒有猶豫，將家裡的情況與明大牛夫婦開誠布公地說了一遍。

他的父親雖然出身於將門，但是自小只喜歡詩詞歌賦、吟詩作對。

對於他而言，風流才子、多情佳人的無邊風月，遠遠比保家衛國、壯志凌雲的熱血豪情更有吸引力。如果用秀兒的話來說，他爹就是個上了年紀的文藝青年；而他母親，不是戲本裡那些弱柳扶風、花前月下的千金小姐，她只是他祖父帳下一個小兵的女兒。

那一年，他祖父夜半腸癰發作，敵軍趁亂突襲，一路殺到將帥帳下。當時，還是無名小卒的外祖父，為了保護祖父脫離險境，在最後關頭不惜以一己之身與敵人的刀劍相搏，終於拖延了時間，等到援軍，而他自己卻力竭而亡。

事後，外祖父身上大大小小的傷口有三十幾處，全身上下的血都快流盡了。祖父為了報答這位小兵的救命之恩，聽聞他的家中早已無親人，只有一個年幼的女兒需要照顧，於是便做主讓自己的嫡次子——也就是慕汀嵐的父親，娶了那位姑娘。

孰料，被老將軍熱心撮合在一起的兩個人，脾氣、性子並不相投，沒過多久，氣悶的父親便連納了四名美妾，並對她們個個寵愛有加。接下來的幾年，只有在初一、十五不得不到母親那裡時，才勉強去正房與母親同榻而眠。

在一些外人的眼裡看來，其實這不算太過，哪家高門大院的主子、公子不是三妻四妾的呢？正妻只要保住了自己應該有的體面，面上能過得去也就罷了，更何況母親婚後沒幾年就相繼有了他和玨兒。

那時各房的姑嬸、伯娘們都勸說母親要想開些，不要鑽進死胡同；但是，母親天生繼承了外祖父血脈裡的那分堅韌、倔強和不服輸的勁，那些年明裡、暗裡沒少跟父親的妾室們妳來我往，雖是心力交瘁，倒也各有勝負。

直到十年前，父親外出游獵，被一頭黑狼襲擊，在危急關頭，被山裡一位獵戶家的姑娘所救，父親當即便對那位「美救英雄」的女子驚為天人，並認定她就是自己此生摯愛，沒過多久，便將這位姑娘娶進了門。

自此專房專寵不說，還越過了前面四位妾室，直接吩咐府邸所有人管這位姨娘作二夫人，連與母親打個招呼都沒有。母親那樣剛烈的性子，哪裡忍得了這樣的輕慢和羞辱？說她是善妒也好，是逞強也罷，為了這位二夫人，母親與父親沒少動手修理對方。

二夫人進門時他只有十歲，玨兒只有兩歲，原本父親對他們還算尚可，可是兩年後，這位二夫人生了三弟，父親的眼裡便再也沒有他和玨兒的位置；也是從那時候起，原本臉上還有些笑容的母親，慢慢地變得越來越罕言寡語，整個人也越發地尖酸和陰沈起來。

家裡日日吵鬧不休，眼看著家無寧日，年少的慕汀嵐只得跟隨祖父去邊疆躲清靜，所以他一直認為，後院不寧則家宅不寧，女人太多就是禍家的根源，他以後要娶也只娶一個，就娶唯一令他傾心的那一個。

都說家醜不可外揚，在寧國的制度下，寵妾滅妻不僅會在道德上遭人譴責，如果被有心人到御史那裡去告上一狀，那被告之人也是有可能會被撤掉官職的。

陸氏和明大牛沒有想到，慕汀嵐會直接將自己的家族秘辛，這樣無所顧忌、毫無隱瞞地講給他們這兩個外人聽，對他言語間的誠懇，都多了幾分信任。

「可是，你是你啊！那你家裡……」陸氏還是不放心，又追問道。

「我父親不會管我，他若要阻攔，我便去皇上那裡請旨。」

什麼？這怎麼還勞動上皇帝了呢？陸氏和明大牛睜大了眼睛，頗有些受寵若驚。

「我娘受了一輩子妾室的委屈，她是不會強迫我納妾的，我祖父和祖母更不用說，他們都是很好相處的老人。」

慕汀嵐接下來老老實實地將家裡有幾口人；哪些是君子、哪些是小人；誰跟他好、誰跟他不好；有沒有指腹為婚的青梅竹馬、有沒有知己紅顏和兩小無猜這些事，都跟眼前這兩人明明白白地交代了。

陸氏和明大牛聽得津津有味，一時竟忘了自己是在相看女婿，也忘了面前坐著的是位統領千軍萬馬的將軍。

「你娘也真是個倔脾氣，這都大半輩子了，還有啥看不開的？何苦要在心裡這般折磨自己呀？」

明玉秀做好晚飯進來時，瞬間便察覺到屋內詭異的氣氛。慕汀嵐居然像個八卦的農村娘兒們一樣，坐在凳子上，滔滔不絕地說著自己家裡的極品奇葩，明大牛夫婦就抱著明小山坐在床上津津有味地聽著，還時不時地發表一下評論。

「爹、娘、小山、將軍，吃飯了！」明玉秀古怪地瞥了幾人兩眼，便自己去廚房端菜。

晚飯做的都是些家常菜，清粥、白米飯、紅燒肉、蜂蜜雞翅，還有醃菜蛋餅和幾樣蔬菜，花樣不多，但分量不少。

幾人圍坐在一桌，有說有笑的。吃完了晚飯，慕汀嵐便要起身回去了。今天送回去的那幾個影衛現在不知道狀況如何？還有外面馬兒身上掛著的那株冷香草，他須早些回去，與軍醫言明這東西的詭異。以他多年走南闖北的直覺來看，將士們的病跟這冷香草和烏血馬恐怕都脫不了關係，只是不知道它們中間到底有著怎樣的聯繫？

明玉秀送慕汀嵐到院子門口，將手裡的食盒交到他手上。「汀玨喊我給他留飯，今天事發突然，他沒吃上，這些都是我飯前裝好的，你帶回去給他吃吧！」

慕汀嵐微微一笑，將她手裡食盒接過來，朝屋裡張望一下，蜻蜓點水般在她額頭上啄了一下。「嗯，妳這樣子頗有幾分長嫂的賢慧，都知道關愛小叔了。」

他話說完，還沒等明玉秀反應，便翻身上馬，朝明玉秀揮了揮手，立刻策馬離去。

明玉秀沒好氣地瞪了他的背影一眼，心裡甜絲絲的，直到慕汀嵐的背影消失在她的視線裡，便回屋開始準備明天的「職前訓練」。

她這個小作坊一共簽了二十五個人，三樣東西林林總總大約有十幾道工序，為了保證秘方不外洩，她決定按照不同的工序，將這些人都分到不同的房間裡單獨作業。

每道工序安排一到兩個人，在自己的房間裡獨自完成分到手裡的工作，做完以後，再由徐氏和周氏統一收起來交給下一道工序的人。如此一來，每個人只需要專注地去做一件事，既不用怕他們偷學了完整的技術自己出去單幹，還可以熟能生巧，保證產品品質，又節省生產時間，可謂是一舉多得。

翌日大早，前來上工的村民們還不到卯時，便陸陸續續來到徐家門口，而徐氏因為今天要言傳身教當一回「老師傅」，心裡有些忐忑和小興奮。

「秀姊兒，我剛才這樣說沒有問題吧？妳看我這裡寫錯沒有？按照這樣教是對的嗎？」

當徐氏再一次不放心地將畫滿圈圈點點的圖紙遞到明玉秀面前，明玉秀終於忍不住撫了撫額。「徐奶奶，您都問了我八遍了，這些都沒有錯，您要對自己有信心才是，況且我還在旁邊聽著呢！」

她握起拳頭，給徐氏鼓了鼓氣。「大膽去，不要怕！」

因為陸氏要時不時地照顧不能起身的明大牛喝水、小解，明玉秀又想給徐氏找點事情，充實充實她的生活，於是便決定將「技術指導」這個活丟給徐氏。當然，她是絕對不會承認自己只是想偷偷懶罷了。

「咳咳，大夥兒來了啊！呵呵呵，那個……」

徐氏一生中，除了她大婚的第二日在婆家敬茶認親的那會兒，還從來沒有這麼多的目光同時聚焦在她的臉上，一時間激動得她整個心臟都怦怦亂跳起來。

明玉秀在徐氏的身後抿唇偷笑了半晌，上前一步用手搭在徐氏的肩膀上。徐氏見明玉秀在身後扶著自己，緊張慌亂的一顆心如同水上飄蕩的浮萍，終於靠了岸。

「咳咳，我現在先給大夥兒分隊啊！我手上的名單共有二十五個人，現在每兩人一個小組，每八人一個小隊；另外會從這二十五人裡，選出一人，直接由秀兒來吩咐活計。」

見徐氏慢慢進入角色，對工序的講解也十分嚴謹清晰，明玉秀將搭在她身上的手輕輕放開，回到自己屋裡拿出一張圖紙。這是她昨晚畫的木製榨油機的大致圖樣，她對木工並不瞭解，為了讓這東西早日做出來派上用場，她需要儘早與工匠好好溝通。

明玉秀拿著圖紙正要出門，隔壁劉氏便喜孜孜地叩響了徐家的院門。見徐氏像一個工頭一樣，指揮著村民們幹這幹那，她不禁捧腹大樂。

「哈哈哈！老嬸子，妳這模樣可真神氣，嚇了我一跳！」

徐氏被爽朗的劉氏打趣得格格直笑，與她寒暄幾句，連忙安排工人將豆子都搬去胡家，然後將前來串門子的劉氏交給明玉秀招呼。徐氏早年是富貴人家的夫人，雖然不曾獨立當家做主，但是對於人員調配和管理不至於全然陌生，沒有人比她更適合當「主管」了。

明玉秀見家裡來人，便將圖紙收進懷裡，上前一步朝劉氏問道：「嬸子怎麼這會兒來了？是有什麼事嗎？」

現在才剛過卯時，大多數人家早飯都還沒吃，這麼早過來，莫非是有什麼急事？

劉氏將明玉秀一臉懵懂的模樣瞧在眼裡，覺得甚是可愛。這水靈靈的小臉蛋真是叫她越看越喜歡，又想著這未來兒媳婦的家裡眼看就要富起來了，她心裡不知道喜孜孜地感嘆了多少回。自家大郎可真是好福氣啊！

「嘿嘿，我來找妳娘說點事！她在屋裡嗎？我進去找她。」

劉氏笑咪咪地拍了拍明玉秀的手，示意她自己去忙，然後抬腳就要往屋內走。

明玉秀忽然想起上次劉氏在明大牛危難關頭時，塞給陸氏的那一兩多碎銀，連忙從兜裡掏出一枚約二兩的銀錁子追了上去。

「嬸子，您先等會兒！」她將手裡的銀錁子遞給劉氏，一臉感激地朝她道：「上次謝謝嬸子仗義出手，不過當時情況複雜，不好在我祖母面前跟您言明。其實我爹已經沒事了，只是骨折了要在床上躺段時間，不需要人參續命，這銀子秀兒先還給您，多的就算付給您的利息。」

劉氏這下聽說明大牛只是骨傷，並未危及性命，心裡更是高興了。她之前還擔心大牛去了，秀兒要守孝三年，現在看來，真是連老天爺都有意促成這段姻緣！

劉氏接下那枚銀錁子，也不多廢話，立刻找陸氏商議小倆口的婚事去了。

明玉秀覺得劉氏眼下這興奮勁有些不正常，但她想了想沒頭緒，便搖了搖頭，不想了。現在還有更重要的事情要去做呢，她沒有時間留下來打聽她娘親和閨蜜的秘密。

正要往外走，忽然門外又來了一個劉家人。面前這高高黑黑的大個子，不正是劉氏家的大郎嗎？明玉秀見劉大郎站在門口盯著自己欲言又止，覺得十分古怪，只好指著劉氏剛進去的東屋，試探性地開口。「劉大哥，找你娘嗎？她剛進去。」

第三十五章

劉大郎這些日子可謂是煎熬得很，一面聽著自己娘親說著秀兒如何如何好，日後嫁與他會多麼多麼和美，一面又想著那天在小道上遇見的那個錦衣男子。

他若要與那人相比，秀兒一定不會選他的吧？

他既期盼母親能把此事促成，又擔心秀兒心中另有所屬，不會同意嫁給他。

說不定，她還會討厭他、怨恨他耽誤了自己的良緣，到時候他恐怕會心虛得連遠遠看她一眼的勇氣都沒有，又談何去迎娶她？所以今天一大早，他一得知娘親準備過來與陸姨合八字，沒有猶豫多久，就立刻跟了過來。

「秀兒，我……」劉大郎期期艾艾地走近，將來意說明。「我娘……是來和妳娘說咱倆婚事的。」

啊？明玉秀眨了眨眼睛。這是什麼鬼情況？難怪劉嬸子今天看起來喜氣洋洋的，原來是這樣，可是……

正當明玉秀想開口說些什麼，院外又徐徐走進來一個人。她心道，今天這一個個來得可真夠早的啊！都是約好的吧？

慕汀嵐用一種不太高興的眼神掃了劉大郎一眼，繼而迅速掛上了甜如蜜的微笑，走到明玉秀跟前。「秀兒，昨天上山累著了吧？這麼早是要去哪兒？我陪妳去吧！」

明玉秀被慕汀嵐甜得發膩的語氣打了個哆嗦，連忙擺擺手。「我不去哪兒、不去哪兒，你這麼早來是要幹麼？」

慕汀嵐轉過身，將劉大郎拋到身後，然後貼近明玉秀，咬牙切齒地小聲道：「娘子的魅力可真不小啊！沒有我看著，蝴蝶、蜜蜂、蒼蠅、蚊子，亂七八糟的東西全都飛過來了。」

明玉秀先是一愣，然後噗哧一笑。某人這是打翻醋罈子了吧？好酸啊！

「沒有的事。你這麼早來幹麼？是軍營裡的事情有眉目了嗎？」

慕汀嵐見明玉秀完全沒有意識到身邊這些爛桃花的危險性，恨鐵不成鋼地道：「連婚事都談上了還說沒事？看來我等不到祖母過來了，軍營裡的事情一了，我立刻來提親。」

提親這種大事，自然是要有長輩在才顯得鄭重，但是慕汀嵐有個近水樓臺先得月的情敵在隔壁做鄰居，叫他怎能放心繼續等？

「我決定了，在我們成親之前，我晚上就住在胡衛家。」他必須要時刻盯著劉黑子這個覬覦他媳婦兒的賊子才行。

「啊？胡家都被我徵用來做作坊，我忘了跟你說了！」

明玉秀拍了拍自己的腦袋，完全忽略慕汀嵐已經在籌劃來她家提親的事情。她有些不好意思地朝他道：「因為暫時沒有地方可用，就先借你的房子用一段時日，你不會怪我吧？我準備在村裡買片空地，再蓋一座大點的房子，到時候就可以給你把屋子騰出來。」

其實自己這行為有點無恥吧？仗著慕汀嵐的喜歡，擅自占了他的房子，還先斬後奏。

慕汀嵐的嘴角微微勾了勾，露出一個腹黑的笑。其實這事，胡衛早與他說過了，不然沒有他的同意，幫忙看家護院的胡衛，怎麼會讓明玉秀擅自用這房子？不過……
「嗯，既然這樣，我就住徐奶奶家吧，徐家不是還有空房？」
「啊？這、這樣不太好吧？」
慕汀嵐的話說完，哀戚地盯著明玉秀的臉，眼裡全是受氣小媳婦的哀怨和委屈。
「妳占了我的房子，讓我無家可歸，現在還不肯收留我，是想要我露宿荒郊野外嗎？」
這大將軍怎麼花樣百出，連裝可憐都來了，明玉秀抽了抽嘴角。「那行吧，你自己跟徐奶奶說去啊！這是徐奶奶家，我可做不了主。」
兩人埋頭在一旁竊竊私語，全然把孤零零的劉大郎給抛到九霄雲外。慕汀嵐用餘光偷偷瞥了眼噘著嘴委屈地看著他倆的劉黑子，心裡偷偷一樂。叫你眼饞我媳婦！扎心了吧？
屋裡，劉氏聽老姊妹說到秀兒已經有了意中人，就是前段日子她見過的那位年輕公子，她滿心的歡喜猶如被一盆冷水當頭澆下，失落不已。
陸氏也有些尷尬。之前劉氏來探她口風時，她並沒有拒絕，還明顯有著撮合的意思，可是現在……
「芝姊姊，這……我真是對不住妳，秀兒那丫頭主意大，她不願意的事情，我和大牛誰也拿她沒辦法，好在這事還沒有說開，妳……」
陸氏的話還沒有說完，劉氏氣怒地站起身來，一甩衣袖。「這才幾天，說變就變！這不是耍著人玩嗎?!」

「不是這樣的，芝姊姊，我……」陸氏這時候可真是有口難言。一向與她交好的劉氏鮮有對她生氣的時候，這事她也明白，劉氏是抱了很大期望的；但是關乎自己女兒的幸福，她還是想要女兒嫁個自己真正喜歡的人才好。

劉氏沒有再聽陸氏的解釋，氣沖沖地出了門。走到院子裡，看見自己兒子正眼巴巴地看著明玉秀和慕汀嵐兩人秀恩愛，那可憐蟲般的模樣，更是看得她心裡一陣氣堵，連忙走上前去，一把抓住自己的兒子。

「看什麼看，跟娘回去！你長相又不差，勤快又老實，還有一把好力氣，哪裡就怕娶不到媳婦兒了！」

明玉秀見劉氏喜孜孜地進門，氣沖沖地出門，心裡不禁嘆了口氣。

劉嬸子這人說起來真是個不錯的人，為人豪爽仗義、不拘小節，但是這兒女情長之事，如何是能勉強得來的？眼下只能等她氣頭過了，自己以後有機會再與她賠禮道歉吧。

「汀嵐，你方才說，王軍醫已經琢磨出瘟疫其中的門道？」

「嗯，影衛們得的其實不是瘟疫，他們是中毒了。」

「中毒？」明玉秀大為不解。「難道是那冷香草？」

當時黑虎就是向著山崖下的冷香草叫喚的吧？後來慕汀嵐從崖下取草的時候，還險些出事。只是這冷香草的香味他們都聞了啊，為什麼只有那幾名影衛中毒？

「除了冷香草的香味，還有烏血馬的汗液和玉松林裡的松香，這三種味道混合在一起，便是我軍營將士所中之毒。」

這種毒素看不見、摸不著，令人防不勝防，幸而他這段時間為了和玨兒往返臨山村能夠快一些，便去京都購置了兩匹汗血馬來替代之前的烏血馬，因此躲過了一劫。

「怎麼還跟玉松林有關？那軍醫可找到了解毒之法？」

「暫時還沒有。現在我已經把中毒的士兵和影衛們都隔離開來，病情沒有擴散，只是那些人都是伴隨我征戰多年的兄弟，眼下個個昏迷不醒，我必須要救他們！」

明玉秀低頭思索了片刻，道：「世間萬物相生相剋，如金木水火土，五行相輔，卻又互相制衡，我覺得解藥一定就在這些毒藥的身上。」

「嗯，軍醫也說過是這個道理，所以我早早來，是要向妳借黑虎一用，我要去玉松林裡看看，說不定能找到解藥。」上次黑虎的表現很讓人意外，慕汀嵐早沒將牠只當作一隻普通看門護院的家犬看待。

「那現在就去吧！我也去鎮上走一趟。」

明玉秀將今天的安排與慕汀嵐說了，兩人與陸氏打了招呼，從廚房裡拿了幾個肉包子就出門。

慕汀嵐騎馬將明玉秀送到青石鎮上，與她約好三個時辰以後過來接她，便轉頭往青城山的玉松林而去。這片玉松林的面積不大，但是終年瘴氣繚繞，整個林子裡，安靜得連一絲蟲鳴都聽不到，陰森得讓人覺得詭異。

若不是之前上山打獵的那幾個士兵昏迷前曾說過，他們是在玉松林附近聞到了松香和花香後才感覺不適，慕汀嵐或許還察覺不到這裡的不尋常。

他將事先準備好的面巾蒙在臉上，減緩了呼吸，儘量讓自己少吸入一些毒氣，又給自己和黑虎分別餵了一顆百草丸。

如果他沒有猜錯的話，玉松林必定就是秀兒之前所說的，那個村民採到冷香草的地方。這種能致人迷幻的東西，絕不可讓其如此隨意地大面積生長在青城山上，若是讓有心之人利用了去，將它們大量採摘，做成藥粉撒下，那青城山下的守衛軍豈不是危險了？

黑虎搖著尾巴，領著慕汀嵐一點一點地往前走，越往深處，林子裡的光照越是微弱。有了上一次的經驗，他這一回小心許多。他將舌尖置於兩齒之間，準備待會兒一旦發現情況不對，便立即咬破舌尖，好讓自己隨時保持清醒。

果然，一人一犬才走了不到一刻鐘，前面陸陸續續出現了好幾株冷香草，越往前走，花開得越是密集。

待走到草木最繁茂的地帶，眼前竟出現了一大片花海，面積還不亞於之前山洞裡的那片。五顏六色的花朵在陰暗的密林裡，開得妖冶繽紛，彷彿一隻隻帶笑的魑魅魍魎，正在迎風張牙舞爪。

慕汀嵐沒有多做猶豫，取出了火摺子，準備將這些惑人心智的毒物全部燒掉，忽然，他目光一凜，似是發現了什麼。

「汪汪！」與此同時，身旁的黑虎也興奮地叫了起來，牠張開嘴，咬住了慕汀嵐的衣袍下襬，將他往花海裡拽去。

一人一犬，在一株妖豔挺拔的花朵前蹲了下來，只見這株冷香草的花莖上，正軟趴趴地躺著一隻碩大的肉蟲。那蟲子的外形看起來就跟家養的桑蠶一般，正在慢慢地蠶食著冷香草的花瓣和葉子。

慕汀嵐心中一動，轉頭朝其他花葉看去，果不其然，在花海深處，幾乎每一株冷香草上，都躺著這樣一隻可愛的「蠶寶寶」。

難道，這蟲子就是冷香草的伴生物？這蟲子不僅未受冷香草的毒性侵害，反而還以它的花葉為食，那麼它的體內一定有抵抗毒素的解藥！

意識到這種可能，慕汀嵐沒有在密林裡多待，趕緊又摘了幾株冷香草，連著草上的伴生蟲，一起收進了事先準備好的布包裡，準備帶回去給王軍醫研究。

若這伴生蟲真能解開將士們體內的混合毒素，便只能讓這些「解藥」好好地活著，暫時不燒這片花海了。

從林子裡出來後，慕汀嵐直接帶著黑虎去青石鎮上的那家木匠鋪子。

鋪子裡的老木匠，這一生最熱衷的就是發明各種的新花樣了，他做過摺疊的木桌、滾動的輪椅、灌溉的水車，但這榨油的機器他還是第一次聽說。

見到明玉秀手裡的那半張圖紙，他差點沒激動得跳起來，當下便來了興致。

明玉秀讓他與自己簽了保密協議，要他承諾圖紙內容絕不外洩，這才將完整的圖紙交給他。兩人就著手裡的圖紙探討了一上午，終於就工藝和功能部分，達成了共識。

慕汀嵐來時，明玉秀正與那老木匠聊得火熱，見到自己心上的姑娘像是什麼都懂一樣地聰明伶俐，慕汀嵐與有榮焉地上前攬過她的腰肢。

「談完了嗎？天色還早，想不想去街上逛逛？」

明玉秀見慕汀嵐又對自己「毛手毛腳」，連忙打開他的手。「在外面呢！矜持點！」

慕汀嵐面不改色地笑了笑。「娘子教訓得是，為夫回去再熱情些吧！」

明玉秀被他的厚顏無恥給噎了一下。這人怎麼自從熟悉以後，氣質就在「男神」跟「男神經」之間飄忽，有些不太穩定了呢？

「上次許大夫給我爹外敷的藥沒有留方子，明天就該換藥了，我們去他醫館一趟吧。」

明玉秀惦記著自己爹爹的身體，慕汀嵐自然不會反對，兩人與老木匠確認了工期一共為七日後，便相攜出了鋪子，往許大夫的醫館而去。

忙完手頭的事情，時間已經不早，兩人很快便回到了青城山下的西營。這是明玉秀第一次來到慕汀嵐生活了四年的地方。列隊訓練的士兵，整齊劃一的軍號，激烈碰撞的兵器，樣樣都讓她覺得新奇。

到了西營，慕汀嵐第一時間便派親衛將明玉秀領到主帳後，便將從玉松林裡帶回來的冷香草和它的伴生蟲，一起送到了王軍醫的住處。

「將軍，這次的事情，真的與皇上有關嗎？」那些烏血馬可都是皇上賜給西營的，他們也是先後兩批人在落峰崖上中了毒，這才猜測出這種混合毒素的來源。

如果那天慕汀嵐和慕汀珏騎的也是烏血馬，或者那些打獵的士兵們沒有靠近玉松林，他們根本無法察覺這種病症其實是中毒，而非瘟疫。

可是，皇上為什麼要這麼做？

「如果西營出事，首先得利的就是南詔。青城山這道防線不攻自破，南疆人就可以進我國門大肆搜刮財物，甚至吞併我大寧國土。」慕汀嵐並不覺得此事是皇帝所為，他搖了搖頭向王軍醫分析著。

「其次受益的是陳國。我當年在飛沙關，一舉擊殺了他們的柱國將軍元昭白，他頗受邊疆百姓愛戴，當年也是他親自率兵，將鳴沙府從大寧的版圖上奪走。這些年，陳國想取我項上人頭，替元將軍報仇的人不計其數，若我西營真的放了南詔敵寇入關，讓我國百姓慘遭屠戮，那麼聖上必定會嚴懲我，屆時那些等著看我好戲的人就有機會落井下石，給我致命一擊。」

第三十六章

慕汀嵐將腦中的思緒理了理，覺得真相似乎近在眼前。

「若我們真的出事，到頭來，深受其害的還是大寧的百姓和國土，這對皇上有什麼好處？況且我祖父早已交還兵權，我手下只有區區兩萬兵。定國將軍府並非功高震主之輩，又從未妄圖染指皇權，這些年也一直待在邊疆勤懇保家衛國，皇上沒有下手的理由。」

軍醫聽了慕汀嵐的分析，認同地點了點頭。「是啊，這幕後之人怕是沒有料到將軍會突然將馬匹給換了，這一次不成，恐怕還有下次。這件事……要不要寫信回去給老將軍，讓老將軍幫忙查一查？」

這些馬雖然是皇上賞賜的，但是沿路從京城運送到渝南郡，中間經手的人太多，若有人在中途做了手腳也不是不可能，只要做了，就一定有蛛絲馬跡可尋。

「不，祖父年事已高，不必再讓他操勞了。這件事情，我會另外派人去查，軍醫還須儘早將解藥研製出來，昏迷的將士和影衛們恐怕不能再等了。」

「是！屬下這就去研製藥方。」

王軍醫躬身領命而去，留下慕汀嵐皺眉深思。

他們不能坐以待斃，只有千日做賊，哪有千日防賊的道理？要查，首先就要從這次打獵查起。是誰提議去打獵，又是誰帶著這群人去落峰崖，這一切都需要等到將士們醒來才知道。

低聲吩咐了帳外的幾個士兵，讓他們從庫房搬來兩頂新的營帳，慕汀嵐便帶著人和營帳一起去自己的主帳。站在帳外的四個婢女見慕汀嵐過來，恭敬地屈身行禮，從士兵手裡接過營帳，跟著他們去主帳的後面搭建歇息之所。

慕汀嵐掀開帳簾，發現自己想著的那個人竟然不見了，當下即是一愣。人呢？

「大哥，玉姊姊去伙房裡做飯了，一會兒就回來。」

不是才來軍營嗎，怎麼馬上去做飯了？慕汀嵐狐疑地掃了慕汀玨一眼，將他飄忽不定的小眼神一一收入眼底，心知定是這小子嘴饞，才讓秀兒一來就去給他做吃的，便瞪了他一眼。

才見面就知道使喚人，真是一點都不客氣！

慕汀嵐拋下眾人，來到軍營的伙房，明玉秀正繫著一件寬大的灶衣在灶臺邊洗洗切切。見到她身上穿著顯然不合身的灶衣，慕汀嵐走到一旁，低聲吩咐親衛去拿件新的灶衣過來，然後放慢了腳步，輕手輕腳地走到明玉秀身後，從背後一把抱住她。

明玉秀被這突如其來的一抱給嚇了一大跳，舉起手中的菜刀，轉頭就朝身後砍過去。

慕汀嵐眼疾手快一把抓住她的皓腕，看著她手裡那把明晃晃的菜刀，嘴裡嘖嘖讚嘆。

「還沒過門就要謀殺親夫，秀兒妳好狠的心啊！」

看清背後之人竟是慕汀嵐，明玉秀沒好氣地翻了個白眼。「沒事跑這兒來嚇唬我做啥？再說，我還沒有答應要嫁給你！」

「不嫁我就強娶！」

明玉秀剛想說他無賴，就見慕汀嵐放大的臉龐忽然出現在她眼前。這麼近的距離四目相對，又是在只有兩人獨處的伙房裡，明玉秀的小臉驀地一下就紅了。

慕汀嵐的吻，輕輕淺淺如同羽毛般，輕輕拂過她的額頭、臉頰、唇瓣……兩人纏綣的耳鬢廝磨，一下子讓原本冷冽的空氣變得躁熱，就在乾柴烈火噼啪燃燒之際，門外響起了一道不和諧的聲音。

「將軍！灶衣拿……咳咳！哎喲，你們……你們繼續！我什麼都沒看見啊！」

推門進來的親衛沒有想到，自己居然會看見這麼火熱的一幕，嚇得頓時丟下灶衣，落荒而逃，心裡一個勁地嘀咕。這下壞了將軍好事，將軍不會殺他洩憤吧？

屋內旖旎的氣氛被這冒失的親衛驟然打斷，兩個人都有些氣息不穩，慕汀嵐伸出兩隻手，捧起明玉秀的臉蛋捏了捏。「晚上要做些什麼菜？我來幫妳燒火，吃完飯趁著天色還早，我們趕緊回去。」

「我們？」明玉秀疑惑地看向慕汀嵐。要回也是她自己回去吧！

「當然是我們，妳是不是忘了我今天早上對妳說過什麼？」慕汀嵐輕輕放開明玉秀，撿起被親衛落在門口的灶衣，轉身替明玉秀穿上。

晚飯吃得很簡單，清粥一鍋、小菜幾碟，大夥兒都吃得十分滿意，回到徐家之後，慕汀嵐與徐氏商量，便準備去西屋找間空房暫且住下。

如今徐氏和周氏住在正屋，明玉秀一家三口住在東邊，西邊的三間房子暫時都還空著。

徐氏一個人孤寡了十多年，如今家裡有老有小，熱熱鬧鬧地，她自是歡喜至極。

明玉秀剛幫慕汀嵐鋪好床鋪，明小山便從屋外蹦蹦跳跳地跑進來。「姊夫，今天山兒要和你一起睡！」

明小山嬌嬌糯糯的撒嬌落在屋內兩人的耳朵裡，讓他們不由自主相視而笑。明玉秀將明小山交給慕汀嵐，自己回房，很快，屋內眾人都各自進入了夢鄉。

第二日清晨，天還沒有亮，慕汀嵐便早早回了軍營。

今天是徐家作坊第一天開工，昨天的「職前訓練」，明玉秀不在，今天第一天實際操作不同昨日的紙上談兵，她打算親自去看看。

吃過早飯後，明玉秀親自將前來上工的村民們分成幾個小組，把他們帶到各自的工作間。二十幾個村民被分派到不同的房間作業，胡衛正將收回來的黃豆，一袋袋地搬到第一道工序的房間門口。

明玉秀站在院中靜靜看著，這時，一個嬌小瘦弱的身影落入了她的視線。那不是趙老頭家的柳枝嗎？她怎麼也在搬豆子？這不是她的活吧？

明玉秀有些疑惑不解，見別的人都在屋裡或坐或站地閒等著，只有柳枝主動上前去給胡衛幫忙，她心裡略一思索，立刻明白了其中緣由。

這些食品的加工並非什麼高難度的工作，對於土生土長的農民來說，自己動手做點吃食本就不算難事，村民們很快便一一上手了。

巡視了一個上午，發現「生產線」已經可以正常運作，明玉秀將柳枝從房間裡喊了出來，她之前所說的管事，現在已經可以確定人選了。

「秀丫頭，妳找我有啥事啊？」柳枝將手上的水在自己的圍裙上擦了擦，有些緊張地看著明玉秀，心裡不住地打鼓。該不會是自己哪裡做得不好，秀丫頭想要辭退她吧？

明玉秀將柳枝憂慮的眼神看在眼裡，連忙上前一步安撫地道：「柳枝姊姊，妳別多想，我找妳來，是為了和妳說說管事的事情。」

「管事？」柳枝有些不明所以。

「我之前說過，會從二十五個工人裡選出一個管事來，以後不用去房間裡幹活，只需要幫我監督工人們認真做事，然後聽從我的安排做些管理工作就行了；當然，工錢也比普通工人多一倍，不知道妳有沒有興趣？」

柳枝將明玉秀的一席話聽完，立刻睜大了眼睛。秀丫頭怎麼會選自己當管事呢？她……她萬萬不行的啊！

「秀丫頭，我……我從來沒有管過人啊！我做不來，我會耽誤妳事的！」柳枝連連擺手拒絕。她活這麼大，只有別人管她，她向來對任何人是連大聲說句話都會覺得罪過，她怎麼能當管事去管理別人呢？

明玉秀看著眼前這個擔憂、慌亂、極其不自信的女子，心裡不禁幽幽一嘆。機會是人給的，珍不珍惜就要看她自己了。

「柳枝姊姊，我只與妳說一句，這個管事雖然只管著區區二十四個人，但它卻是妳生活裡的另一個標籤，從今以後，妳不再只是趙老頭從人販子手裡買回來的兒媳婦，妳還可以是妳自己！」

認真工作的女人是最有魅力的，更何況她給柳枝開的待遇，並不比一個普通家庭的男人差。要知道，像鄭鐵柱那樣投資了全部家當做營生，趕一趟牛車，載三、五個人也才賺二十幾個銅板，到了風雪天還不見得有生意。

她這裡一天有四十文錢的收入，絕對能讓柳枝在那窮得家徒四壁的趙家，穩穩站住腳跟，到時候趙家人哄著她還來不及，更別說整天挨打受罵了。

見柳枝還在遲疑不決，明玉秀又道：「妳到底是不想，還是不敢？若妳不想，我自然不會逼妳，但若妳是不敢，柳枝姊姊，我想告訴妳，妳不去試試，怎麼會知道自己不行呢？家中有徐奶奶和周奶奶，還有我娘，妳不懂的都可以問她們，況且就算妳做不好，我也不會怪妳，我說的都是真的。」

柳枝見明玉秀說得如此誠懇，心中也有些心動。她哪裡能不明白，秀丫頭只是想幫她而已，細細算來，她比明玉秀才大了不到五歲，若她有妹妹，大概也和明玉秀差不多大吧？

看著眼前這個年紀小小，就以一己之力辦起一個作坊的小姑娘，柳枝振作心神，握了握自己的拳頭。「那我就試試吧！秀丫頭，我……謝謝妳！」

明玉秀見柳枝同意，便展顏一笑。不論柳枝做得好與不好，她願意去嘗試，也是一種進步了；更何況，監督管理這種工作，除了柳枝，還有徐奶奶她們在，就算柳枝做不好，也沒什麼大礙。

作坊裡的事情就這麼定下來了。傍晚的時候，慕汀嵐再次過來，原來是軍營裡的冷香草之毒已經研製出解藥。

解藥正是用那半生蟲的血液做引，配上玉松林裡的松針，以及烏血馬的汗液和十幾味名貴的中草藥煎製而成。中毒的將士們服下解藥以後，一個下午的時間，便都陸續地清醒過來，慕汀嵐心中的一塊大石，也終於能夠放下。

「秀兒，明天有沒有想去哪裡，或是想要做什麼事，我陪妳一起去。」

見慕汀嵐神色明顯輕鬆許多，明玉秀也露出笑容。

翌日清晨，天將將微亮，臨山村外便迎來了一支打扮得喜氣洋洋的銀甲隊伍。領頭的是一名雍容爾雅、衣冠楚楚的中年男子，他的身後還跟著六十來個身著銀白鎧甲的年輕士兵。

那些士兵們個個昂首挺胸、氣宇軒昂，肩上穩穩地抬著三十來個上好的黃花梨木箱。箱子上繫著大紅色的喜綢，長長的紅綢，將三十個木箱串在一起，一箱連著一箱，一路綿延不斷。

這樣大的動靜，很快驚動了臨山村裡所有的父老鄉親，眾人連忙放下手中的活計，好奇地朝這夥人靠過去。

「這是哪家在下聘呀？瞧這陣仗，嘖嘖，怕是縣太爺娶媳婦兒就是這樣吧！」

「我看明家那個丫頭最近跟幾個貴人走得近，說不定就是她家的！」

「哎呀，別猜了，走走走，跟過去看看不就知道了。」

眾人跟在隊伍後面，不一會兒，人越聚越多，這支小隊一進村子便直奔徐家而來，很快便齊齊站在了徐家門口。

士兵們將箱子整整齊齊地放在大門外，然後分成兩列，規規矩矩地站在大門兩旁。領頭的中年男子上前叩了叩門，原本已經聽到院外動靜，正準備出來看看的明玉秀，立刻將腦袋探出了門外。

見到外面這紅豔豔的陣仗，又想到昨晚慕汀嵐沒在徐家住，而是神秘兮兮地跑回軍營，明玉秀也猜到了幾分。她的雙頰微微泛紅，心中竟破天荒地生出一絲嬌怯，連忙將大門打開，將外面的人迎了進來。

「這位先生是？」明玉秀看著眼前這個頗具威儀的男子，心中好奇。不知道慕汀嵐今天會委派什麼人來她家提親？

「哈哈哈，想必這位就是明家的玉秀姑娘吧？老夫正是渝南郡郡守杜聿明，不知令尊、令堂可否出來一見？」

院外的眾人一聽這人竟然是他們渝南郡的郡守，連忙烏壓壓地一片，跪在地上。天啊！郡守可是大官，他們只在說書先生那裡聽過，這還是頭一次見著活的咧！沒想到明家大姑娘這麼有福氣，夫家居然請了這麼大的官來作媒。

屋內的陸氏，一臉驚奇地從裡間走出來，此刻聽聞這位先生竟然是如此不得了的身分，她立刻恭敬地福下身。「民婦陸氏見過郡守大人，不知小女她，因何事勞動大人？」

陸氏心中隱約已有些猜測，只是未有確切的答覆之前，她還是有些不敢相信。

明玉秀眨了眨眼看著這人，忽然想起，她之前曾聽說過，渝南郡郡守正是個最好多管閒事、四處打抱不平的主，若是讓郡守大人來提親，的確與慕家長輩來差不了多少，沒想到慕汀嵐這麼聰明，竟然想到了這個人。

只是，這才一夜的工夫，從西營到郡守府來去也要三百里，他是怎麼做到的？

第三十七章

「哈哈，這位是明夫人吧？不必客氣、不必客氣，本官今天是來替慕將軍提親的，這些俗禮都免了。」

彷彿一滴清水落入了油鍋，本來鴉雀無聲的院子外，頓時竊竊私語起來，大多是羨慕明家居然有這樣的運氣，看來秀丫頭馬上就要飛上枝頭做鳳凰了。

而屋內，陸氏本就與慕汀嵐達成了共識，只要他肯娶自己女兒為正室，不讓她受那些亂七八糟的閒氣，她不是不贊同的；況且，現在又有了郡守大人親自來提親，在陸氏的心裡，已經足以讓她看見慕汀嵐的誠意了。

男女雙方互相交換了庚帖，便按照之前測算的良辰吉日，將婚期訂在今年的七月十八。這樁親事訂得十分順利，就連臥床好幾日的明大牛，也激動得從榻上掙扎著爬起來，當面與杜聿明道謝。

「外面那些箱子都是訂親禮，是將軍送給親家的禮物；至於聘禮，慕將軍已經在另外籌備，老夫現在也該回去交差了。」杜聿明站起身來，眉梢、眼角喜氣洋洋的，顯然慕汀嵐讓他來代辦這件差事，他也是十分地開心。

「在下在這裡先祝令嬡與慕將軍百年好合、夫妻和樂，等婚禮那日再來叨擾，這就先行別過了！」

陸氏連連應聲，感激地將杜聿明送出門，又回頭看著站在一旁略顯嬌羞的明玉秀，心裡一時間五味雜陳，也不知道是高興還是不捨？

還只是剛剛訂下親事而已，離出嫁還有半年呢，可她儼然已經嘗到與愛女離別的滋味。自己含辛茹苦養了十多年的丫頭，這麼快就要成為別人家的了，唉！

明大牛此刻的心情與妻子不相上下。這種被人偷了家中錢財的感覺究竟是怎麼回事呢？想到那處處拔尖的慕汀嵐，他忽然覺得，這個女婿似乎不是那麼好了，還不如隔壁的劉大郎，至少女兒嫁到劉家，還能與自己做鄰居，他時時刻刻能關照。

送走了郡守，士兵們將箱子都抬進了徐家的後院，然後也拱手，跟著離去。

匍匐在前院的村民們，這才興奮地朝徐家屋子裡探頭探腦起來，一直在屋裡正襟危坐的徐氏和周氏，連忙領著明小山走出來。

「方才怕冒犯了郡守大人，便一直沒有出來，這到底是怎麼回事啊？秀的親事這麼快就訂下了？是和那位慕將軍嗎？」

徐氏緊張地一連問了好幾個問題，明玉秀笑咪咪地走上前拍了拍她的手。「是啊，是汀嵐，徐奶奶高興嗎？」

徐氏一聽真的是慕汀嵐，面上也是喜憂參半，立刻擔憂地問道：「是正室吧？」

一旁的陸氏連忙走上前去，滿臉欣慰道：「庚帖都交換了，是正室，由郡守大人親自來提的，怎會是妾啊！」

「這倒是，這倒也是！」若是妾室，是不需要交換庚帖的，而且士族大都自有風骨，無論關係再好，不可能會為一個妾室上門提親。想到這裡，徐氏就放心了。

主帳裡，已經解了冷香草之毒的七個影衛，齊齊地站在同樣恢復元氣的慕汀嵐跟前，就連這些天一直待在校場訓練的慕汀玨，也站在一邊旁聽。

「這次派給你們的任務需要秘密進行。落峰崖下和玉松林中的那些毒草，你們盡快前去銷毀，但是在做這件事之前，還有另外一件事需要仔細查明。」

帳外的冷風將布簾吹得噼啪作響，似乎此刻帳內短暫的寧靜，很快就會驟起波瀾。

慕汀嵐低下聲，朝幾人道：「之前目睹我岳父墜崖的臨山村村民，曾經看到落峰崖半山腰那個山洞裡，有異族人出現過，這些人的身分和潛入我大寧的目的，目前尚無確鑿證據能夠知曉，不查清他們的來歷，我實在是放心不下，你們幾個且附耳過來。」

影衛們聽了，吩咐紛紛側耳過去，慕汀嵐便將自己的計劃細細與他們交代一番，又從懷裡掏出了一個小瓷瓶。「這是冷香草的解藥，你們行事務必要小心，無論成敗與否，先保住自己的性命。記住，你們是我的暗衛，不是死士！」

這七名影衛是從民間孤兒中選拔出來的，他們從小就冠以慕姓，陪伴在幼主身邊一同成長，這些人的忠心是世上最牢不可破的牆，這件事也只有委託他們去做，慕汀嵐才會放心。

「是，將軍！屬下定不辱命！」

這一晚，按照俗禮，盟訂婚約的當日，男女雙方是不可以見面的，不然就會給彼此的家族帶來霉運，所以慕汀嵐便繼續留在軍營中。

青城山的一角，幾個領了軍令的影衛正馬不停蹄地朝玉松林而去。夜色中，七個矯健的身影身輕如燕，用手裡的鐵劍在玉松林外索利地挖了一圈防火帶，不到一個時辰，落峰崖上便燃起了熊熊烈火。

空氣裡瀰漫著詭異的花香和肉蟲被烤焦的古怪氣味，慕一將瓷瓶裡的解藥一一分給兄弟們服下後，便迅速地來到那個山洞的上方搭起繩索。

「阿七，你留在上面替我們看著繩索，萬一有人接近，你立刻向我們報信！」

「好，大哥，你們小心點。」

敵人以玉松林裡的瘴氣和山洞的地理優勢掩人耳目，在這兩個極其隱蔽的地方種下這些毒草，顯然是有所圖謀，那些人發現玉松林被毀之後，一定會前去山洞裡察看另一片冷香草是否完好，他們只需要在山洞裡守株待兔，就一定能夠抓住活口，審出他們的來意。

慕一和慕六一行人很快便沿著繩索到達了洞口，然後各自在洞裡找了隱蔽的角落躲藏起來。果然，不到半個時辰，幾個身著南詔服飾的青年男子，慌慌張張地從洞外跑了進來。隱蔽在洞口一處草叢裡的慕四發現，那幾人與他們恰恰相反，居然是用鈎索從山崖下爬上來的。

慕四將手指放進嘴裡，用特殊的聲線，發出了三聲布穀鳥的叫聲。

那幾名南詔青年正奇怪，這二月寒天是哪裡來的布穀鳥，突然，一群身著玄色緊身衣的陌生人，將他們團團包圍起來。

「你們是什麼人?!居然擅闖他人領地！」為首的一名青年很快便鎮定下來，他怒目圓瞬，不滿地看向慕一幾人。「怎麼不說話！難道是被自己的小賊行徑給羞啞巴了？」

「哼，青城山乃是我大寧國土，這山洞自然也是我大寧的山洞，不知道你說的這個他人又是何人？」

慕一不屑地冷斥。聽這人說話的口音不南不北，實在不確定他是何方神聖？但是他的衣袖上繡了五道金雲紋，這種圖案是南詔貴族特有的，莫非，他們真的是南詔人？

「話不投機半句多，既然說不到一塊，那就拔出武器，我們刀下見真章吧！」

那人頓時啞口無言，不再跟他囉嗦，立刻暴起一刀，直直砍向慕一的肩膀。

慕一身形一閃，輕巧避過，兩夥人很快便戰到了一塊兒。山洞狹窄，大大限制了雙方的戰鬥實力，然而這種短兵相接的貼身肉搏，對於從小一起長大，有著無比默契的慕家影衛來說，很快便適應了。

雙方的打鬥持續了不到一刻鐘便拉下了帷幕，地上橫七豎八地倒了七、八具屍體，全都是對方的人。

「王八蛋！你們是哪路的賊子，敢不敢報上名來？玉松林那把火是不是你們放的？娘的，你們給老子等著，我們主子不會放過你們的！」

慕一撓了撓自己的耳朵，上前一步，就將那領頭貴族的下巴給卸了。

「嗯，這下耳根子清淨許多，又能防止你服毒自盡，不錯、不錯。」

想了想，覺得還不夠完美，他又將那人周身幾處關節全都給弄脫臼，慕一這才將這隻罵咧咧的「兔子」給綁了起來。

這時，山崖上突然傳來了慕七的催促。「哥哥們快上來，有人來了！」

慕一一聽，連忙將那被捆成粽子的無名貴族像只破麻袋一樣，甩到自己身後，然後招呼其他兄弟，迅速爬上了山崖。

慕四回頭看著漸漸模糊的洞口，忽然想起將軍交代的事情他們還沒有做完。他們燒了玉松林，可是山洞裡的那片毒草還沒燒呢！如果今天就這麼走了，那這些毒草的主人定會有所防備，若是那些人將這些毒草全部收割轉移，還不知道會害死多少無辜之人？不行，這片冷香草不能留！

慕四一念及此，立刻鬆了繩索要往下跳，離他最近的慕三第一個發現他的異常舉動，連忙一把抓住了他的手。「阿四！幹麼？」

「三哥，我要下去燒草！」

爬在前面的幾個影衛聽到下面的動靜，連忙回過頭勸阻。「沒聽小七說來人了嗎？現在下去恐怕就上不來了！別胡鬧！」

「是啊！你忘了將軍說過的話？先保住性命要緊！這片草我們回頭再來燒！」

慕四堅定地搖搖頭朝幾人道：「不行！錯過了這個機會，這些草還在不在這裡都不知道。你們快上去，我放把火馬上就來！」

慕四話說完，縱身一躍，落在了山洞口，他的身影迅速消失在幾個人的視線中。有這拉拉扯扯的工夫，還不如趕緊下去辦事呢！

影衛們來不及抓住他，又聽崖上慕七焦急的催促。「哥哥們快上來，來了大隊人馬！」

慕一咬牙，狠狠心轉過頭。「走！」

他們跑不掉沒有關係，可是這個人證還沒來得及審出什麼，萬不能落入別人手中！

慕一領著幾個兄弟，很快翻上了懸崖，遠處的一個山頭上，一列舉著火把的夜行隊伍正迅速地朝著他們這邊靠過來。瞧著那些人的動靜，人數竟似不下百人，且個個身形輕盈、行動迅速，顯然不是泛泛之輩。

慕一將那名南詔貴族從背上放下來，朝幾個兄弟道：「對方人數太多，我們還帶著這個累贅，不好硬拚，你們五個，盡快把他送回去交給將軍嚴查！」

「大哥，那你呢？」慕七上前一步，扶住那名已經疼得昏迷的南詔人。

「小四還在下面，我留下來接應他，你們快走！」

慕七還欲開口再說，慕一厲聲喝斥。「別磨磨蹭蹭！這是命令！」

幾人回頭，看著越來越近的敵人，已經顧不上再做更加周密的安排，只好聽從慕一的吩咐，帶著那名南詔人迅速撤離落峰崖。

山洞裡沒一會兒就升起了滾滾濃煙，隨著火勢越來越烈，煙霧漸漸飄上懸崖。慕一探過頭，朝山崖下望去，已經隱隱約約能夠看見慕四往上攀爬的身影。

「小四！動作快點，來不及了！」

慕一焦急的話音剛落，一支利箭破空而至，狠狠釘在了栓在崖邊的那根繩索上。

這支箭是支倒鈎箭，箭頭有十字形的鐵鈎，鐵鈎內側是一碰即斷的利刃，箭尾還拴著一根細繩。這種箭矢，一般都是用來刑訊嘴硬的犯人，將倒鈎箭釘入敵人的骨肉中，刑訊者拉扯箭尾的細繩，倒鈎內的利刃便會勾住犯人的骨肉，細細切割。這種生不如死的痛楚，足以讓天底下最為赤膽忠心的死士知無不言，言無不盡。

慕一回頭朝箭來之處看去，四個蒙著白色面紗的藍衣少女，和一個衣著首飾更加精緻華貴的紫衣少女，已經將他們所有的退路給全部封住。

握著細繩的紫衣少女二話不說，素手翻飛，一個用力，就將那鈎箭收了回去。倒鈎內的利刃，一眨眼的工夫，就將原本釘在崖邊的繩索一下子切斷。

眼看正在繩索上攀爬的慕四瞬間失去了助力，馬上就要墜落懸崖，慕一來不及多想，立刻飛身朝崖邊撲去，在千鈞一髮之際，死死地抓住了那根滑落的繩索。

第三十八章

掛在半山腰上的慕四被這陡然的變故驚了一跳，立刻發現上面的不對勁。他抬頭朝崖上看過去，發現慕一正緊咬牙關，死命地替他拽著繩索，顯然是小七說的那些人已經發現了他們。

「大哥放手！不要管我，你快走！」

慕四心中大駭。萬不能讓大哥因為他而陷入被動，況且上面那麼多人，他就算爬上去也不一定能逃得掉！以大哥的身手，他一個人走或許還來得及。

然而就在這時，擅用倒鈎箭的紫衣少女再次舉起手中的弩弓，直指慕一後背。

感覺到背後襲來一道凜冽的殺氣，慕一警覺地回過頭去。「你們到底是何人？膽敢襲擊西營守衛軍。」

那名舉著弩弓的女子眉目含笑，語氣輕佻。「敢壞我們主子好事，任憑你是誰，今天別想善了！」

女子淺笑嫣然，手中的弩箭毫不猶豫地向慕一射去，慕一身形一閃，轉頭側身，堪堪避過這來勢凶猛的一箭。

「你們和那些南詔人是一夥的？」

「你真是知道得太多了！既然如此，我就更不能留你了。去死吧！」那女子素手一揚，身邊四個藍衣少女便領著身後黑壓壓的一群人，迅速圍了上來。

縱使慕一身手敏捷，但到底雙拳難敵四手，就在他進退兩難之際，已經爬到崖口的慕四探出頭，一眼便看清了山崖上的情形。

他們現在已是插翅難飛，若還有退路，便只有一個辦法。

「大哥，往下跳！」上去無疑會被亂箭射死，下去的話說不定還能討得一線生機！

慕四能想到的，慕一自然也能想到。既然已經被逼到這個地步，便只有放手一搏了。

「小四，往洞口跳！」

雖然山崖距離洞口還有幾百丈，但他們好歹是有武藝之人，大膽搏一搏，總還是有機會的。兩人四目相對，同時點頭，眼神裡露出了視死如歸的萬丈豪情。「跳！」

慕四話音剛落，就在慕一縱身飛躍的瞬間，那名手持弩弓的女子射出了最後一支倒鈎箭，箭矢既快又準，「啪」地一聲，狠狠釘在了慕一的肩頭，聲音尖銳而沈悶。

慕一悶哼一聲，被這突如其來的一箭生生阻斷退路，狼狽地掛在了懸崖絕壁之上。肩胛處傳來一陣鑽心的疼痛，讓他整個人瞬間失去了力氣，面色煞白，呼吸紊亂，額角的冷汗很快便淌了下來。

「大哥——」身在半空中的慕四絕望地看著被倒鈎箭掛在峭壁上的慕一，憤怒的嘶吼在山澗中來回飄蕩，漸漸地，他的聲音越來越小，身影也越來越遠。

慕一咬牙切齒地看著懸崖上，一臉小人得志模樣的幾個人，忽然冷笑一聲，伸出手，握住那支釘在他身後的倒鈎箭，喉間發出了一聲類似野獸的怒吼。

那握著細繩的少女手中一抖，發現繩子那一端的倒鈎，居然被慕一硬生生地從肩膀中拔了出來。

崖上的眾人全部都驚呆了。這是倒鈎箭啊！箭頭全是由精鐵打造，堅韌無比，怎麼可能有人能將它從骨肉中生生拔離?!這還是人嗎？

二月的寒風吹過，將慕一身後被冷汗打濕的衣衫吹得更加冰涼，眾人還沒來得及反應，他忽然鬆開手中的箭頭，朝崖上眾人粲然一笑，便像一只破敗的風箏，直直朝山崖下墜去。

「不好！讓他給逃了，快放箭！」

一名藍衣女子迅速追到崖邊，看著不斷墜落的慕一，厲聲催促。

「慢著！」紫衣女子收好手中的弩弓，嘴角掛著一抹似笑非笑的冷冽。「他們若能活著回去，給慕汀嵐報個信，也是件好事！」

正好禍水東移，讓慕汀嵐找那些南詔人算帳去，屆時也省去主子許多麻煩。

大營中，慕七幾人將綁得嚴嚴實實的人犯扭送到慕汀嵐面前。

慕汀嵐一挑眉，發現五人的神色似乎有些不對，他打量了幾人一眼道：「慕一和慕四呢？」

慕七和其他幾個影衛一聽慕汀嵐問了，連忙撲通一聲跪到地上。

慕七眼眶微紅，率先道：「屬下無能，大哥和四哥他們，可能被困在山崖上了！」

「怎麼回事？」

慕汀嵐立刻朝幾人走近，慕七便將懸崖上發生的事情，一一向慕汀嵐彙報。

「這麼說，這夥人並不是等閒之輩，他們竟然還有外援……」慕汀嵐若有所思地坐在椅子上，兩指輕輕扣著桌面。「你們五個，帶親衛兩百，現在就去落峰崖營救慕一和慕四！」

「是！主子！」慕七等人得令，連忙帶人往落峰崖趕去。

親衛營中一共只有三百人，他們直接由慕汀嵐管轄，在軍中地位僅次於慕汀嵐的影衛，平時被派遣到軍營各個崗位執行緊要任務，刑訊逼供就是其中一種。

眼下親衛營一下子派出去兩百人，這個嫌犯便由他親自來審。

青城山上的一處密林中，一名年輕嫵媚的女子，不著寸縷地攀附在身旁黑衣男子的腿上。男子像是在把玩一件玩物一般，肆意揉捏著那女子的胸脯。「紫苑，這次的差事妳沒有辦好，妳說，本公子應該怎麼罰妳？」

男子的語氣輕飄飄地，不含一絲溫度，聽在紫苑的耳裡如同刺骨寒冰，身子一抖，立刻趴到男子腳下。「公子，這次是寧國那幾個自作聰明、假扮南詔貴族的蠢貨暴露了行跡，才引得慕汀嵐前去追查，不關屬下的事啊！」

「哦？那幾個人呢？」

「他們全都死在山洞裡了，估計是中了埋伏。」

「哼，真是群無用的廢物！白白可惜了我的聖靈草！」黑衣男子眸光一深，手下便沒了分寸，抓在女子胸脯上的大掌，緊緊攥在一起，直將手下的女子折磨得險些暈厥。

「竟然敢燒我的聖靈草，他還是一如既往地討人厭！」黑衣男子低聲朝匍匐在他腳邊的女子細細吩咐道：「慕汀嵐欠我元家的血，就用他慕家的血來償吧！我聽說他最近看上個村姑，該怎麼做，應該不用我再教妳了吧？」

「是！公子！屬下這次一定會做得不露痕跡，不會再畫蛇添足。」

紫苑長長地舒了一口氣，胸口的青紫疼得她險些落下淚來，連忙低下頭去，撿起地上凌亂的衣衫，心中暗道：慕汀嵐，都是你害我被這般責罰！我饒不了你！

一連三日，慕汀嵐都待在軍營裡沒有出來，明玉秀擔心他勞累過度，做了幾道小菜，打算帶著明小山去營裡探望。

西營的刑訊營建在地下九尺，為了防止重要的犯人逃脫，暗室僅有一個狹窄的入口用來通風和出入。

慕汀嵐坐在暗室的門口，順著風，將一堆潮濕的木柴點燃，不一會兒，滾滾濃煙很快便順著風口灌滿了整個密室，被綁在十字架上的男子嗆得咳嗽連連，呼吸困難，沒過多久便鼻涕、眼淚止不住地橫流。

「慕汀嵐，你有種就殺了我！用這種三歲小兒的把戲，你羞不羞！」

等了三天的慕汀嵐似乎一下子失去了耐心，他將手中木柴一扔，猛地站起來。「哼，我看你功夫不怎麼樣，嘴還挺硬的，你當真不說是吧？」

他在這裡跟這傢伙耗了三日，有三天沒有見到秀兒，不知道秀兒有沒有想他？

「看來是我對你的手段太溫柔，讓你覺得我是三歲小孩在跟你玩家家酒，既然這樣，咱們就來點成年人該玩的。來人！」慕汀嵐回頭喚人，門外侍立的兩個守衛很快便跑了過來。

「將軍！」

「這個人，現在給我就地閹了！」

「是！將軍！」守衛得令，立即面不改色地衝到架子下，眼也不眨地將那人的褲子一把給扒了下來。

暗室裡溫度冰涼，一陣冷風從外面吹進來，顯得格外地涼快，光著屁股的那人又羞又怒，卻又被守衛手裡掏出的刀子嚇得兩股顫抖。

慕汀嵐看著他一臉驚懼的模樣，冷冷一笑。「原本想留著你的性命，讓你毫髮無傷地給我帶路，我們好一起去尋你的主子；不過，既然你這麼爺們，那我倒要看看，到底是你的嘴硬，還是你的命根子硬！」

「你、你這個混蛋！你放開我、你站住！我說、我說啊，你別走！」眼看著守衛手裡的利刃離自己越來越近，他險些尿褲子。他還沒娶媳婦、沒生娃，他不想做太監。

「機會只有一次，你們幾個，好好審他！」慕汀嵐沒有回頭，只丟下冷冷的幾個字就轉頭而去。

那頭明玉秀行至半路，忽然感覺身後有些異樣。她一回頭，猛地發現不遠處的天空似乎燃起了一片火光，她踮起腳朝那片烈焰沖天的方向看去，心中頓時大驚。

那是臨山村的方向！村裡發生了什麼事？怎麼會起火？隨著燃燒的滾滾煙塵不斷上升，

遮天蔽日的黑雲很快便覆蓋了天際的最後一抹霞光。

爹、娘、徐奶奶！明玉秀想到家中還有親人，連忙抱起明小山，拔腿狂奔。

與此同時，從暗室出來的慕汀嵐也發現了臨山村的異樣，他連忙跨上駿馬，風一樣疾馳出去。

不過片刻，明玉秀的身後便傳來了噠噠的馬蹄聲，她回頭一看，見到來人正是慕汀嵐，連忙急急道：「快帶我回去，村子裡出事了！」

慕汀嵐長臂一伸，二話不說，就將明玉秀和明小山兩人一把撈上了馬背，同時又從懷裡掏出一枚信號彈拉開，紫色的信號一瞬間呼嘯著沖向天際，慕汀嵐載著明玉秀姊弟倆，風馳電掣般，朝前奔去。

而此時，臨山村裡早已經變成一片廢墟，一隊身著夜行衣的蒙面人，正踏著焦黑的斷壁殘垣從村口往外迅速撤離。

「快！西營馬上就會發現這邊的動靜，我們趕緊撤！」

「可是，我們還沒有找到主子要殺的那個丫頭。」

「屠了村子也是一樣，這其中肯定有她和慕汀嵐的親人！」

「別囉嗦了，快走！剛剛那枚信號彈絕對是衝著我們來的，保命要緊！」

領頭的紫苑當機立斷做了決定。既然找不到那個村姑，屠村也是一樣。

慕汀嵐不是喜歡那個村姑嗎？他敢燒了主子的聖靈草，她就替主子燒了他心愛之人的村子！到時這對小鴛鴦必然心生嫌隙。只要能讓慕汀嵐心痛，主子的目的就算達成了！

黑衣人很快就消失在村口，明玉秀抱著明小山坐在慕汀嵐的馬背上，一路疾馳，一進村口，眼前的一幕讓她整個人一下子失去全部的力氣，癱坐在馬背上。

怎麼會？怎麼會這樣？

月色下的臨山村，已經化為一片火海煉獄。大火沖天，屍橫遍野，處處都是焦土廢墟，草木枯敗，再也感受不到一絲人氣。

熊熊的烈火將天空燒得亮如白晝，地上橫七豎八地躺著一具具毫無知覺的屍體，就連那些往日裡朝氣蓬勃的孩子們，此時也都慘白著臉孔，像一個個髒污的布偶，被人拋棄在鮮血與焦土混雜的廢墟裡，任火舌吞噬、任賊人踐踏。

隨著夜風無情吹過，空氣裡飄散著一陣陣令人作嘔的氣味。

「爹！娘！」懷裡的明小山見到這讓人驚懼的一幕，突然「哇」地一聲大哭起來，轉過身子，將頭埋進了明玉秀的懷裡。

「山兒。」明玉秀被弟弟的哭聲驚醒，連忙攬過他小小的身子，緊緊抱住。

到底是怎麼回事？臨山村只是個普普通通、毫不起眼的小村子，這是有多大的仇怨，才讓這些毫無人性的賊子，對這些手無縛雞之力的老百姓下手？甚至連老人、孩子都不放過！

坐在最後面的慕汀嵐也緊緊皺起了眉頭，心裡突然湧上一陣不祥的預感。莫非這件事情與那些冷香草有關？如果是這樣，豈不是他害了這些無辜的村民？

慕汀嵐欲言又止地看向明玉秀。他想告訴她自己的猜測，又擔心說了以後她會怪他。

「秀兒，抓緊我，我們先回去看看！」他說著，便揚起馬鞭，帶著明玉秀和明小山飛快地往徐家的方向奔去。

徐家院子裡的花花草草此時早已被燒成一片灰燼，院牆是泥巴做的，已經燒無可燒，火勢全都集中在幾間木造的房子裡。

「爹、娘！」

明玉秀一下馬，便焦急地往她爹娘所在的屋子裡衝去，卻被身後的慕汀嵐一把拉住。

「妳別進去，火勢太大！我去！」

慕汀嵐把明小山交到明玉秀手中，麻利地將自己的外衫脫下，捲成一個布團，丟進角落的瓦缸裡浸了個透濕。

「照顧好山兒，在外面等我！」他披起濕衣服，一頭衝進了凶猛的大火裡。

明玉秀明白，此時此刻，慕汀嵐進去要比自己進去有效率，這不是她逞強的時候。

她焦急地在院子裡走來走去，看了眼站在一旁驚慌失措的明小山，再一次止住了想要進去的衝動。如果爹娘真的出了什麼事，明小山就是明家唯一的血脈，她必須先保護好自己，才能好好保護他。

慕汀嵐在大牛夫婦的房間裡找了一圈，見屋內空空如也，又迅速轉頭朝其他幾個房間尋去。明明還是早春，被大火包圍的他彷彿置身於烈日炎炎的七月，渾身上下冒出熱汗，方才在冷水裡泡過的衣衫，很快被大火烘乾。火舌不斷吞噬著他周圍的一切。慕汀嵐從衣襬處撕下一塊絲綢，將自己裸露在外的皮膚全都包裹好，再一次往裡間的屋子找去。

「荷花妹子妳醒醒啊！妳堅持住，很快就會有人來救我們的！」
「救命啊！救命！外面有沒有人？快來救救我們啊！」
微弱的呼救聲終於傳入了慕汀嵐的耳朵裡，他心中一喜。
這是徐奶奶和岳母的聲音，她們都還活著，太好了！

第三十九章

慕汀嵐扯過衣襟，摀住自己的口鼻。屋子裡的煙實在是太大了，大到五步之外，他便看不清任何東西。

「徐奶奶、岳母！妳們不要怕，我馬上來救妳們！」

越往裡走火勢越大，濃煙熏得慕汀嵐有些睜不開眼。他一把抽出腰間的佩劍，將掉落在前面，正在熊熊燃燒的房檐和門框全都砍斷，然後一腳踢到旁邊。

在最裡面的一間房裡，只見陸氏、明大牛、徐氏和周氏四個人，全都縮在角落裡，除了周氏好像昏了過去，其他三個人全都眼巴巴地看著他。

他們前面還有一個已經被燒得空盪盪的木架子，想來那裡原本應該有一塊簾帳，四個人都躲在簾帳後面，這才逃過了一劫。

陸氏幾人一見慕汀嵐進來，心中大喜過望，連忙想要站起身朝他奔去，這時候，燃燒的木架子終於再也支撐不住，「嘩啦」一聲，向下倒去。

厚重的木框砸在陸氏的背上，又順勢落在明大牛的腿上，疼得兩人齜牙咧嘴，險些暈厥。

火越來越大了，慕汀嵐再也顧不上別的，連忙衝到幾人跟前，將手心的絲綢重新纏繞一遍，徒手將那個木架子抬起來。

「岳母，快將岳父的腳拖出來！」

見到慕汀嵐如此神力，陸氏的心很快就鎮定下來。經過這番劫後餘生的驚嚇，她整個人沈穩大氣許多。

陸氏忍著背後的疼痛，小心翼翼地將明大牛被砸傷的腿，從原地往裡挪了挪，又見慕汀嵐纏在手上的絲綢已經著火，連忙伸手替他拍滅了。

「汀嵐，我和你徐奶奶扶著秀兒她爹走，你將周奶奶揹起來吧，她暈過去了！」

「也好。」慕汀嵐見其他三人神智還算清醒，連忙揹起已經被煙熏得不省人事的周氏，快步朝外走去。

「你們跟緊我，小心周圍，隨時會有重物掉落。」慕汀嵐打頭陣走在前面，將面前的障礙物一一清除。

屋裡十之八九的東西都燃燒著，火不容情，片刻都不能再耽擱。幾個人誰也沒有多說廢話，互相攙扶著往外走，此時，他們一心想的，只有抱成一團，向外求一條生路。

「快到門口了！我是不是看見秀兒和山兒了？我們快點！」

已經快走到門口，屋外的涼風吹在被烈火灼烤得汗如雨下的幾個人身上，仿佛新生的希望，讓他們感到無比的歡愉。

就在陸氏沈浸在看見兒女的欣喜中時，突然「喀嚓」一聲，一個猝然的斷裂聲如同一道驚雷，傳入慕汀嵐的耳朵裡。

他抬頭一看，屋中最大的一根房樑已經支撐不住，粗壯的木樑全被燒成了黑炭，在慕汀嵐抬頭的一瞬間，「嘩啦」一聲，狠狠地朝走在後面的陸氏砸了下來。
「娘！小心！」
門外的明玉秀顯然也看到了這令人心膽俱裂的一幕，她想也沒想，像一只急速滑翔的風箏，直直朝自己的父母撲去；然而，兩方的距離實在太遠，就算她跑得再快，也快不過房樑墜落的速度，就在明玉秀不顧火勢衝到父母跟前時，她的耳邊傳來了一聲痛苦的悶哼。
「汀嵐！」
明玉秀睜大了眼睛，只見那成人腰粗的房樑，硬生生地砸在了慕汀嵐的背上，而自己的父母，因為先一步被他撞開，跌坐在地上。
慕汀嵐被濃煙熏得漆黑的俊臉上，看不出一絲血色，只有他泛白的嘴唇和嘴角的血絲告訴旁人，他受傷了，很重、很疼。
「我沒事，岳母、徐奶奶，房子快塌了，你們跟秀兒扶著周奶奶快出去！」
慕汀嵐伸手擦去嘴角的血漬，將周氏交給明玉秀，然後咬了咬牙，回頭一把抱起了行動不便的明大牛，迅速往外走。
明玉秀的眼眶裡頓時含著一泡淚，聽話地低下頭，去扶住人事不省的周氏。
就在幾個人齊心協力，終於逃出生天之時，身後的徐家終於「轟隆」一聲倒塌，成為一片廢墟。
慕汀嵐的嘴唇上，全是乾裂的白皮，手上纏繞的綢布也被燒成了破爛，脖子上、手臂上，露在外面的皮肉亦都燙起了一個個水泡。有的地方看起來甚至像被烤熟，還在冒著絲絲白煙，甚是可怖。

而明大牛和陸氏他們相對要好得多，除了明大牛本就重傷在床，依舊不能動彈，徐氏和陸氏都還算精神。

之前為了躲避黑衣人的屠殺，四個人在簾帳後躲了許久，吸入不少的煙塵，現在嘴巴、鼻孔裡全是一片漆黑，肺也在隱隱作疼，不過好在幾人的性命都算保住了。

「汀嵐，你的傷……」見自己爹娘都已無大礙，明玉秀轉頭看向慕汀嵐，心裡一時真不知是什麼滋味。

眼前這個男人，自從他第一次出現在自己面前，就在不斷地幫助她、保護她，這次又捨命救了她的家人。明玉秀的眼淚忽然一下子就止不住，傷心地撲到慕汀嵐的懷裡。「你怎麼樣？是不是很痛啊？」

「嘶——秀兒乖，快放開，岳父、岳母看著呢！」慕汀嵐的臉皺巴巴地皺成一團，也不知道是羞得還是痛得？

明玉秀聽到他的痛呼聲，心裡一驚，暗罵一聲自己犯蠢，連忙放開他。

「你快去用水缸的水沖一下，溫度降下來就不那麼疼了。」

慕汀嵐含笑點了點頭，走到院牆外一旁的水缸，舀水將燙傷的地方沖了沖，果然舒服很多。

「爹、娘，這到底是怎麼回事？是什麼人來燒我們的村子、殺我們的人，你們看清楚了嗎？」一家人都沒有大礙，明玉秀的心情便也平復許多，連忙問起事情經過。

陸氏將明大牛扶到一旁的石墩子上坐下，然後將見到的事情一五一十地告訴女兒。

「我們傍晚剛吃完飯，準備歇下，就聽見外面有喊殺聲，還沒有走出去看，胡衛就從外面跑進來，說有歹人進村。那些人在村子裡殺人放火，胡衛叫我們趕快躲起來，我和妳徐奶奶、周奶奶就抬著妳爹躲到了屋子裡，不一會兒，房子就燒起來了。」

「那些人沒有搜屋子？」

「我聽他們在說找明家、找明家，還拉了個人在前頭問，那人說這裡不是明家，那群人也沒搜，放了火，就走了。」

「是啊！」徐氏也在一旁答道：「當時火還小，但是那些人沒有走，我們不敢出去，等到外面沒有了動靜，我們再想出去時，火勢已經太大。」

一旁的陸氏聽著，眼睛紅成了一片，她突然想起什麼，猛然回過頭，朝明大牛道：「大牛，你娘那邊……」

那夥人既然是來找明家的，想必婁氏那邊已經遭了大難！

明大牛的手一僵，無聲地嘆了口氣。明家和徐家是前後屋，他忍著劇痛，掙扎著站起身來，朝前面的明家看去，那裡已經被夷為平地，看起來比徐家還慘烈。

現在就算他想去救他娘，顯然已是不可能了。

明玉秀聽到這裡，回頭看了一眼站在角落望著她，一動不動的慕汀嵐，看清慕汀嵐眼底的神情，她的心頭忽然一軟。

慕汀嵐目光裡的擔憂顯而易見，甚至還帶著一點點的害怕和手足無措，她忽然一下子什麼都明白了。那群人是衝著慕汀嵐來的，而臨山村完全是受了她的連累，因為她是慕汀嵐的未婚妻！

閉了閉眼，明玉秀的心中五味雜陳。

這不是汀嵐的錯，慕汀嵐的為人她是知道的，忠君愛國、正直善良，他一定不是因為做了壞事才遭人報復。當初在青石鎮，肖家父子那樣作踐她爹，他都沒有對那兩個人趕盡殺絕，以此來討好她，足以見得慕汀嵐絕不是那種胡作非為之人。

相反地，這些人將無辜的村民作為發洩的對象，欺負他們手無寸鐵、不懂武藝，連三歲小孩都能下得了狠手，實在是喪心病狂！

明玉秀走到慕汀嵐跟前，輕輕抓住他的衣襬。「我不會亂想的，是非黑白，我心裡知曉。」

慕汀嵐的呼吸微微一滯，心裡的一塊石頭悄然落地。他伸出滿是血泡的大手，握住了明玉秀扯著他衣襬的小手，輕輕點了點頭，嘴角含笑，卻什麼都沒有說。

不一會兒，村外傳來一陣整齊劃一的腳步聲，副將李順帶著慕汀玨和營中的一千人馬，終於趕到了臨山村。

西營距離臨山村差不多是半個時辰的路程，從慕汀嵐發信號到他們趕過來，才不過兩刻鐘，時間已經硬生生縮短了一半，算是很快了。

但是看著慕汀嵐手上、身上的燒傷，李順還是忍不住自責地跪到了他跟前，重重低下頭去。「屬下來遲，還請將軍責罰！」

「無礙，去村子裡看看，是否還有其他活口？如果有，全部都帶到這裡來。」

「屬下遵命！」李順領命，片刻不耽擱地匆匆離去。

「大哥、玉姊姊、山兒，你們沒事吧！」

李順一走，慕汀玨連忙大步衝到幾個人跟前，上下左右仔細打量。見慕汀嵐傷得最重，連忙又對手下吩咐。「快去將王軍醫請過來！」

方才一路過來，臨山村的慘境簡直讓他難以置信。一夜之間，這個不起眼的小村莊怎麼會被人用這麼惡劣的手段，付之一炬？

王軍醫很快便來了，他的背上還揹著一個小男孩，那孩子已經被嚇傻。明玉秀抬頭一看，發現那孩子竟然是胡小栓，連忙走過去從軍醫背上接過他。

「將軍，這是在廢墟下尋到的倖存者，屬下方才一直在為他醫治。」

軍醫恭敬地解釋著自己來晚的原因。慕汀嵐點點頭並未責怪，只朝地上的周氏看去，示意軍醫先去給她看。

明玉秀也看著地上還在昏迷的周氏，心裡有些擔憂。她不確定被煙熏倒的人是否能夠人工呼吸，萬一她口鼻裡有粉塵，被她吹進肺裡或者氣管裡堵住，豈不是更麻煩？

王軍醫走到周氏跟前蹲下，伸出食指探了探她的鼻息，又察看了她的脈搏和瞳孔，終於神色凝重地站起身來，朝慕汀嵐搖了搖頭。「夫人的這位長輩，怕是已經氣絕多時。」

一旁的徐氏一聽軍醫的話，眼淚再也止不住了。「火燒起來沒多久，她就暈過去了，壺裡的水只夠沾濕三塊帕子，她堅持把濕帕子給我們摀住口鼻，說她自己無牽無掛、死而無憾……我……是我們對不起她啊！嗚嗚嗚……」

在場的幾個人聽了徐氏的話，一時間都沈默下來。

明玉秀沒想到，周氏是為了保護自己的父母和徐氏，才會主動選擇了放棄生的希望。當初她抱著救人一命，勝造七級浮屠的想法，將周氏從鬼門關裡救了回來，沒想到周氏今天用了同樣的方法回報於她，實在令人唏噓。

不一會兒，軍醫已經幫慕汀嵐將傷口處理完畢，又上了藥粉包紮起來。

門外的士兵們，陸陸續續抬著一具具燒得烏黑的屍體，整整齊齊地放在已經不能稱之為院子的平地上。

臨山村裡，大大小小一共有兩百多口人，一部分是被人殺死的，一部分是被燒死的，還有一部分是像周氏一樣，被活活熏死的，而他們現在，全都毫無生機地被人從廢墟裡挖出來，擺在了地上。

明玉秀看著地上那一具具蓋著白布的屍體，眼中的淚、心中的痛，再也抑制不住。

她雖不是什麼良善之輩，更不是聖母，平時與她作對、惹她生氣的人她也會記仇、會不喜歡；但是此時，看著這些躺在地上，再也不能動彈一下的屍體，她的心裡只剩下難過。

明玉秀走上前去，將地上的白布一張張掀開。里正、趙老頭、劉氏、劉大郎、陶銀、婁氏、吳杏花……一張張熟悉而陌生的臉，以一種她從未見過的姿態出現在她的面前，讓她恍然如夢。

一旁的明大牛見到自己的母親婁氏時，再也忍不住，忍著傷痛，撲到她面前，崩潰地大哭出聲。「娘！兒子不孝，兒子對不起您啊！」

縱使母親再怎麼不愛自己，如今她就這麼走了，還是在距離自己那麼近的地方，被人所害，他卻沒有能力去救她，這實在是讓他難以承受。

陸氏也紅了眼眶，眼淚嘩嘩往下掉。這麼多年來，婆媳關係雖然不好，但是到底在一個屋簷下過了半輩子，是個石頭都該有點感情，何況是夫君的母親，孩子的祖母。

明玉秀無聲地嘆了口氣，將這些人的屍體用布蓋好，又四處打量了一遍。

她總覺得好像少了點什麼？眼睛轉了幾轉，她終於發現了哪裡不對。

「黑虎！我家黑虎怎麼不見了？還有這裡屍體的人數也不對！我們村應該有兩百多人才是，這裡充其量只有一百五十人，還有五十多個人呢？」

慕汀嵐一聽，立刻明白這個訊息代表了什麼，他立刻馬上前一步，招來副將。「村裡一定還有活口，再仔細去找找！」

第四十章

李順一聽人數有差，興許還有活口，心中也是大喜，連忙帶人就要往外走。

明玉秀突然上前攔住了他。「李將軍你等等，我跟你一起去吧！」

村長、胡衛、鄭鐵柱，還有文氏這些人，她一個也沒看到，他們一定是找地方躲起來了，黑虎說不定也跟他們在一起。

黑虎是她家的狗，她去找一定能更快找到牠。現在的時間對於他們來說，早一秒找到他們，就多一分活的希望。

「汀嵐，你幫我把爹娘和弟弟送回軍營去安頓吧！我和汀珏去找其他人。」明玉秀看了眼慕汀嵐包得跟粽子一樣的手和脖子，不放心地朝他建議。

慕汀嵐卻搖了搖頭。「汀珏武藝不夠好，護不住妳，萬一那夥人再回來，你們豈不是危險？妳應當知道這其中的利害。」

明玉秀之前在水缸邊對他的那句勸慰，已經明明白白告訴他，她已經猜到了事情的因果，那麼此時她也應該明白，那些人就是衝著他們兩人來的，他絕不允許她消失在自己的視線範圍內。

士兵們在青城山下挖了一個巨大的深坑，將這次遇難的村民們一一整理好儀容，又裹上一層白布，整整齊齊地放在深坑內，填土掩埋。包括周氏和婁氏在內，所有的人都沒有例外，通通與這些一同遭受劫難的村民們葬在一起。

慕汀嵐派了五百人護送陸氏他們去軍營暫住，剩下的五百人則開始搜尋失蹤的村民。

村裡遭逢如此巨大的變故，明玉秀的心中像是壓了一塊沈甸甸的大石頭，從前的那些是是非非、恩恩怨怨，此時早已顯得微不足道。

她站在已經撲滅了大火的廢墟裡，久久不能言語。這是她第一次意識到，人命在這個強者為王的世道裡，是那麼地脆弱和微不足道，縱使她是穿越而來，也只是個肉體凡胎，如果這樣的事情再來一次，那時候她該怎麼辦？還會有如今這樣的好運氣嗎？

她必須要盡快擁有保護自己和家人的能力才行，只是無論如何，她得先找到其他的倖存者才可以；只要他們還活著，房子可以重建，人丁可以再添。人還在，臨山村就還在！

「汀嵐，整個村子都被燒了，如果他們還活著，恐怕是往山上去了。」

明玉秀看著眼前的滿目瘡痍，心裡頓時沒了底。偌大的村莊幾乎被夷為平地，放眼看去，一覽無餘，再也找不到一個能藏身的地方。

慕汀嵐皺眉，思索了片刻。「村裡可有什麼地窖之類的地方？」

「地窖？」

「嗯，五十多人加一條狗，目標這麼大，不太可能躲過對方的視線，跑到山上去。」

也是，這麼大規模的屠殺，對方也不是庸碌之輩，怎麼可能會一下子放走那麼多人？明玉秀點點頭。汀嵐說得沒錯，是她短見了，若是兩、三個人跑了還有可能，五十多個人，確實沒有機會跑出去。

若說村民們是被抓走了，那麼也沒有連狗也一起抓走的道理，這就表示，剩下的村民還在村子裡，若不在地面上，那就在地下！

想通這點，明玉秀立刻馬想到了一個地方，連忙匆匆往外走去。

慕汀嵐向身後一招手，恭候在側的兩排士兵，全都整齊有序地跟了上去。

明玉秀沒有走多遠，很快就到了胡衛家門口。

胡家的房子也沒有倖免，一把大火將屋子燒得面目全非、遍地殘骸，但是因為他家是土磚房，木質結構相對比較少，所以從外面看起來，比徐家和明家都要好得多，至少還沒有完全坍塌。

「汀嵐，快讓他們到胡家周圍看看！」

之前她和胡衛說要拿他房子做作坊時，就考慮過要挖個地窖來儲存做好的成品。當時胡衛就告訴過她不用再挖，他家本來就有，還是他爹娘在世的時候倒騰的，慕汀嵐剛才一說起地窖，她馬上就想到了這裡。

「快找找！我知道胡大叔家是有個地窖的，但是我沒有看過，我們快找找入口！」

「胡大叔、胡大叔！胡衛！」明玉秀一邊說著，一邊大聲喊起了胡衛的名字。

士兵們立刻四散開去，在胡家院子和附近四下搜索起來。

「汪！汪汪！」

人還沒有找到，黑虎卻不知道從哪裡一下子鑽了出來，牠搖著尾巴，飛快地奔到了明玉秀的腳邊，跳起來就要往她身上撲，顯得格外地興奮和喜悅。

慕汀嵐見牠如此熱情，口水都要滴到明玉秀身上，連忙從後面出手，一把提起了牠脖子上的軟肉，將牠拎到了自己面前。

黑虎的四隻小短腿在半空中不停地撲騰，可憐兮兮地看著明玉秀。明玉秀見慕汀嵐欺負黑虎，連忙將牠從他手裡救了下來。

「虎子，你沒受傷吧？你是從哪裡跑出來的？其他人呢？」

黑虎彷彿聽懂了明玉秀的話，從她的懷中躍下，咬著她的裙襬就往外走。

距離胡家三十丈外，一棵五人環抱的梧桐樹橫倒在路中間，黑虎帶著明玉秀和慕汀嵐他們到這棵大樹前面，便突地一下消失不見。

明玉秀揉了揉眼睛，看向慕汀嵐。「黑虎呢？」

「牠下去了。來人，把這棵樹搬開！」

士兵們領命，連忙上前將這棵沈重無比的梧桐樹挪到一邊。

直到這時明玉秀才看清楚，這棵枝繁葉茂的梧桐樹下，正壓著地窖的入口，那入口處被石蓋嚴嚴實實地蓋住，只剩下一個小縫通風，正是這個小小的縫隙，才能讓黑虎自由出入。

地窖蓋子很快被掀開，下面密密麻麻地藏了五十多個人，此時全都驚慌失措地縮成了一團。

「不要殺我們、不要殺我們，求求你們放過我們吧！」

失蹤的胡衛、王斂、明彩兒、柳枝、趙松……五十多個人全部都在這裡，明玉秀一下子鬆了心裡緊繃的那口氣。

「我是明玉秀，你們沒事了，不要怕！」

村民們聽見明玉秀的聲音，恍如天籟。在看清她面容的那一瞬間，他們臉上還來不及擴大的絕望，迅速換作了重生的喜悅，所有的人在見到明玉秀和她身後的西營大軍時，都忍不住哭出了聲。

「嗚嗚嗚，終於有人來救我們了！我們不用死了！嗚嗚嗚……」

胡衛平復了心情後，便將之前發生的事情一一告訴慕汀嵐。

火燒起來之前，他就到距離自己家最近的幾戶人家報信了。當時因為明大牛行動不便，他幫他們藏到了那塊簾帳後面。

剩下的人，便都隨他躲進了地窖裡，誰知道這棵已經腐朽多年的梧桐樹，在他們進入地窖後，經過大火一燒，便倒在了地窖入口，他們就這樣被壓在地窖裡面，等到胡衛發現胡小栓不見時，他怎麼用力往外推，都推不開地窖的門。好在兒子沒事，已經平安獲救。

一個時辰以後，長長的隊伍帶著劫後餘生的五十多個臨山村民，到西營安置。

明玉秀去明大牛那裡安撫一番後，來到慕汀嵐的帳中，與他討論今天的事情。她倒了一杯茶遞給慕汀嵐，然後捧著自己的茶盞道：「汀嵐，這次的事情是何人所為，你知道嗎？」

慕汀嵐原本也沒打算隱瞞，便將自己的猜測告訴了她。

「這麼說，他們是南詔人？」

「我只是懷疑，尚不確定，因為之前的種種，不論是那些人對天青湖的稱謂，還是他們的衣著打扮，現在想來，都太刻意了些。」

明玉秀一想。「確實，有誰做了壞事還會自報家門的？的確很奇怪。」

「所以我懷疑，是有人想借南詔轉移我的視線，幕後之人看似是南詔人，但未必一定是他們。」

「那我們現在該怎麼辦？」明玉秀對這其中的彎彎繞繞並不太瞭解，她只知道，她的家現在沒有了，她接下來應該怎麼做卻是毫無頭緒。

慕汀嵐微微一笑，上前一步將她攬在懷裡。「別擔心，我已經派人連夜去鎮上買宅子，到時候妳帶著爹娘和山兒都搬到鎮上去。」

「還沒成婚呢，爹娘叫得那麼順口。」明玉秀含羞帶怒地瞋了他一眼，又道：「那村裡人呢？」

「臨山村發生了這麼大的事情，這件事就是衝著我來的，所以聖上很快便會從有心人的口中得知，我定是逃不過責罰；但是在這之前，我要先組織軍民，一起將臨山村重建，不然我若奉命回京請罪，他們就沒有人管了。」

這把大火把臨山村燒了個乾乾淨淨，失去了家園、失去了錢財，那些村民日後該何以為繼？

明玉秀一聽慕汀嵐很快便要受罰，心裡一下子慌了。

「這、這個罪名嚴重嗎？你會不會有事？還能回來嗎？」

慕汀嵐將她眼底的擔憂看進心裡，俯下身子，用嘴唇輕輕碰了碰她的額頭。

「失職之罪說大不大，說小也不小，我能回去一趟也是好事，正好查查這件事情是否與京中的勢力有關？不過妳別擔心，聖上的旨意再快，也是三個月之後的事情了。」

青城山距離京都那麼遠，皇上日理萬機，臨山村一百多條人命雖然算是大事，但是在主宰九州的皇帝眼裡，比這更重要的事情，是數不勝數；而他這些年，除了在戰場上樹敵，平時並沒有得罪過其他人，這事要是攤到檯面上仔細梳理，哪些人有嫌疑，一眼就能明瞭。

「將軍！慕七他們回來了，正往這邊來！」

帳外，守門的親衛急急稟報，慕汀嵐心中一喜，連忙放開懷裡的明玉秀，拉著她的手，一起走了出去。

三天未歸的慕七鬍子拉碴，髮冠微散，看起來甚是狼狽，他與其他四個影衛，正小心翼翼地抬著慕一和慕四兩人往這邊來。

「阿瑾，去喚軍醫來！」幾人還未走近，慕汀嵐便吩咐親衛去請軍醫。

直到一行七個人走過來，慕汀嵐和明玉秀齊齊屏住了呼吸。

慕一的左肩上，黑洞洞地一個大窟窿深可見骨，傷口處的鮮血早已流乾，只剩下發白的皮肉猙獰地往外翻；而慕四的臉腫得已經看不出原貌，渾身上下的皮膚全泡得皺巴巴的，像是在水裡浸泡了三天三夜。

此時，他們兩人都已經昏迷過去。影衛將人抬回來以後，軍醫很快便將他們領進了自己帳中。

「將軍，我們在落峰崖下找到慕一和慕四，同時還發現了這個，您看看！」

慕七從手裡遞過一塊鐵牌，慕汀嵐接過來，握在掌心仔細翻看。「這是……元家軍的將軍令？」

這個東西怎麼會在這裡？還這麼隨意地被人丟在天青湖畔，又正巧被他的人撿到，這太奇怪了。

慕汀嵐正要細細查問，一個銀甲小兵從遠處匆匆跑了過來。

明彩兒前些天毫無聲息地出嫁了。因為是納妾，加上之前逃婚、替嫁鬧了些不愉快，又因為府中有個有孕在身、拿喬的通房丫鬟，明彩兒的婚禮十分地簡單，單單一頂轎子就從明家接到王家去了。

今天本是明彩兒回門的日子，她與王斂在明家吃過晚飯後就準備返回王家。走到半路，他倆就看見一夥人拿著刀劍衝進了他們村子，見人就砍、見房就燒，她和王斂嚇得立刻就往回跑，村裡的村民們也和兩人一樣，被這突如其來的變故嚇得四散逃竄。

最後他們終於逃無可逃，幸虧遇到一起逃命的五十多個人，被胡衛帶去他家的地窖，直到慕汀嵐把他們救出來，她才算逃過了一劫。

但是外面不管是明家還是王家，全部付之一炬，她甚至連她娘和祖母的屍體都沒看見，也不知道她們是不是還活著？好在她的父親和弟弟都在鎮上，沒有被這次災禍波及，但是她的夫家王家，卻是沒了。

村民們自從被救起來帶進軍營以後，大多數人都是一副哀莫大於心死的模樣。一夜之間，親人們死於非命、葬身火海，生活了幾十年的家園被一把火吞噬乾淨，任誰也沒有再活下去的信心。

但是此時聽到明玉秀說，慕汀嵐要幫他們重建家園，許多人還是激動地抬起了頭。見明玉秀臉上的神色堅定，不像是為了安撫他們才說的虛話，加上慕汀嵐往那兒一站，也不由得他們不信了。

人群很快沸騰起來，村民們紛紛熱淚盈眶地跪在地上，齊齊給慕汀嵐磕頭致謝。

明玉秀眼眶一熱。這些人雖然平時總愛來她家看笑話，村裡誰家有點事情他們總是樂此不疲地四處嚼舌根，甚至還造謠，但是他們大多數人心地還是善良的，也知道感恩，這樣就夠了。

而此時，青城山的一處密林內，元承煦正坐在高大的靠椅上，居高臨下地看著跪在地上的少女。

「紫苑，這次妳做得很好，雖然沒能除去那個小村姑，但是弄死了慕汀嵐的未來太岳母，也算功德一件，這個，賞妳了！」

元承煦將捏在手裡把玩的一個小物件，隨手拋給了紫苑，紫苑連忙伸手接住，恭敬地伏下身子。「謝主子賞！」

「那塊丟失的權杖盡快去找，雖然不是什麼特別重要的東西，但是給人撿去便會多些麻煩。我的脾氣不太好，如果耽誤了我的大事，妳可有得罪受了！」

第四十一章

這一夜的風格外地涼，夾雜著底層的平民們在面對命運壓迫時，毫無招架之力的絕望。不論是士兵還是村民，都已經累了，安頓好一切以後，所有人便都各自睡去。

夜半時分，折騰了整整一夜的西營，終於在此時安靜下來。

主帳裡，慕汀嵐握著一方潔白的巾帕正坐在冒著熱氣的浴桶中清洗沐浴，雖然身上還有傷，但是他今天在火場中出了一身的臭汗，又弄得蓬頭垢面，十分狼狽，不洗乾淨他實在是睡不著。

「嘶……」慕汀嵐剛抬起手準備澆點水到自己身上，一滴熱水冷不丁濺上了他脖子上，才挑破水泡上了藥的傷口，疼得他倒抽了一口冷氣。

剛想要痛呼幾聲，他突然想起還在屏風外面等候的明玉秀，覺得萬不可因為這點小傷，讓秀兒覺得他不夠男人，於是齜牙咧嘴地用手輕輕搧了搧自己的傷，又呼呼吹了幾口氣，硬生生將那分痛楚忍了下去。

「汀嵐，你一隻手行不行啊？要不，我讓阿瑾過來幫你洗吧？」

明玉秀坐在營帳裡，聽著屏風後面有一下、沒一下的水流聲，擔心慕汀嵐的手腳不索利，洗太久，會讓傷口潰爛發炎。

慕汀嵐用毛巾將自己身上的污垢一點一點擦洗乾淨，一邊朝外面道：「不用了，這會兒太晚，兄弟們都睡了，我一會兒就好，別擔心！」

見慕汀嵐堅持，明玉秀便沒有再強求他，兩個人都沒有說話，一個乖乖洗澡，一個安靜等待。

此時已近子時，明玉秀本想等著慕汀嵐洗完澡以後，好好看看他背後的傷，但是寂靜無聲的營帳裡，只有「嘩嘩」的水流聲在她耳邊響著。

孤男寡女同處於一個狹小的空間裡，而且就在一屏之隔的地方，慕汀嵐正一絲不掛地在洗澡，想到這裡，明玉秀的臉驀地一下就燙了起來。

不知是不是心理作用，她覺得營帳裡的溫度漸漸變得溫暖起來，讓人沒來由地多了幾分躁熱，明玉秀的腦海裡，突然浮現出一個香豔無比的畫面——

屏風的背後，一個年方二十，眉目如畫的清貴公子，正安靜地坐在煙霧裊裊的浴桶裡，撩動著水花，他如緞般順滑的墨髮，飄散在水中，像是一朵盛開的墨蓮。

晶亮瑩潤的水珠，順著他筆直修長的指尖，緩緩滑落到他結實有力的腹肌上，又隨著一道清澈的亮光，毫無聲息地沒入了漆黑的草叢中。

越往下想，明玉秀的臉越燙，想到某些限制級的畫面，似乎連呼吸也粗重了幾分。她連忙站起身來，拍了拍自己的臉頰。「啊！那個，汀嵐，我突然想起山兒今天肯定嚇壞了，我、我先回去哄他睡覺！」

明玉秀一邊說著，一邊向外落荒而逃，慕汀嵐見明玉秀突然改變主意，連忙從浴桶中一下站起身來。「我好了啊！妳等等，我送妳回去！」

這激盪嘩嘩的水聲聽在明玉秀的耳朵裡，儼然就是一幅美男出浴圖，彷彿是受了刺激一樣，她開始語無倫次地胡說八道起來。「不用了，我還沒做好準備呢！」

慕汀嵐一愣。這是什麼意思？送她回營帳而已，還要做什麼準備嗎？

明玉秀閉了閉眼，羞恥地拍了拍自己的額頭。她這是什麼腦子啊？怎麼這麼色呢？她剛剛都在想什麼啊！

就在明玉秀暗道自己猥瑣下流，居然意淫起自己冰清玉潔的未來夫婿時，慕汀嵐已經披上衣服走出來。

明玉秀花癡地看著慕汀嵐。一身白色裡衣的慕汀嵐，比起他平時喜歡穿的青色、藍色還有冷冰冰的戎裝來說，要顯得更加地純粹、乾淨、溫柔。

慕汀嵐微微一笑，看著明玉秀澄澈的水眸裡倒映出自己的身影，心裡一片溫暖。他伸出手，將明玉秀攬進自己懷裡，輕輕問道：「今天怕不怕？」

「我不怕啊！你會保護我的，不是嗎？」經此一次，明玉秀相信，無論遇到什麼危險，只要慕汀嵐還活著，就一定會好好保護她和她的家人。

慕汀嵐將明玉秀的回答聽進耳中，低低地笑出聲來。沒有什麼比自己心愛的女人，全心全意地信任著自己，更能讓一個男人滿足的了。他低下頭去，將明玉秀的小臉捧在掌心，然後輕輕吻了吻。

明玉秀沒好氣地瞋了慕汀嵐一眼，將身子坐正。「你轉過去，我看看你背後的傷。」

「我沒事的，喝幾天藥就好，我還年輕，不會落下病根，妳不用擔心妳後半輩子的幸福。」

慕汀嵐一邊意有所指地調戲著明玉秀，一邊將自己的上衣脫下來，露出了背上的一大片瘀血。

明玉秀看著這片猙獰的黑紫色卻是心疼得緊。那根房樑是整座房子裡最大的一根樑，用來支撐整個房屋結構，即使被燒斷，那重量也是不輕，慕汀嵐再有本事，也是肉體凡胎，會受傷、會痛，也會害怕。

如果當時這根房樑是砸在她爹娘或者她自己身上，恐怕不死也要重傷，慕汀嵐卻還一直像沒事似地忍著。

明玉秀自從來到這個世界以後，對於那些武俠小說裡寫的什麼訣、什麼功，早就不相信了。這個世界跟自己前世沒有什麼兩樣，若真有什麼功法，那也是力氣大小、敏捷程度、格鬥技巧、肢體柔軟這些區別。

慕汀嵐和她一樣也是普通人，但他能為了她，不顧自身安危去救她的親人，這是她前世孤單飄零了二十年，從來沒有感受過的一種溫暖。如果世間真有天長地久的至死不渝，有彼此忠貞的相濡以沫，如果那個人是慕汀嵐，她願意試一次！

幫慕汀嵐重新給各處傷口上好藥以後，明玉秀將桌上早已經涼了的藥汁，放在爐子上熱了熱。

「這個是給你治內傷的，王軍醫將每日三餐的量都熬好了一起送過來，這是晚上的。快喝吧！」

「嗯。」慕汀嵐接過藥碗，一口飲盡，接著又道：「對了，明天我先讓汀玨帶著人，去村裡重建，影衛們帶回來的那個南詔人交代了一些事情，我必須盡快去處理，所以明天我不能陪妳去鎮上看房子，但阿瑾會幫妳處理好，我下午再過去接妳，好嗎？」

「你的公事要緊，我沒問題的，我也想盡快知道，是哪個喪心病狂的這麼沒有良知、沒有底線，居然對無辜百姓下手！」

提起那個幕後黑手，明玉秀的臉頓時冷了下來。雖然她不喜歡婁氏，但是那畢竟是她的親祖母，而且她做的那些事情也罪不致死。她只想氣氣婁氏，努力過上好日子，讓婁氏後悔之前那樣對待他們一家，誰知她就被人害了。

還有，平時與她娘親關係最好的劉氏一家也沒了。最後一次來徐家的時候，劉氏還是氣著走的，這氣還沒有來得及消，人卻不在了，實在讓她心中愧疚難安。

更不談為了把生機留給陸氏和明大牛幾人，自己被活活熏死的周氏。

這些人的性命，全都葬送在那雙沾滿無辜人鮮血的手上，她和慕汀嵐一樣，想要盡快知道幕後黑手是誰？

一連好幾日，慕汀嵐都是早出晚歸，先是往京都裡遞了請罪的摺子，接著又帶著影衛，親自去調查這次臨山村屠村背後的真相。

村子被燒毀的第十五日，慕汀玨領著士兵和村民們，取土燒磚、上山伐木，陸陸續續建起了二十多座土坯房。

有了足夠的人手和材料，屋子建得又快又好。為了照顧村民們的情緒，新建的臨山村整體上與之前的樣貌並沒有太大不一樣，只是，原本五十多戶人家的村子，如今依舊完好無損、一家齊全的，不過二三。

許多村民看著嶄新的新房，眼中沒有笑，反而都抹起了淚。

最後完工的是村長家。明玉秀將村民們都聚集到這裡，站在落成的新屋前，她心的中充滿了愧疚。如果不是受了她和慕汀嵐的連累，這些人何至於遭此大難？

只是，這些原因她不能告訴他們，不管是為了汀嵐或是為了她的家人，她都不能冒險將這些人的仇恨引到他們身上。

「村長、鄉親們。」明玉秀從身後士兵的手裡，接過一個沈甸甸的包袱，這裡面是慕汀嵐最初給她的那一千兩銀票，她昨日悄悄去鎮上的錢莊兌換成現銀。

「這裡有一千兩銀子，是將軍分給大家的安家費，現在就按照各家的人頭平分了吧！」明玉秀說著，開始在紙上記下這些人的名字。「這一次我們村子遭受了歹人襲擊，最近一段時間，將軍會派西營的將士們駐守在村子裡，保護村子安全，好讓大家能夠安然入睡。」

「秀姊兒！那些殺我們家人的壞人，什麼時候能夠抓到？」這半個多月來，頭髮原本只是有些花白的老村長，已經是滿頭銀髮。

「村長爺爺，將軍已經在全力追查此事，您放心吧！他們一定會盡快給我們一個交代，以慰親人們的在天之靈！」

明玉秀的話音落下，眾人久久沒有再出聲，他們臉上的神情茫然且無助，空洞且無神，既不見對那些謀殺親人的劊子手有何憤怒，也不見對他們來說，可稱之為鉅款的銀兩有任何歡喜。

明玉秀的心中一嘆。也許，有時候敵人太強大，強到他們是豺狼，而自己只是一隻螞蟻的時候，往往會讓人連仇恨的勇氣都沒了。

明玉秀將銀子交給村長，一轉身，發現慕汀嵐不知什麼時候已經進了村子，他走到明玉秀的身邊，眼光在村長手裡那堆銀兩上看了一眼，便順著明玉秀的話，讓村長將銀子都分了下去。

回去的路上，慕汀嵐將明玉秀攬在自己懷裡，兩人騎著馬，慢悠悠地朝軍營走去。「你怎麼來了？事情查得如何？」

明玉秀側過身子，將頭靠在慕汀嵐肩膀上，伸出手圈住他的腰。

「回去正好路過這裡，就來接妳了。這次的事情恐怕是陳國人所為。」

「陳國？」明玉秀一愣。陳國距離他們千里都不止呢！這麼遠，這些人為什麼跑到寧國和南詔的邊境來害人？

她腦海裡突然有什麼想法一閃而過。難道是元家？

她記得以前聽誰說過，慕汀嵐十五、六歲時，就與陳國大將軍元昭白在飛沙關中一戰。那一仗，他直接斬殺了敵將頭顱，把陳國奪走了二十年的故土嗚沙府，從敵寇手中搶了回來。難道這次是元家的後人來報仇了？

「妳猜得沒錯。」慕汀嵐低頭看著明玉秀若有所思的小臉，輕輕一嘆。

影衛們抓回來那個穿著南詔貴族服飾的人，其實並不是南詔人，而是大寧人，確切來說，是大寧嗚沙府的人。因為那人是特意學南詔人說話，所以當初影衛聽他的口音，才會覺得他不南不北。

嗚沙被陳國搶走了二十年，也就意味著，對於許多在二十多年前出生的年輕人來說，陳國才是他們的故土。

如今嗚沙府被大寧收了回來，許多嗚沙的「憤青」們，心中滿含一腔「愛國熱血」無處發洩，紛紛投靠與慕汀嵐這個「罪魁禍首」，有著血海深仇的元家，想要為他們的「故國」做些什麼。

從冷香草到火燒臨山村，這中間全是元家人夥同部分大寧人搞的鬼。他們先是喬裝打扮，故意穿成南詔人的樣子，在西營附近種植冷香草，想要在關鍵時刻，將大量混合了松香的冷香草，隨山風灑下。

這兩種香味混合著西營裡烏血馬的汗液，可以形成一種類似瘟疫的毒，到時候他們就可以兵不血刃，殺得慕汀嵐措手不及。只要這種病源一傳十、十傳百，用不了多久，包括慕汀嵐在內，西營所有的人都會死光。

萬一被發現了，他們也可以嫁禍給南詔，讓南詔跟大寧打一場，對他們陳國自然是有利無害，這諸多好處，何樂不為？

只可惜，這麼完美的計劃，最後卻被慕汀嵐識破了，還用一把大火，將那些好不容易種出規模的冷香草，燒了個乾淨。

這冷香草嬌貴非凡，種植不易，離土超過一個時辰，就會失去迷幻作用，變成一株普通的藥草。元家人的計劃被破壞，勃然大怒，將報復的怒火，發洩到臨山村這些無辜村民的身上。

「本來我也不確定，畢竟那人的供詞不一定是真的，但是我這些日子走遍整個青城山，發現了一些蛛絲馬跡。」

「發現了什麼？」

「之前影衛撿回來的那塊權杖，是元家的將軍令。這種權杖，雖然不像虎符那樣至關重要，但是它是元家軍中，上級任命下級時，必須出示的一塊權杖。」

這塊權杖出現在大寧境內，說明元家的人來過這裡，而且這些天據他在山中的探查，發現北邊的一處山頭上，有大量人為駐紮過的痕跡。以他從軍多年的經驗來判斷，這夥人的數量，至少有一百多人，這與影衛那天回報的人數相符。

而且，他們在山頭上還發現了一件穿爛了而被丟棄的舊衣服，這件衣服與他們大寧的衣著習慣不一樣。

大寧人的服飾多以束帶、暗釦為主，從外面是看不見鈕釦的，這件衣服的扣子卻都在衣服的表面；它也不像南詔人的服飾那麼華麗，顯然就是陳國人的經典裝束，他在飛沙關曾見過。

目前他已經可以確定，這件事情就是元家人在背後搞鬼，只是他們放火燒了村子以後，已經全部轉移，不知所蹤。

第四十二章

「元家人竟然為了報仇，追到了渝南來?!他們有本事在戰場上找你對決嘛！」短兵相接，刀劍無眼，本就是各為其主的事情；再說也是陳國奪大寧城池在先，怎麼還能把國仇變為私恨呢？還連累平民百姓。

「妳倒是對我有信心。」慕汀嵐無奈地笑了笑。這丫頭，還叫人家來戰場上找他呢，也不怕他哪天真的一去不回。

明玉秀倒是沒有想過慕汀嵐對上元家人會輸。他連元家最厲害的將軍都打敗了，其他人自然也不是他的對手。

這麼想著，她自然就這麼說了出來。慕汀嵐溫柔地笑出聲，彎下身子，將頭擱在懷裡小人兒的肩膀上。「鎮上的房子岳父、岳母住得還習慣嗎？」

「嗯，爹娘都還好，只是徐奶奶最近一直有些鬱鬱寡歡。」

「她怎麼了？」

「以前徐家院子裡那些花花草草，全都是徐奶奶養了十幾年的，現在一把火全燒沒了，她心裡自然難受。」那些花草都是徐爺爺生前最鍾愛的，它們陪伴了徐奶奶十多年，日夜相伴、精心照顧，這些花草寄託了徐奶奶對亡夫的一片情深。

「嗯……」慕汀嵐聽罷點點頭。「新房子後面不是有一大片空地嗎？明天我和汀珏過去，給她整一片花圃。鎮裡一般的花草都可以找到，如果她還有什麼名貴的品種沒了，妳再告訴我，我託人去給她找。」

只要有光、有土，精心養個一年半載，很快就能再養出一片花海來。雖然再養的不是原來那些，但是多少能撫慰老人家的心靈吧？

「汀嵐，你真好。」明玉秀輕輕地抱著慕汀嵐的腰，在他耳邊輕聲呢喃撒嬌。

如果不是因為她的關係，想必慕汀嵐也不會在百忙之中，去給徐氏幫忙整花圃，慕汀嵐對她的付出，時刻讓她感覺到溫暖，這種被人呵護在掌心的感覺，就好像坐上了雲端，甜蜜而心悸。

「等妳什麼時候喊我一聲夫君，我還會更好。」慕汀嵐一邊說著，一邊壞壞地笑了起來。

明玉秀壓根兒不知道他指的是什麼，索性圈上了他的脖子，嬌嬌軟軟地喊了一句。「夫君——」

女子的聲音軟糯嬌媚，長長的尾音像一根輕飄飄的羽毛，落在慕汀嵐的心尖上，撩得他神魂蕩漾。

「壞丫頭！」慕汀嵐再也忍不住，將明玉秀的小臉捧到自己面前，深深地吻了下去。

明家的新屋在青石鎮的最中心處，裡面一共有八間屋子，外加前後兩個大院，就算元家人再大膽，也不可能再一次跑到鎮上來殺人。

臨山村地方偏僻，人煙稀少，青石鎮的人數卻是臨山村的十倍不止，如果元家還敢來，寧國與陳國之間剛締結不到五年的和平，即刻便要土崩瓦解，元家也擔不起這個責任。

這天一大早，慕汀嵐就帶著慕汀珏過來了，兩人手裡還提著一大堆花草種子，連口茶都沒喝，就跑到後院搗鼓去了。

現在是三月，正是萬物生長最快的季節，現在播種下去，到了明年春天，院子裡一定會再次奼紫嫣紅。

明玉秀見兩人在院子裡忙得滿頭大汗，便去廚房裡將甘蔗和荸薺熬成水，弄涼了送去給兩人喝。

「大嫂，妳這熬得是什麼呀？好清甜！」慕汀珏一抹嘴，將碗遞給明玉秀。「再來一碗！」

明玉秀被慕汀珏那一聲大嫂叫得有些臉紅，她偷偷打量了一眼慕汀嵐的神色，見他一副「我很認真在幹活，什麼都沒聽到」的模樣，轉頭過去，又給慕汀珏倒了一碗。

「這個春天喝了，防治腦膜炎。」

「什麼是腦膜炎？」慕汀珏轉了轉眼珠子。這是個什麼病？他從來沒聽過。

明玉秀想了想，也不知道該怎麼解釋，直接說道：「就是預防你變成傻子！」

啥？慕汀珏一愣。他為什麼會變成傻子？他很傻嗎？

正當他滿臉問號，內心世界開始無限自我反問的時候，一旁的慕汀嵐終於笑了起來。

「還不快謝謝你大嫂！」

明玉秀被慕汀嵐當著小叔的面調侃得臉一熱，心中的甜蜜像是抽了絲的繭，絲絲縷縷纏繞在心間。「這個我和山兒，還有我爹娘和徐奶奶也喝的，不是說你傻，快喝吧！」

後院的花圃很快就整理好了，慕汀嵐和明玉秀將買來的花種樹苗全都種了下去，又從各處移植了一些盛開的盆景花草，將整個後院收拾得明媚如春。

傍晚的時候，明玉秀親自下廚，做了一大桌美味佳餚。憂心操勞了半個月的一家人，總算可以安安心心、團圓地聚在一起吃頓飯了。

「姊夫，我們以後不回自己家了嗎？」

飯桌上，明小山爬下椅子來到慕汀嵐的身邊，又順著他的膝蓋爬了上去，一雙藕節似的小手，扯著慕汀嵐的袖子晃了晃。

這裡的新房子很大、很漂亮，屋子都是木頭做的，桌椅上面還刻了好看的花，就連地面上都鋪了一層青色的石磚，不像他們村子裡，一下雨就全都是泥巴。

可是，明小山打從心裡還是覺得，他們那山清水秀的小山村更好玩，他很想回去。

慕汀嵐知道，陡然換了一個地方重新開始生活，明小山心裡肯定是不習慣，便笑著問道：「山兒，以後這裡就是我們的家了。爹娘、徐奶奶、姊姊，還有我和汀玨哥哥都會在這裡陪你一起住，難道你想一個人回村子嗎？」

明小山一聽要自己一個人回去，連忙擺手拒絕。如果是這樣，他還是寧願跟著姊姊和姊夫。

明玉秀將最後一碟菜端上桌，又親自去明大牛的房間裡，將他給推了出來。

自從前些天她去木匠那裡訂做了這把輪椅，明大牛現在已經可以自己坐在輪椅上，自由活動了。

而徐氏這時候也從外面回來了。這些天，她一直忙著四處張羅人手，準備把作坊重新開起來。自從臨山村的一把大火，將她們辛勤勞動的成果付之一炬後，明玉秀和徐氏便開始琢磨，將新的作坊開在了青石鎮上。

搬到新房子來的第二天，明玉秀便去老木匠那裡，將做好的榨油機拖了回來，又親自試了試效果，發現真的挺有用，既省力又省時，製油率還高，比人工榨油好多了。

徐氏見這玩意兒效率那麼高，興致也來了，當即便自告奮勇出去招人。她有培訓新手的經驗，加上村裡很多人聽說作坊要重新開張，也都特地找到鎮上來。

明玉秀為了安頓這些人，讓他們不至於天天兩頭奔波，便又花了一百多兩銀子，將他們原本的八間房擴成了十六間，把作坊和員工宿舍都建在了自己家裡，中間用了一堵高牆徹底隔開。

徐氏回來以後，便直接招呼工人，將收回來的大豆運到後院去，出來的時候，她整個人的眼睛都亮了起來。

「秀兒、秀兒！後院好多花啊！」

明玉秀抿嘴一笑，連忙上前一步扶住她。「這是汀嵐和汀玨幫您弄的，您這些天一直悶悶不樂，可把我們急壞了，現在可是高興啦？」

「高興、高興，我高興著呢！妳看汀嵐多懂事啊！呵呵呵……」

徐氏笑著笑著，眼眶就紅了。她伸手抹了抹眼角的淚，連連誇明玉秀挑了個好夫婿，就算是愛屋及烏，也實在叫她倍感溫暖。

陸氏坐在一旁，看著眼前溫馨和睦的一家人，心裡也是熱熱的。「村裡經歷了這麼大的劫難，好在咱們一家人現在還能聚在一起。」

明大牛心中感慨萬分，現在回想起來，半個月前的事情就好像是上輩子一樣。「就是可惜了咱娘，唉。」

提到死去的妻氏，大夥兒都沒有再說話。人已經去了，再說她好不好都沒有意義。

明大牛意識到自己破壞了氣氛，連忙轉移話題。「好了，不說這些傷心的話了，秀兒今天親自下廚，咱們快吃飯吧！」

晚飯過後，明玉秀帶著慕汀嵐去隔壁巡視了一遍作坊，見各段生產線都已經運作正常，便拉著他去外面的街上準備逛逛。

爹娘不在眼前，明玉秀自然大膽許多。她挽著慕汀嵐的手，在各個小攤間悠閒逛著。

「汀嵐，那些人這次雖然屠了我們村子，卻沒有傷到你心裡真正要緊的人，你說，他們還會不會有下次？我很擔心我爹娘和山兒他們。」

慕汀嵐回過頭，往明玉秀身上靠了靠，語氣溫暖且又曖昧。「妳知道誰是我心裡真正要緊的人？」

明玉秀拿自己的頭輕輕撞了他一下，語氣嬌嗔。「跟你說正經的呢！要是他們再來怎麼辦？我們不會每次都有這麼好的運氣。」

慕汀嵐知道她心中憂心，不忍她自己一個人胡思亂想，連忙安慰道：「不要怕，我已經修書回去給祖父了。祖父在鳴沙府戍邊多年，人脈頗廣，元家敢動我後院中人，我們就以彼之道，還施彼身。」

「你的意思是？」

「祖父已經按照我的意思，動用了在鳴沙府的勢力，去找元家女眷麻煩了。」

罪不及父母，禍不及妻兒，這本是君子之道；國仇不應該牽扯到私恨，更不應該連累無辜的百姓。慕汀嵐本就是在刀口上舔血求生之人，無愧於心就是他的底線，至於手段方法，他從不要求自己光明正大。

「但是，這樣你會不會遭世人詬病啊？」明玉秀擔心。

「我從來不擔心別人怎麼看我，只要妳明白我就行了。」

「我當然明白你，只是，你打算怎麼對付元家的女眷？」

「元家人用毒藥害我西營軍，我就用毒藥回報他們，禮尚往來，誰也不虧欠誰！」

華燈初上，青石鎮的夜晚比臨山村熱鬧許多，慕汀嵐和明玉秀兩人牽著手，邊走邊低聲耳語。

就在這時，路邊的一個角落裡，一個衣衫襤褸的男子正背著他們，蜷縮在陰暗的角落裡哀哀哭泣。

「爹、爹，你醒醒、醒醒啊！你再堅持一會兒，我這就去給你找吃的！」

這聲音怎麼聽起來有點熟悉呢？明玉秀奇怪地看了一眼那人的背影，又看了眼慕汀嵐。慕汀嵐搖了搖頭，示意他也不知道那人是誰？

他們往前走了幾步，到那兩人跟前時，慕汀嵐將明玉秀拉到了自己身後，仔細打量那人的側顏，這才看清那跪在地上的男子，他的身前還躺著一名頭髮花白的老者。

那老者的衣著跟這青年男子差不多，都已經髒污得看不清原本的顏色，人顯然已經昏迷過去，也不知道是病得還是餓得？

「咦？這、這不是那個肖……」肖什麼來著？明玉秀從慕汀嵐身後探出腦袋，將疑惑的目光投向地上的兩人。

「肖複，你怎麼變成這副樣子？你爹他……」怎麼短短這些時日，肖奎就蒼老了這麼多？

已經淪為乞丐的肖複，這時候聽見有熟人喊自己，連忙轉過了頭。

這些天，他早已經習慣從前的那些狐朋狗友，來他頭上撒野取笑了，只是往往他們來看笑話的時候，還會施捨幾個饅頭，就是衝著那幾個饅頭，他也心甘情願地被他們捉弄。

自從肖奎的鎮長之位被撤以後，以往那些被欺壓過、蹂躪過的下屬、對頭，甚至是平民百姓們，都一個個地踩到了他們頭上。

起初還好，只是偶爾用言語嘲諷幾句，可是後面越來越變本加厲，他們家的生意沒多久就被人整垮了，肖複的母親還被人騙到賭坊裡去，賭輸了全部家當，最後連人都被抓走，不知道送到哪裡去抵債了。

肖奎一氣之下就病倒了，再也沒有起來過，肖複又無一技之長，想去找份活計也沒有人要他，他們流落到街頭以後，以前那些被他們欺負過的百姓們，也都往他們身上吐唾沫、丟石子。

直到淪為最底層的乞丐之後，肖複才明白，一個人想要好好活著是多麼艱辛的一件事，他會有今天的報應，全都是他平時作孽太多，這才連累了父母，也害得自己前程盡毀，無家可歸。

「你、你是慕將軍！」

肖複看清了眼前之人是慕汀嵐，眼眶一下子就紅了，連忙轉身跪到了他面前。「慕將軍，求求你，你幫幫我，救救我爹吧！我爹已經病了一個多月，又好幾天沒有吃東西。求求你們！慕將軍、大小姐，以前都是我對不起你們，我給你們磕頭認錯，求求你們救救我爹吧！」

肖複看見這兩個人，就像是溺水之人看見了浮萍，儘管希望飄渺，他也想抓住機會。他狠狠地將頭往地上磕去，彷彿只有這樣，才能減輕一些心底的愧疚。

如果不是他年少輕狂，他們圓滿和美的家怎麼會變成這樣？這一切都是他造成的！

第四十三章

慕汀嵐見自己一下沒注意，肖複的額頭就見了血，連忙伸手攔住他，朝明玉秀點了點頭。

明玉秀會意過來，趕緊走到旁邊一個賣包子和餛飩的小攤上，要了五個包子和一碗餛飩，走到肖複父子跟前。

「你爹應該是餓暈了，你先餵他喝點餛飩湯，然後填飽自己的肚子，把你爹送去醫館吧！」

肖複的眼睛直勾勾地盯著明玉秀手裡的食物，他嚥了嚥口水，把那堆吃的接過去，又忙扶著肖奎坐了起來。「爹，你睜開眼睛，我們有吃的了！」

肖複端起那碗溫熱的餛飩，細細攪碎，放在嘴邊吹涼，然後一口一口餵給自己的父親。

肖奎餓了好幾天，此時聞見食物的香味，求生的本能驅使著他不斷地往下吞嚥，不一會兒，腹中不再空空，他臉上原本青白的氣色也漸漸好轉。

肖複見父親臉上有了血色，連忙將懷裡的包子囫圇幾口吞下，站起身來揹起肖奎，就要往前走。

頓了頓，他似想起什麼，又為難地回頭，朝身後的兩人道：「將軍，我、我沒有銀子了，你能不能借我、借我一點？」

怕慕汀嵐和明玉秀不願意，他馬上又保證。「等安頓好我爹，我一定會盡快找活幹，我會還你錢的！行嗎？」

那句「行嗎」問得是小心翼翼，卑微怯懦，明玉秀心中一嘆。這可真是世事無常。只是，肖複在青石鎮上橫行霸道了那麼多年，現在一朝落魄，落井下石的人必不會少，想要在鎮上找到活幹，怕是不會那麼容易。

她不怕他不還銀子，這銀子她本也沒指望他還，只是授人魚，不如授人以漁，她不能眼睜睜看著這兩個人活活餓死。

「肖複，你爹的醫藥費我們可以幫你墊付，你要是願意，就來我作坊裡幹活吧！藥錢從你工錢裡扣，我家旁邊還有安排工人住的地方，你可以把你爹安頓在你身邊。」

不知道為什麼，明玉秀看著眼前這個曾經囂張跋扈，將她爹爹踩在腳下暴打羞辱的紈袴公子，如今變成大街上，人人都能欺辱嘲笑的乞丐時，她心中多少感到了一絲心虛。

或許是因為肖複對他父親的那份孝心，也或許是他們一家變成現在這樣，多少與她有關，雖說有些偽善，但心虛的感受，總歸不好。

肖複聽見明玉秀的話，難以置信地愣在當場。「妳、妳肯收留我？妳爹他……不怪我了？」

自從他們家敗落以後，肖複這兩個多月簡直是度日如年，沒有了身分的庇護，誰看見他，都能上前踩上一腳。過夠了被人惡意找碴、拳打腳踢的日子，他才知道，從前的自己有多麼討厭，那些欺負他、羞辱他的人，可不就是另一個自己嗎？

「你心地不算太壞，只是以前被你爹娘寵壞了，我爹是大度之人，他不會記仇的。」明玉秀的話音剛落，肖複的眼眶一紅，伸出一隻手，捣住自己的臉，突然就站在大街上，嗚嗚地哭起來。

明玉秀的心中也不太好受。男兒有淚不輕彈，肖家丟掉鎮長之位時，肖複沒有哭，肖奎跪在地上替他認錯時，他也沒有哭，現在反倒因為這樣一句普通的安慰之語落淚，實在叫人唏噓。

幾個人將肖奎送去許大夫的醫館之後，明玉秀給肖複留下了自家的地址和診金，便隨著慕汀嵐一同離去。

第二日早上，明玉秀將昨日作坊裡新榨出來的豆油，先給家裡人嚐鮮。

這豆油雖然沒有豬油那麼濃郁的葷香，但是油色清亮，口感清新，營養也十分豐富，與豬油搭配起來做菜，味道更加地好。

慕汀嵐將碗裡最後一口冬瓜蓮子湯嚥下，又挾了一筷子酸辣秋葵，朝明玉秀問道：「今天做菜用的是作坊裡新榨的油嗎？吃起來還不錯。」

新油的口感沒有豬油那麼膩，吃起來十分爽口。

「嗯，徐奶奶已經請了工人，過幾天，我們把最前面的兩間屋子跟後面隔開，在前頭掛上招牌，就可以營業了。」

明家的這個房子，買在了街道邊，前面兩間臨街，正好可以用來開鋪子，想來慕汀嵐為她選這個房子也是花了心思的。

「嗯，也好。」慕汀嵐點點頭又道：「要是有多的、賣不完的，回頭可以跟阿瑾說，以後軍營裡的用油，就由咱們自己供應吧。」

阿瑾不但是親衛，還是西營裡專門負責後勤的偏將，慕汀嵐將軍營裡的各種採買和購置，都交由他管理。

明玉秀一聽慕汀嵐竟然將產品銷路都給鋪好路，立刻喜上眉梢。

軍營裡可是有整整兩萬人啊！比整個青石鎮的人還要多，這麼龐大的用戶群，就算他們每個人每天只吃五錢油，一天至少六百斤。每斤售價三個銅板的話，一天就有一千八百文，雖然錢不是很多，卻是一種穩定的保障。

看著明玉秀喜孜孜的模樣，慕汀嵐無奈一笑。「給妳的一千兩妳眼也不眨地送出去，這一天才不到二兩的盈利，倒是讓妳喜笑顏開。」

明玉秀一愣，想起之前她做主發給村民們的撫恤金，嘆了口氣道：「那不一樣啊！畢竟他們也是替我家受過了，唉。」

要不是因為他們是臨山村人，那些無辜的村民們怎麼會落得家破人亡？那一千兩銀子雖然多，但是為了讓自己心裡好過一些，再多十倍、百倍地拿出去，她也是願意的。

早飯吃完，陸氏收拾好碗筷，明玉秀便帶著明小山和慕汀嵐哥兒倆一起去軍營。

「娘，您好好照顧我爹，作坊裡的事情就辛苦徐奶奶了，柳枝下午會過來幫忙，妳們累了就歇會兒。」

交代完家裡的事情，她又想起肖複今天可能會過來，便將昨晚在街邊發生的事情告訴陸氏。「娘，肖複今天可能會過來投奔咱們，他要是來了，您就將他和他爹領到隔壁去休息，我晚上回來再安排他們。」

就在明玉秀隨著慕汀嵐去了軍營之後，明家的大門口卻迎來兩個不速之客，已經失蹤了好多天的文氏，不知何時與明二牛會合，兩人還氣勢洶洶地找到了明大牛家。

大門口聚集了不少看熱鬧的人，明二牛正一臉黑沈，衝著站在門外的陸氏和徐氏幾人道：「大嫂！妳說說，你們這都幹的什麼事啊？村子裡發生了那麼大的事情，娘都去了半個多月，妳都沒派人給我捎個信！」

要不是文氏死裡逃生找到他，他到現在還不知道臨山村大半個村子都已經沒了！

明二牛說著說著，不知道想起什麼，心裡更加生氣，他伸出一根食指，指著站在前面的陸氏。「妳當真以為簽了文書就斷得了血緣之親？為人長嫂，卻阻撓我為母親盡孝，大嫂，我真不知道妳安得什麼心！」

陸氏被明二牛這一番噼哩啪啦的指責，一下子堵得差點喘不過氣來。

二叔多日不見，怎麼渾身上下一股娘裡娘氣的感覺？不分青紅皂白就瞎咧咧的德行，到底是跟誰學的？這些天她沒有去給鎮上的明二牛報信，確實是她大意了，只是婆婆人已經不在，埋都埋了還有通知他的理由嗎？

再說，二房的彩兒不是還好好的嗎，彩兒這個親女兒都沒去給她爹報信，二叔怎麼還指責到她這個已經分了家的嫂子頭上？

「二牛，娘已經跟村子裡同天遇難的鄉親們，一起葬在青城山腳下了，你回去一問便知道地方，你要是想回去盡孝，隨時都可以回去，腳長在你身上，我如何阻止得了你？」

「我現在去有什麼用？我連娘最後一面都沒有見到！」明二牛鼻子不是鼻子、眼睛不是眼睛地瞪著陸氏，此時對她是滿臉的厭惡。

「那你現在找到我家來是想要怎麼樣？你別忘了，我們已經分家，當初我們大房什麼都沒要，就是讓娘跟著你一起生活的。」

陸氏不耐煩地看著眼前這兩人。沒有見到婆婆最後一面能怪她嗎？明二牛常年不回家盡孝，除了回來討要束脩和生活費，逢年過節都不怎麼露面，何時又真正地關心過自己的母親了？

況且，明二牛那天雖然不在村裡，可是他的媳婦文氏卻是在的，文氏作為兒媳婦，不也沒去送婆婆最後一程嗎？

想起文氏，陸氏倒是突然想起一件事來。村子被火燒的那一天，她根本就沒有見到文氏，後來在軍營裡也沒有看到她，就連三叔陶鶴橋也不見了。

想起村子裡那段時間隱隱約約的一些傳聞，陸氏同情地看著明二牛，意有所指道：「母親已經走了，但是你還有妻子和兒女，從前是你對母親關心太少，才給自己留下遺憾，眼下你還是多關心關心妻兒，別讓自己再多一份遺憾才是！」

文氏本就作賊心虛，對於某些話外之音不是一般的敏感，此時聽見陸氏這番言語，她一下子就急得蹦起來，連忙出聲打斷。「大嫂，我聽說村子建成那天，慕將軍給每人都發了二十兩安家費！可是我家四口人現在都活得好好的，為什麼我們連個銅板都沒得到？」

陸氏心中一冷，又看了眼明二牛，見他眼神躲躲閃閃，突然就明白了。原來，這才是明二牛今天眼巴巴找到她家裡來的真正目的！

「這件事情是慕將軍定的，你們有什麼疑問，就去軍營裡找將軍去，我可管不了發銀子的事！」

「大嫂，誰不知道慕將軍馬上就要做妳家女婿了？怕不是他沒見著我們的人，就把我家的安家費給了妳家吧？」

「是啊！大嫂，你們家現在要飛黃騰達了，可是也不能忘本不是？我怎麼說跟大哥也是親兄弟，這安家費你們要拿就拿去，但是慕將軍怎麼也應該給我補償點什麼吧？」能讓他當個地方官就最好了。

見文氏和明二牛越說越離譜，陸氏終於沒了好脾氣。這兩個人真的是瘋了，以前怎麼沒覺得明二牛還有這異想天開的本事？

正待她要關上大門，將這兩個無賴之人趕出去時，街角看熱鬧的人群裡，突然走出一對布衣父子。

「咦，這不是陶夫人嗎，怎麼今天不見陶兄與妳一起啊？我正在四處尋他呢！」肖複小心翼翼地攙扶著肖奎到一旁的石階上坐下，又朝臉色瞬間煞白的文氏道：「那天真是得罪嫂子了，不知道陶兄是不是還在生我的氣啊？」

見文氏哆嗦著嘴唇想要說什麼，又說不出口的模樣，肖複自顧自地地又叨叨起來。

「唉，那天正逢家父身體有恙，所以我心情不太好，陶兄好不容易帶著您來看望我一次，我卻與他起了爭執，現在想來真是後悔不已，還望夫人勿要怪罪啊！」

肖複的語氣誠懇，神色真摯，口口聲聲都在為那日的魯莽愧疚自責，看得一旁的明二牛滿心狐疑。他回過頭看了眼文氏，見她臉色慘白如紙，雙手微微顫抖，心裡陡然升起一個不好的念頭。

「這位小哥，你這是在胡說八道些什麼？這位是在下的夫人！在下姓明不姓陶！」

文氏被明二牛這突然的發聲嚇了一跳，從驚慌中回過神來，連忙矢口否認。「是啊！你、你是認錯人了吧？我不是什麼陶夫人，我丈夫就在這兒呢，你可不要瞎說！」

「認錯了？」肖複的臉上頓時露出一絲疑惑。「不可能啊！那天不就是妳跟鶴橋兄，你們……」

他的話剛說一半，臉上突然浮現一絲恍然大悟的神情，連忙伸手摀住自己的嘴巴，又用一種無比同情又無比怪異的目光，看著明二牛。

「這位明大哥，既然陶大嫂，不，明大嫂說我認錯了那便是認錯了吧！在下還有事，先走一步、先走一步！」說罷，他匆匆朝明二牛拱了拱手，準備扶起坐在石階上的肖奎，就要離去。

「你站住！」這時候他身後的明二牛卻突然大步走了過來，身子一擋，筆直的身軀就擋在肖複面前。

明二牛雖然對文氏沒有那麼深刻的男女之情，但是這麼多年，他只有她一個女人，文氏還是他孩子的娘，若他方才所猜想的真的是事實，那文氏可是狠狠搧了他一個耳光。

「你剛說那些話是什麼意思？你給我說清楚再走！」

肖複一臉為難地看著明二牛，又看了看文氏。「這，我不大好說吧？這是你們的家事啊！」

「讓你說你就快說！你不就是前鎮長家的那個肖複嗎？我以前見過你，我姪女婿可是西營的崇武將軍，我勸你最好識相點，現在就給我一五一十說清楚！」

一直站在屋門前看著這齣鬧劇的陸氏，聽見明二牛居然打起慕汀嵐的招牌，耀武揚威，忍不住深深地皺起眉頭，打從心底討厭起這個順著杆子往上爬的二叔。

肖複見明二牛搬出慕汀嵐來壓他，連忙裝作一副十分害怕的模樣。「哎呀這位大哥，您別這樣啊！我說、我說就是了。」

第四十四章

於是，肖複十分無奈地將那天的事情經過，仔仔細細地告訴明二牛。

原來，陶鶴橋這些年被陶銀送到鎮上來學藝，其實也是三天打魚，兩天曬網，目的不過是為了躲避回村，怕村裡人發現他與婁氏相貌相似，起疑心罷了。

肖複從前也是個天天在街上遊手好閒的紈袴子弟，機緣巧合之下，兩人就認識了。陶鶴橋巴結上肖複，做了他幾天跟班，後來又因為一點小事，被肖複厭棄疏離了。

肖複父子倆淪落街頭之後，陶鶴橋便經常來找他麻煩、尋開心，既是為自己找點存在感，也是為了報復肖複當初把他一腳踢開的仇怨。

陶鶴橋最後一次來的時候，就帶著這個文氏。起初，肖複也不知道文氏是他什麼人，見陶鶴橋把這女人摟在懷裡，親親熱熱的樣子，還以為是他新娶的媳婦。

但見那女人年齡比陶鶴橋大上許多，且肖複也是在萬花叢中遊走過數年的人，哪能看不出來那女人已經是生育過的？當下就明白了兩人的關係。

再到今天，他在明家門口又看見這女人，她身邊的男人卻不再是陶鶴橋，肖複心裡就更加清楚了。

「這位大嫂那天來的時候，上身穿的是一件藍底白花的襖子，下面是一件同色的布裙，我記得很清楚！」那天，這女子還衝他和他爹冷嘲熱諷了一通，氣得他爹當場差點暈厥，他可不得把她記清楚些嗎？

「藍底白花裙子？」不就是文氏早晨才換下來的那件嗎？思及此，明二牛的一張臉頓時綠了。

話已經說到這個地步，他是完完全全相信了肖複的話，胸中的一口老血，差點就要噴到文氏臉上，回頭就給了她響亮的一巴掌。「不要臉的賤婦！居然敢勾引小叔！」

明二牛當下便拉著嗷嗷慘叫的文氏，衝出了人群。這麼丟人的事情，這麼碩大一頂綠帽子，他實在沒有臉繼續在大街上待下去。

眼看著這場無法善了的鬧劇，就這般戲劇性地結束了，陸氏心懷感激，面上帶著盈盈笑意，對著肖複輕聲道：「剛才真是多謝這位小哥了。」

目光掃到一旁坐在石階上沈默不語的肖奎，見他目光渙散，垂著頭，抱著胸，盯著地上一動也不動，似乎狀態很不好，於是又道：「這位老先生是你的父親吧？我瞧著他好像身體不太舒服，你們需不需要進來喝口熱水？」

肖複見陸氏對自己這般客氣，心中頓時一暖，繼而又想到了什麼，心頭微微有些發慌。也不知道陸氏如果知道，他就是之前打了明大牛的那個惡人，還會不會用這樣和善的態度來對待他？

「大娘，那個……我、我是肖複，是明姑娘讓我今天來這裡找她的。」肖複的話說完，有些緊張，又有些忐忑地看著陸氏，生怕她一下子就變臉。

豈料陸氏聽到這裡，卻是一拍腦門，似是恍然大悟。「哦，原來你就是肖複啊！可真是，來來來，快進來，快進來吧！」

陸氏一邊說著，一邊笑呵呵地將父子倆往門內領，邊走還邊向他們交代。「秀兒早晨走的時候跟我說過了，你爹的身體不大好，我特地給你們留了個單間。」

見陸氏沒有因為之前的事情對自己心懷芥蒂，溫和慈善的態度與剛才毫無二致，肖複的眼眶驀地就紅了。他嚥了嚥喉間的哽咽，像個聽話的孩子，乖乖地點頭，跟在陸氏身後。

「明嬸嬸，對不起。之前、之前是我不懂事，我傷了明大叔，我……」

肖複想要好好地給陸氏道個歉，可是話到嘴邊，一股酸楚再次湧上鼻尖，視線有些模糊。他像個做了錯事的頑童般低下頭，再也說不出一句話來。

「你這孩子，都是過去的事情了，只要你以後改好，我和秀兒她爹是不會怪你的。」肖家父子倆就算再壞，現在也得到教訓，改過自新，甚至落到這種淒涼的結局，看在陸氏的眼裡，還讓她多出了幾分同情。

難得肖複這個人，不僅沒有對秀兒和汀嵐心懷怨恨，還如此誠懇地向她認錯，可見他是個本性不壞的人。

不願再提肖複的傷心事，陸氏連忙岔開了話題。「對了，肖小哥，你爹這病，昨天去許大夫那裡看了怎麼說？」

肖奎自從進了院子以後，就一直埋頭只顧走路，甚至連看都沒看旁人一眼，實在讓陸氏覺得奇怪。

「我爹他這是心病呢。」肖複看了眼目光呆滯的肖奎，愧疚地嘆了一口氣。

自從他家潦倒落魄以後，父親的脾氣就有些古怪。母親的失蹤讓父親大受打擊，心力交瘁加上飢寒交迫，讓他整個人幾近崩潰。昨天被大夫救醒以後，他整個人就不大正常，也不怎麼說話，許大夫說，他這是心裡抑鬱了，需要好好調理心情，興許還有恢復的可能。

陸氏聽到這裡，幽幽一嘆，沒有再多問，很快就將他們帶到了一間空置的新房。

「作坊裡的工人們現在都在前面幹活呢！你可以自己去井裡打水，清洗一下，灶臺就在後面，待會柳枝會過來給你們送飯。你先把你父親照顧好，其他的等秀兒晚上回來再給你安排。」

「知道了，多謝嬸嬸！」

肖複看著眼前乾淨整潔的屋子，心裡充滿了歡喜。這還是他自從家變以後，頭一次有了一個踏實的安身之所，能夠讓他放心地吃一頓飽飯，安心地睡一次好覺。

就在明家院子裡一片祥和的同時，青石書院不遠處的一間民房內，文氏髮髻散亂，鼻青臉腫地跪在冰冷的地上，止不住地放聲痛哭。

這般狼狽的模樣，顯然是方才被明二牛狠狠修理一頓了。她的衣裙、臉頰上，落滿了一個個青紫髒污的腳印，柔弱的身子像是飄零在風雨裡的嬌花，不停地搖擺顫抖。

而一旁早已經平靜下來的明二牛，正一臉陰鬱地伏在案前奮筆疾書，他邊寫邊朝地上的文氏冷嘲熱諷道：「呵，竟然趁我不在家跟那個野種苟合到一起，文氏，我還真是小看了妳啊！妳就那麼耐不住寂寞嗎？我以前怎麼沒瞧出來妳有這股騷勁？」

明二牛刻薄無情的言語，像是一記記響亮的耳光，劈頭蓋臉地朝文氏臉上砸去。

「二牛！我、我……」文氏張了張嘴，滿眼的淚珠像一串串斷落的珍珠不停往下墜落，卻根本不知道該如何為自己辯駁。

看著明二牛寫了滿滿一大張紙，文氏心裡慌亂不已。她雖不識字，可也知道，明二牛現在一定是在寫休書。

「二牛，你不要休我，我求你了！事情不是你想得那樣啊！」她的娘家已經沒了，如果此時再被明二牛休棄，她以後該何去何從？

回臨山村肯定是不可能了，村長要是知道了這件事，是絕對不會允許她再回去給村裡抹黑的，那她以後該怎麼辦？

文氏想到這裡，像是已經走到了窮途末路。突然，她一下子站起身來，也不知道是哪裡來的勇氣，奮不顧身地就衝到明二牛跟前，使出了全身的力氣，去搶奪他手裡握著的那枝毛筆。

「二牛，你不要聽那個人胡說，我根本就不認識他啊！他是故意害我的，他跟鶴橋有仇，他是故意害我們的啊！」文氏的腦子裡現在真的是一片空白，她心中此時只有一個念頭，那就是絕對不能讓明二牛休了她，不然她後半生可就完了。

「鶴橋？骯髒無恥的賤婦！」

明二牛被文氏這麼一鬧，心頭剛剛平息的怒火，頓時又冒了出來，毫不憐惜地一腳就踹到了文氏身上。這一腳他用了全力，直把文氏踹翻在地上，久久不能起身。

「妳再敢碰我一下試試！」鶴橋、鶴橋，當著他的面都敢叫得這麼親熱，背地裡還不知道兩個人是怎麼叫的呢！

明二牛暴打文氏的這一幕，剛好被匆匆趕來的陶鶴橋看在眼裡。陶鶴橋一見自己心愛的女人竟被明二牛這般對待，心頭立刻火起。他一撩下襬，兩眼圓睜，一個箭步就到了文氏身邊，小心翼翼地扶起她。

「明二牛，你幹麼？你怎麼能打女人？」

明二牛見陶鶴橋這個姦夫，竟然敢堂而皇之地出現在他面前，氣得他連聲冷笑。「我打我自己的媳婦，用得著跟你交代？還是說，我這封休書一落款，你就要等著撿破鞋了？」

明二牛邊說，邊把手裡未落款的休書朝陶鶴橋揚了揚，臉上露出一抹不屑的嗤笑。「你真的是跟你爹一樣骯髒下賤，清清白白的黃花閨女不要，專愛搞這爬出牆頭的爛紅杏！」

明二牛的這一句話，顯然將自己的親娘都罵了進去，也不知道他對妻氏是從哪來的那麼大怨念？

「明二牛，是你把自己的妻子丟在家裡十幾年不管不顧，讓她大好的年華獨守空房、備受冷落，現在有別的男人願意替你去關心她、愛護她，你不反思自己的錯誤，還有什麼臉打她？」

明二牛被陶鶴橋這一番歪理氣得不怒反笑。「好！好好好，果然是淫婦配姦夫，你們兩個都是一樣的厚顏無恥。陶鶴橋，既然你這麼護著她，那我今天不妨就成全你們！」

要不是不想把事情鬧大，又給自己添上一個污點，他豈會如此輕易放過這兩個人？

明二牛經過先前那番打罵發洩，心裡的氣已平順許多。他本就不怎麼喜愛文氏，先前之所以那麼生氣，不過是自己作為男人的尊嚴被人侵犯罷了；既然文氏已經髒了身子，這兩個人又是「真愛」，他倒想看看他們能夠好多久？

明二牛的話音剛落，回頭就取過印章，將自己的私印穩穩地蓋在那封休書的右下角，朝地上還在嚎啕大哭的文氏，毫不留情地丟過去。

「妳既覺得我對不起妳，那妳就拿著休書跟他走吧！我明二牛倒要看看，你們這對姦夫淫婦能夠恩愛多久！」

他還不信了，文氏一個半老徐娘，又是生過兩個孩子的，陶鶴橋年少，等他的新鮮勁過後，真能把文氏捧到天上去？到時候她飛得有多高，摔得就會有多痛。這就是女人不安於室的下場，他等著！

明玉秀和慕汀嵐回到家時，肖複已經把自己的頭臉洗得乾乾淨淨，像個寶寶一樣，乖乖等在大廳。

明玉秀不著痕跡地打量他一眼，發現這人雖然還是和從前一樣的身量和五官，但是整個人的氣質卻比初見時，溫和謙恭許多。

明玉秀朝他點了點頭，吩咐肖複去柳枝身邊做助手；又見他身上還穿著那件髒污破舊的冬衣，想起如今已過春分，是時候該為家裡的人添置新衣了。

「汀嵐，馬上天氣就要熱起來，咱們給工人們一人做套新衣吧，也給爹娘、山兒和汀珏他們做幾套。對了，你喜歡什麼料子、什麼顏色？我明天就去鋪子裡買！」

「上次訂親送來的禮盒裡不就有我選好的衣料嗎？妳不喜歡？」慕汀嵐不解。那麼多好看的料子，為何還要重新去買？

「你說那三十個木箱子啊？」明玉秀沮喪地撇了撇嘴。「從火場裡拉回來後，我還沒有去看過呢！外面都燒黑了，裡面的東西恐怕早就不能用。」

慕汀嵐無奈一笑。「怎麼會？真燒壞我也不會特地叫人扛回來了。這三十個梨木箱是我特地命人精心打造，裡面經過特殊處理。我原本是想把這些給妳做嫁妝，做得結實些將來還能傳給我們的女兒，妳去看看就知道！」

明玉秀面上一喜，接著又泛起了一絲紅暈。「我可沒說要給你生孩子，你真不害臊！」

慕汀嵐沒有反駁，低笑出聲，揉了揉她的腦袋，攬著她的肩膀，朝屋內走去。「箱子放哪兒了？我陪妳去看看。」

明玉秀將慕汀嵐領到庫房裡。那天從村裡回來以後，慕汀嵐就命士兵們把這三十個箱子，又挖了出來。

從軍營輾轉到新家，加上這段時間確實忙，她還真把這事給忘了，只是，眼前這黑漆漆的兩大排箱子，就是自己的訂親禮嗎？

明玉秀噘著嘴，一臉不高興地看著慕汀嵐，秀麗的眼尾帶著一絲委屈的控訴——都怪你，招惹了那群天殺的！你賠我的訂親禮！

慕汀嵐看著她的眼神只覺得好笑，伸出手從箱子側邊的暗格裡，取出一串小巧玲瓏的金屬鑰匙，對號找出其中一根，「喀嚓」一聲，打開了明玉秀面前的禮盒。

「哇！」明玉秀難以置信地揉了揉自己的眼睛。「好漂亮啊！」

裡面有各種做工精巧、光澤璀璨的首飾，更重要的是，全都毫髮無傷。她沒有看錯吧？為何箱子外面都燒壞了，裡面的東西卻保存得這般完好？

明玉秀激動地從慕汀嵐手裡搶過那串小鑰匙，將剩下的二十九個箱子也都一一打開。綾羅綢緞、字畫古玩、金玉器皿、各色寶石……

三十個大箱子，滿滿當當裝的全是慕汀嵐對她最熾烈的誠心和最真摯的愛意，想到慕汀嵐連自己的嫁妝都準備好了，明玉秀的心裡頓時溢滿了感動和甜蜜。

「這是怎麼做到的啊？你可真聰明！」

第四十五章

「不過就是在箱子裡加了道金屬隔層，又在縫隙處做了密封處理罷了，黃花梨木難得，京城裡很多人家都會這樣做，給貴重的木箱做些防潮、隔熱之類的保護。」

明玉秀一邊聽著，一邊高興地連連點頭。她用手摸了摸箱子的裡面，果然觸手都是冰涼的金屬，家裡藏了這麼多寶貝，她居然到現在才發現，真是太遲鈍了！

慕汀嵐看著明玉秀那歡喜的模樣，寵溺地捏了捏她的小臉蛋。「這疋藍色的緞子好看，妳穿起來肯定很美。」

他想了想，狀似不經意道：「妳給自己做一件喜歡的款式，嗯，如果料子還有多的，也用這個給我做一件差不多的吧！」

嗯？做一件差不多的？明玉秀歪歪頭。慕汀嵐這是要跟她穿情侶裝的意思嗎？

想到這裡，她那雙璀璨的明眸，頓時彎成了兩彎月牙，瞧著慕汀嵐狀似專注地欣賞著眼前珍寶的模樣，她在心裡忍不住地暗自偷笑。將軍大人真悶騷！

正琢磨著該給兩人裁剪什麼款式的衣裳，一直在隔壁忙碌的徐氏和柳枝，相攜走了進來，徐氏見慕汀嵐也在，衝他笑咪咪地點了點頭，又朝明玉秀道：「秀姊兒，前面兩間鋪子已經整理得差不多，咱們這招牌是不是該掛上去了？」

柳枝站在徐氏的身旁，規規矩矩地垂著頭，像個老實聽話的婢女般，不敢抬眼多看慕汀嵐一眼。

如今趙家只剩下她和趙松兩個人，趙松自從村裡發了撫恤金以後，就拿著村長給的那四十兩銀子，不知道跑到哪裡去逍遙快活了。

柳枝聽說明玉秀她們在鎮上重新辦起了作坊，這些天便一直主動跟在徐氏身後，幫她忙。由於這份工作的渴望，使她不敢在明家做出半分有違身分的舉動。

「既然都整理好了，我們就去前面看看吧？」明玉秀回頭，徵詢著慕汀嵐的意見。慕汀嵐頷首，幾人很快便到了大門口。

因為店面小，做的也是小本生意，所以招牌做得很簡單，既沒有什麼雕刻鏤花，也沒有什麼燙金朱漆，就是一塊工整的木板上，簡簡單單地寫了四個墨書大字：明氏清油。

明玉秀看著這塊樸實無華的招牌，滿意地點點頭，揣起它，二話不說，搭著梯子就要往上爬。

徐氏被她嚇了一大跳。這姑奶奶，未來夫婿還在跟前，怎麼能做出如此粗魯的舉動？「哎喲，秀姊兒啊！妳幹啥呢？快下來、快下來，在隔壁喊兩個人過來掛不就行了！」

慕汀嵐見徐氏那般緊張的模樣卻是呵呵一笑。「不礙事的，我去幫她掛吧！」話說著，他便另搭起一張梯子，也爬到了上面，衝著明玉秀挑眉一笑，很快就配合她，將那塊招牌掛在大門上。

「好嘍！」掛好招牌，明玉秀從梯子上俐落地下來，拍了拍手上的灰塵，朝徐氏咧嘴一笑。

「也就汀嵐慣著妳，越發像隻皮猴子！」徐氏好氣又好笑地瞋了她一眼。

明玉秀得意地眨眨眼，抿嘴一笑，才道：「徐奶奶，明天的小木桶記得按照二十文一個收押金，可別忘了。」

這個時候還沒有稱量液體的工具，就算做出來，也很難讓那些沒有見過的人，相信這些東西的真實可靠。

所以明玉秀讓人去老木匠那裡，打了一個帶蓋子的大木桶，用來裝她們店鋪裡的存油，且又另外做了一百個規格一模一樣的小桶。這些小桶，讓買油的客人統一裝油，木桶不用了，也可以隨時過來退銀子。

她這麼做的目的，也是想為自己減少一些不必要的麻煩。每個人每個桶的分量都一樣，就不會有人擔心自己吃虧上當。

幾個人正興致勃勃地討論著明天店鋪開業的事情，街角處突然往這邊跑近一個人影，那人影大老遠就在朝這邊呼喊。「將軍、將軍！」

等到人影走近時，明玉秀定睛一看，這不是阿瑾嗎？阿瑾不在軍營裡待著，怎麼跑到鎮上來了？

「將軍，慕四醒了，但是慕一、慕一他好像快不行了，將軍快回去看看！」阿瑾氣喘吁吁地扶著自己的膝蓋，滿頭大汗地朝慕汀嵐指了指軍營的方向。「王軍醫正在給慕一施診急救！」

慕汀嵐一聽他的影衛慕一快不行了，立刻變了臉色，回頭朝明玉秀交代道：「秀兒，妳在家好好待著，我回趟軍營！」

明玉秀此時也知道事情的緊急和嚴重，當即便點頭。「你快去吧！不用擔心我！」

慕汀嵐進門，從馬廄裡牽出黑風，朝明玉秀露出一個安撫的笑，便帶著阿瑾策馬離去。

明玉秀輕聲嘆了口氣。她知道，之前士兵們中毒一事並沒有了結，這種毒，除了已知的陳國元家之外，暗中還有一股大寧的勢力參與其中；他們不僅讓諸多西營士兵中毒，還害慘了慕汀嵐的兩個影衛，實在是可惡！

此時此刻，她只能在心裡暗暗祈禱，希望在汀嵐祖父那邊傳來確切的消息之前，元家的人不要再有進一步的舉動才好。

軍營裡，昏迷多天的慕四已經醒了過來，正與王軍醫兩人，一前一後圍在慕一的床榻邊，見慕汀嵐闊步走進來，慕四連忙躬身朝他行禮。

慕汀嵐走到他們身旁，看了眼渾身扎滿銀針的慕一，又看了眼神色頹喪、滿臉焦急的慕四。「阿四，感覺身體怎麼樣了？」

「屬下已經沒有大礙，只是大哥他……」

想到慕一的現狀，慕四內疚地抓扯著自己的頭髮。都怪他！都怪他當時非要堅持回去燒那片毒草，才會害得大哥為了照應他，被歹人暗算。

慕汀嵐看了眼慕四，見他雖面色蒼白，但精神尚可，便又將視線轉移到王軍醫身上。

「軍醫，慕一他的傷情如何？」

王軍醫面帶憂色，輕輕地嘆息。「怕是不行了，他的傷勢太重，失血過多，又從那麼高的地方摔下來，雖然是落在湖裡，但是五臟六腑皆有損傷，又在水邊泡了多天，傷口早已腐爛感染，老夫實在是回天乏術啊！」

這些天，他一直用著上好的藥材配合針灸，吊著慕一的命，想將他慢慢養回來，無奈慕一的傷勢太重，他也是有心無力。

慕汀嵐閉了閉眼，重重吐出一口氣。「慕四，去將其他影衛叫進來。」

「將軍！」慕四心中一驚。將軍這是要做什麼？大哥還沒走呢，將軍莫不是要叫兄弟們來與大哥告別？

慕汀嵐皺眉掃了他一眼，慕四不甘地低下頭去，轉眼就出了營帳。

「軍醫，你與我說說，慕一是不是真的無藥可救了？」慕汀嵐心中鬱鬱。這是陪伴他多年的影衛，是年少時像影子一樣，伴隨在他身邊一同成長的人，他哪可能真的沒有感情？

王軍醫遲疑了一下，見慕汀嵐的眼神裡帶著洞悉一切的光，只好為難地開口道：「老夫幼年學藝時，曾聽聞師祖說過，冷水為陰，熱血為陽，慕一如今這種情況，體內濕氣淤塞，只有以血換血，以陽熾陰，說不定還有一線生機。」

血流過多有損人體陽氣，陽氣耗盡，人就入了陰司。如今慕一身上的外傷他已經處理好，又給他上了頂好的金瘡藥，可他在水裡泡了那麼久，又流乾了半身的血，他實在不知道該用什麼法子給他補回來？

「慕一現在的身體狀況，還能堅持多久？」慕汀嵐眉頭緊鎖，心中也是無盡煩憂。

「多則一日，少則，隨時都有可能。」王軍醫看著躺在床上了無生機的慕一，將他的情況如實地告訴慕汀嵐。

「去拿碗來吧！」既然是失血過多，那給他補血就是，無論如何，只要有一線希望，就一定要把慕一救回來！

「將軍！」王軍醫聽了慕汀嵐的話，心中大駭。「這怎麼可以！」

他原本就不想將這個法子告訴慕汀嵐，為得就是不希望他和其他影衛們以身犯險。這個法子耗損元陽，也不能保證一定有用，萬一慕一沒有救回來，反倒還讓將軍傷了身子，他們這些人豈不都是大過！

「這是軍令，還不快去！」慕汀嵐不悅地瞪著王軍醫，眼神裡流淌的是不容置喙的堅決。

就在這時，帳外的慕四已經領著其他幾個影衛匆匆趕來，一見這陣勢，幾人連忙出聲阻攔。

慕四首先開口道：「將軍，還是我來吧！大哥是為了我才受的傷，這血理應用我的！」

「四哥，你在胡說八道什麼呀?你還大病未癒呢!還是我來，我的身體最好了！」

「小七，你還小，正在長身子呢，還是三哥來吧！」

幾個影衛爭來爭去，爭相要把自己的血餵給慕一喝，甚至有人已經抽出了自己的匕首，就要往手上割。

「住手！都給我住手！」就在慕七手裡的利刃將要落到手腕上時，營帳外面突然傳來了一聲女人的嬌喝。

慕汀嵐一愣。秀兒怎麼跟來了？他回頭朝帳外看去，那風風火火朝帳內走來的姑娘，果然是明玉秀。「不是讓妳在家好好待著嗎？怎麼自己過來了？」

如今正是多事之秋，元家人隨時都有可能在暗地裡對他們動手腳，從鎮上到軍營裡這段路少有人煙，任何時候，他都是不允許明玉秀獨自一人走在路上的。

明玉秀見慕汀嵐不高興了，也知道自己犯了他的忌諱，連忙俏皮地朝他吐了吐舌頭，撒嬌道：「我知道錯了，對不起嘛，下不為例！」

慕汀嵐瞪了她一眼又道：「什麼事匆匆忙忙地跑過來？」

不問還好，這一問，明玉秀立刻瞪圓了眼睛。「你們是不是傻啊？餵下去的血進到胃裡，馬上就變成……變成那什麼排泄出去了，這能補多少血？」

明玉秀話說完，雙頰緋紅，心虛地看了眼慕汀嵐。這傢伙不會嫌棄自己說話粗俗吧？誰料慕汀嵐卻像沒有聽到她說話不雅一般，反而認真問道：「那妳有什麼好辦法嗎？」

見慕汀嵐並未挑她的刺，明玉秀頓時放下心來，走到桌子旁，給自己倒了杯水喝。

「我是瞧著你著急，怕你一個人有什麼問題，所以才跟過來的，我也沒有什麼好的辦法，只是……」她頓了頓又道：「你們這樣餵血給他喝肯定是不行的，且不說他根本沒有吞嚥的意識，就算是嚥下去了，也起不到什麼有效的作用。」

明玉秀沒有辦法跟他們解釋現代輸血、注射的那一套理念，但是她不能眼睜睜地看著這幾個傻子用自己的血，以餵養的方式，去救治瀕死的同伴。

「如果能找到一根空心的細針，扎入他的血管，再找一根乾淨的導管，把我們的血輸送到他身體裡，或許就可以達到以血換血的目的了。」

旁的人聽不太懂明玉秀在說什麼，但是身為醫者的王軍醫，和向來博學多聞的慕汀嵐，都在心裡隱約有了一個模糊的概念。

王軍醫沈吟了片刻，若有所思道：「明姑娘，您說的軟管不知道可否用羊腸來替代？」

羊腸？明玉秀想了想。她以前只聽說過羊腸可以用來做縫合術，至於輸血，或許也是可以的吧？雖然沒有十足十的把握，但是此時也只能死馬當作活馬醫，至少得先把希望最大的法子都試一試才行吧？

若實在救不回來，到最後，是要割肉還是要餵血，她隨便他們便是。

「理論上來講，羊腸應該沒有問題，但是這個東西一定要在烈酒裡反覆消毒殺菌！」血可是要通過這個羊腸流進慕一身體裡去的，一定要保證乾淨才行。

「輸血管是有了，可是那空心的細針……」王軍醫看著明玉秀，為難地站在原地。

明玉秀將茶盞放在桌上，偏頭在王軍醫的針包上，來回掃視了幾遍。

王軍醫針灸用的針全是實心的，頂不了用，可是要弄個空心又能扎進人體血管的注射針，以現在的工藝來說，真的是太難了。怎麼辦呢？

明玉秀沮喪地看著慕汀嵐，慕汀嵐也一臉困惑地看著她，兩個人大眼瞪著小眼，明玉秀忽然靈機一動，從自己頭上拔下了一根銀釵。

這根銀釵，正是慕汀嵐之前送給她的那支海棠釵。

「妳要幹啥？」慕汀嵐見明玉秀拔下自己送給她的定情信物，心頭頓時湧上了一個不好的預感。

明玉秀微微一笑。「我們就用這個！」

釵？這麼大支釵扎進血管裡？他們到底是要救人還是要殺人？

正在眾人疑惑之時，明玉秀又道：「咱們找鐵匠，將白銀熔化，錘打成銀片，然後捲起來焊接，再在高溫下，將銀管拉成絲，這樣應該就能做成空心的細管了！

「最後再把細管剪斷，把管口磨成尖銳的斜口，做出來的不就是空心針了嗎？」明玉秀的眼睛亮亮的，在心裡默默地為自己的聰明機智點了個讚！

白銀質地軟，熔點低，比鐵、鋼什麼的，更容易鍛造出想要的模樣，所以沒有什麼比用這個更適合了。

第四十六章

「我們不用什麼羊腸了，直接用白銀給慕一做一套這樣的輸血設備！」

慕汀嵐和王軍醫略思索了片刻，都覺得這個法子可行，慕一的情況已經不容許他們多耽擱。慕汀嵐伸手握住明玉秀捏著銀釵的那隻手，道：「妳這才多大的破銀釵，還是自己留著吧！」

說罷，他轉頭吩咐影衛，去私庫拿出幾錠嶄新的銀元寶，送去兵器營裡，找打兵器的老鐵匠。

破銀釵？明玉秀撇撇嘴，在心裡想著，也不知道這破銀釵是誰眼巴巴地跑到她家門口，非要送給她的，傲嬌鬼！

「我只是拿銀釵做個例子嘛，你送我的寶貝，我怎麼捨得隨便拿去熔了？」明玉秀心裡暗自腹誹，面上卻笑嘻嘻地，挽著慕汀嵐的胳膊撒嬌。

外面的天色已經漸漸黑下來，不一會兒，老鐵匠就帶著自己的鍛造工具，隨著慕七趕來了營帳。

明玉秀將自己的想法畫在圖紙上，又將需要注意的細節和事項，一一與老鐵匠交代清楚，這才鄭重其事道：「此物事關影衛性命，還請您務必仔細了！」

老鐵匠是隨軍多年的老人，對待軍營裡的孩子跟自己的兒孫沒什麼兩樣，自然不敢馬虎，當下便一絲不苟地按照明玉秀的吩咐，忙活去了。

過了差不多半個時辰，老鐵匠將一截長長的導管和兩支打磨得發亮的銀針，交到明玉秀的面前。

「老師傅，您的手藝還真不錯，竟能將這銀管和銀針鍛造得如此光亮！」明玉秀看著手裡做好的東西，由衷地讚嘆。

老鐵匠嘿嘿一笑，摸了摸頭道：「姑娘有所不知，這是老朽家裡祖傳下來的法子，用打磨光滑的瑪瑙做成小刮刀，被火燒過的銀製品用這種刮刀一刮，表面上那一層髒污就可以很輕易被刮掉。」

明玉秀恍然大悟。果然是隔行如隔山啊！

她將手裡的器具用烈酒來回擦洗了幾遍，又轉頭朝慕汀嵐道：「我瞧著，這個應該沒有問題，我們趕緊給慕一輸血吧！」

慕汀嵐點點頭。

不知道為什麼，秀兒明明就是生長在鄉野裡的小丫頭，他實在想不通，她為何會懂得這麼多？醫術上的理論他不是很懂，但是連從醫數十年的軍醫都覺得這法子可行，說明他真的找了個聰明的媳婦兒。

影衛們一見終於要給慕一輸血了，連忙紛紛捲起自己的袖子，慕汀嵐這回沒有再與他們相爭，可是一旁的明玉秀卻伸手攔住他們。

「不是一樣的血型，你們輸給他，他會死的，還是我來吧！」

明玉秀是O型血，俗稱萬能血。雖然她現在換了個身體，但是她相信這種事情冥冥之中一定是有一種緣分的，用她的血，慕一存活的希望就更大一些。從概率上來講，她現在無論如何也應該賭一把。

「不行，別胡鬧！」慕汀嵐想也沒想地就拒絕了明玉秀。他不知道她說的血型是什麼意思，但是要他眼睜睜看著明玉秀在他面前自傷其身，他如何也做不到。

「慕汀嵐。」明玉秀這回沒有再與他撒嬌癡纏，賣乖發嗲，而是一本正經朝他道：「我的身體很好、很健康，血也很多，我流一點點血，能夠救慕一一條命，這種小小的付出是值得的，你要是心疼就閉上眼睛，好嗎？」

明玉秀的眼神直白地告訴慕汀嵐，如果慕一就這樣死了，而她明明有機會救他卻沒有救，那她會因此內疚一輩子。

況且，慕一已經堅持不了多久了，她不希望慕汀嵐在這個時候婦人之仁，雖然她知道他是因為心疼她。

慕汀嵐黑著一張臉，看著明玉秀堅定地走到自己跟前，從他懷裡抽走了他的匕首，眼也不眨地割向她那雪白的皓腕，他想要出聲阻攔，抬了抬腳步，卻終究沒有上前。

幾個影衛的眼眶頓時都紅了。雖然他們不明白明姑娘為什麼不讓他們為大哥輸血，但是他們知道，明姑娘一定是為大哥好。他們七人說到底只是慕家的下人，而明玉秀卻是未來的慕家主母，他們何德何能，竟然能讓主母為了他們流血犧牲！

幾個影衛在這一瞬間幾乎就要熱淚盈眶，齊齊在心裡將明玉秀的地位，擺到了與慕汀嵐平等的地方。

雖然銀製的導管不透明，也看不清血流的走向，但是王軍醫畢竟做了幾十年大夫，有些東西他一看便明白。明玉秀的血通過銀管和銀針，一點一滴地流進了慕一的身體裡，從慕一漸漸不再蒼白的臉龐上，王軍醫看到了生機。

慕汀嵐一時間心裡也不知道是個什麼滋味？看著慕一漸漸紅潤的臉頰，他甚至想要把這個傢伙抓起來痛打一頓。為什麼這個傢伙的身體裡會流進秀兒的血？這實在是讓他鬱悶的事情！

慕汀嵐走到明玉秀身後，扶著她嬌弱柔軟的身子，將她輕輕靠在自己懷裡。「妳怎麼樣？有沒有哪裡不舒服？頭暈嗎？傷口痛？」

慕汀嵐這一連串好幾個問題，直問得明玉秀不停地翻著白眼。

「妳怎麼了？是不是頭暈眼花？怎麼眼珠子一直在轉？」

明玉秀抽了抽嘴角，閉上眼睛調整了下情緒，再睜開眼，臉上已經掛上了一抹甜蜜的笑。「我沒事，沒有不舒服，頭也不暈，傷口有一點點痛，不是太痛；還有，我的眼睛也沒事，就是有點看你不順眼。」

見明玉秀語速正常，氣息平穩，還有精神跟自己開玩笑，慕汀嵐微微放下心來，親自替她上藥，又包好了傷口。

王軍醫替慕一把完脈以後，長長地舒了一口氣，轉身朝慕汀嵐回稟。「將軍，慕一的性命暫時是保住了，只須再養上一些時日便會醒來。」

聽到慕一救回來了，明玉秀也很高興，她衝著慕汀嵐俏皮地眨了眨眼睛，正欲說什麼，站在一旁的六個影衛，齊齊「撲通」一聲跪到了地上。

「屬下六人多謝夫人對大哥的相救之恩！」

明玉秀搗嘴一笑，嬌羞地靠在慕汀嵐懷裡。雖然她和慕汀嵐還沒有成婚，但是軍營裡很多人都已經稱她為「夫人」，對此，她還是有些不好意思的，特別是現在這麼鄭重其事的氛圍下，這樣的稱呼越發讓她覺得臉紅。

「都起來吧！你們與我雖名為主僕，實則已是多年兄弟，夫人為你們做的，你們記在心裡就是。」

幾個影衛連忙小雞啄米似地連連點頭，看向明玉秀的目光裡，比往常多了一分感激和尊敬。

慕一和慕四救了回來，慕汀嵐接下來的幾天，便一直專注地調查另外一件事情。

落峰崖距離西營雖不是太遠，但是他們的營地附近多得是打獵的地方，那些士兵們當天為什麼要捨近求遠，跑到落峰崖上去？

「阿瑾，去將那日上山狩獵的幾個人帶過來。」

「是，將軍！」

阿瑾領命而去，但是坐在營帳裡的慕汀嵐，卻突然想起一件一直被他疏漏的事情。這件事情怎麼好像不太對啊！元家人的原定計劃，是準備在冷香草全部成熟之後，找個有風的日子，將花粉隨風灑下，給他的營地來個突襲。
到時候這些花粉混合著松香，全部飄到西營裡，再落到那些出了汗的烏血馬身上，整個西營將在不知不覺中，全軍覆沒，無一倖免。
既然如此，那這些人為什麼又要在行動之前，特地引他的人去落峰崖上，讓他發現有人在他背後搗鬼呢？這不是打草驚蛇嗎？不會有人這麼愚蠢吧？
這麼想來，那個引著士兵們去落峰崖上的人，很有可能是友非敵，他其實是在向他示警，而非想要害他！想通這點，慕汀嵐的唇角忍不住微微勾起。他得找出是誰在暗中幫他化解了這次危機。
那天去落峰崖上打獵的幾個士兵，很快被帶到了慕汀嵐面前，然而對於當天是誰提議要去落峰崖的，他們卻全都答不出個所以然。
「那天，我記不起是誰帶頭的，我就是一直跟著大夥兒走。」
「是啊！好像沒有誰帶頭，是馬兒跑著跑著，就到了那兒。」
幾個士兵紛紛摸著自己的後腦勺，全都是一副困惑不已的模樣。
慕汀嵐銳利的眼光在他們臉上一一掃過，卻並未發現什麼異樣。已知的這兩股勢力均來自暗處、來自朝廷，一瞬間，一種詭譎多變的氣息撲面而來。
這一邊，明玉秀家的鋪子已經三天沒有開張了，除了第一天放過鞭炮以後來了兩、三個人看新鮮之外，這幾天大門口一直都是門可羅雀，不見半個人影進來，這可把徐氏給愁壞了。

明玉秀這幾天一直在房間裡反覆寫寫畫畫，也不知道是在搗鼓些什麼？徐氏心急火燎地走到院子裡，大老遠就在不停叨叨。「哎呀，秀姊兒啊！店面三天沒開張了，妳怎還有心思在這兒畫花啊？可真是急死我了。」

原本以為，這麼好的清油做出來一定會大賣，誰知道都三天過去了，竟是一桶也沒有賣出去，這可是大大打擊了她的信心。要知道，作坊裡每天光工人的工錢，就得拿出去六、七百文，這光出不進的可怎麼辦啊？

明玉秀好笑地看了徐氏一眼，將手裡畫好的設計圖展開仔細看了幾遍，滿意地點了點頭。

徐氏好奇地探過頭去看了一眼，眼睛驀地睜大，連連驚嘆。「秀兒啊！這是妳畫的衣服啊？嘖嘖嘖，樣子可真漂亮！」

見徐氏已經忘記自己還是一隻熱鍋上的螞蟻，轉眼又被漂亮的衣裳吸引了注意，明玉秀笑咪咪地回過頭問她。「徐奶奶，前面還是沒有客人光臨嗎？」

一提到這個，徐氏臉上剛揚起的笑容，立刻就垮了下去。「可不是，人是有來，光看不買有什麼用？」

明玉秀無奈地嘆了口氣，領著徐氏到了前面鋪子。柳枝和肖複兩個人正站在櫃檯內，眼巴巴地看著外面過路的行人，恨不得用視線將那些人盯進鋪子裡來。

明玉秀走近一看，果然大桶裡的清油一滴沒少，她轉了轉眼珠子，朝柳枝吩咐道：「柳枝姊姊，妳和肖複去廚房裡搬個小鍋灶到鋪子門口，再把我們的飯桌搬到鋪子裡來，中午咱們就在鋪子裡吃飯！」

柳枝的眼睛一亮，頓時明白了明玉秀的意思，連忙點頭朝廚房裡跑去；肖複見柳枝一個人去搬東西，也連忙跟了上去。

「秀姊兒，妳這是要在鋪子門口做飯？」

徐氏興致勃勃地看著明玉秀，這丫頭可真是冰雪聰明啊！這法子她怎麼就沒想到呢？清油好是好，可是別人既沒有見過，也沒有吃過，自然是不敢輕易購買。

不一會兒，肖複就扛著兩張桌子和一套鍋灶到了前面，按照明玉秀的吩咐，他將桌子、砧板、菜刀、鍋灶，全都整整齊齊地放在店鋪門口，又將另一張吃飯用的飯桌擺到鋪子中央。

柳枝則將在井邊清洗乾淨的蔬菜、水果、各種肉類，都擺放到外面的桌子上。

這樣奇怪的陣勢，很快吸引了一波過路的行人，見圍觀的群眾差不多有一群了，明玉秀捋起袖子，在一旁的水桶裡淨了淨手，然後站到了案桌前大聲喊道：「各位大爺、大娘、叔伯、嬸嬸，小鎮的鄉親們你們好！小店今日酬賓特惠，凡是在本店購買清油一桶的，送豆漿一碗，還可免費品嚐小女子現做的拿手小菜，雞鴨魚肉隨便挑選！」

明玉秀的廣告詞喊完，落落大方地衝著人群咧嘴一笑，手中菜刀一揚，明晃晃的亮光閃過眾人的眼睛，就見她那雙纖纖玉手，飛快地在砧板上飛快地剁了起來。

整齊的切菜聲聽得圍觀的眾人心中一片舒坦，再一看那砧板上切好的各種蔬菜，人群裡立刻發出了嘖嘖讚嘆。

「好漂亮的刀功啊！」

「厲害了、厲害了！」

「瞧不出來啊！這小丫頭，年紀這麼小，刀下功夫這麼熟練！」

「這功夫，怕是殺人都不見血吧？」

明玉秀抽了抽嘴角，將桌上其他的配菜全都一一切好。「現在，我來給大家展示一下我們家自己出產的清油。這種植物油比我們平時吃的豬油口感更好，而且便宜！大家可以在我這兒先試吃，好吃的話，可以買回去天天吃，頓頓吃，再也不用為了省錢怕用油了！」

原來還是為了賣油啊！人群裡有幾個反應迅速的人，頓時撇下了嘴角，正欲開口諷刺幾句，只見明玉秀拿起木瓢，從大木桶裡舀了一些金黃透亮的清油出來。

爐子上的火已經點燃，鍋燒熱後，明玉秀依次倒入油、薑、蒜爆香，然後把切好的肉絲用澱粉調和，倒入鍋裡翻炒，一股濃郁的肉香味，很快飄入了所有人的鼻子，讓他們忍不住嚥了口口水。

肉炒得差不多時，明玉秀又將切好的青瓜倒進鍋裡，與豬肉一起翻炒，在青瓜將軟未軟之際，迅速起鍋，一道色香味俱全的青瓜炒肉被端上了桌。

此時正是午時飯點，饑腸轆轆準備回家吃飯的大夥兒，聞到這令人垂涎欲滴的飯菜香，立即就有人忍不住站了出來。「姑娘，妳剛說這菜可以免費吃，是不是真的啊？」

第四十七章

明玉秀微微一笑。「自然，這菜是用我自家油燒的，我今天做這個，也是為了給大家免費嚐鮮！」

說罷她拿了雙乾淨的筷子，從盤子裡撥了些菜到自己碗裡，當著眾人的面吃了下去。見到明玉秀自己都吃了，那些還心存疑慮的人，頓時都放下了心。不論這油好不好吃，至少它不會害人不是？不然這小姑娘自己怎麼會吃呢？

「那我先買一桶吧！把妳這青瓜炒肉弄一點給我嚐嚐，聞著怪香的。」那首先開口詢問的婦人，很快便爽快地掏了一串銅板出來。「姑娘，妳這油怎麼賣的？」

見到終於有人配合自己問到關鍵，明玉秀連忙笑盈盈答道：「這位大姐，我家清油三文一斤，一小桶是五斤。」

說著，她又把木桶的押金和規則跟這婦人解釋了一遍。「如果您自己帶東西來裝，也是可以不用在我們這兒押木桶的。」

那婦人略一思索。「這桶的大小都是一樣的吧？裝的油是一樣多嗎？」

「自然。」

「那就用你們統一的木桶吧！」要是她自己拿東西來裝，誰知道還是不是五斤呢？說罷，那婦人便從錢串上拆了十五個銅板下來，遞給了明玉秀。

明玉秀含笑點點頭，將銅板交到徐氏手上，親自將那碟青瓜炒肉端到了那婦人面前。「柳枝姊姊，妳去後面盛碗飯過來吧！」說罷，她又對那買油的婦人道：「這位大姐，妳是小店的第一位客人，今天這頓飯就算我請妳的，我再去給妳加幾道菜！」

那婦人一聽還有這等好事，馬上喜孜孜地連連點頭，十五文買了一大桶油，還能白吃這麼多肉菜，怎麼想都是賺大了！

明玉秀朝她微微一笑，連忙轉過身去做起了其他菜。她的廚藝本就比一般人好，又是為了給店鋪招攬顧客，自然做得更加用心。

很快，那婦人面前的桌子上便擺放了各種特色菜餚。京醬肉絲、清蒸藕粉、乾煸鯽魚、麻婆豆腐……還有一杯奶白色的豆漿，和一盤五顏六色的水果拼盤。

那婦人開心得眼睛都綠了。今天的菜可真好啊！不僅是免費的，更重要的是還好吃，她真恨不得連自己舌頭也一同吞下去！

很快那婦人便吃得滿嘴油光，最後一杯豆漿喝下去，她心滿意足地打了個飽嗝，頓時感覺整個人生都圓滿了。

這等貴賓般的待遇，一下子就點燃周圍群眾的熱情，口水滴答流的眾人看著店鋪裡的大油桶，像是看見了什麼寶貝，一般瞬間蜂擁而上。

「給我來一桶！給我來一桶啊！」

「我也要！給我一桶！」

徐氏被這突如其來的人山人海給喜得驚叫連連。「哎喲！別急、別急，都有、都有！」

「哎喲，慢點，我這就給您裝！」

很快，徐氏、柳枝和肖複三個人就忙得團團轉了，屋裡那張準備留給他們自己吃飯的桌子也被搬了出去。

就在大街上，一夥人圍在一起，高高興興地吃起了大鍋飯，徐氏躲在櫃檯後面偷偷地數著兜裡的銅板，鼻子、眼睛都笑開了花。還是秀兒有辦法啊！

就這樣一傳十，十傳百，明家的清油很快就在青石鎮上打開了市場，即使已經沒有免費的飯菜可吃，但是這物美價廉的清油，還是很迅速地就籠絡住主婦們的心。

畢竟這個小鎮上，不是所有人家都富裕，豬肉十六文一斤，能切下來榨油的肥肉都是稀罕物，比起三文一斤的清油來說，豬油實在是太貴了。

傍晚的時候，慕汀嵐從軍營裡回來，明玉秀喜孜孜地將畫好的設計圖拿到他面前。

「這是……衣服？」慕汀嵐開心地咧嘴。「是妳畫的？」

明玉秀抿起小嘴，得意地點點頭。「怎麼樣？你喜歡嗎？」

圖紙上的一套情侶裝，是她上輩子看了無數古裝電視劇後，綜合出最好看的一套。

男女兩套皆是廣袖長袍，不同的是，慕汀嵐的那一件肩寬腰窄，她的這件則是高腰束帶。男裝看起來玉樹臨風，身材修長；女裝看起來溫婉端莊，簡單大方，都是頂漂亮的。

慕汀嵐看著這兩件款式大致相同的衣服，想像著它們穿在自己和明玉秀身上的樣子，心裡一道暖流滑過。

春分過後，明家的鋪子相繼擺上了豆腐、豆干、豆漿等一系列新鮮少見的豆製品。

自從她家的清油獲得廣大群眾的好評後，接下來陸續上架的新品，也受到了大夥兒一致的認可。雖然這些小東西掙不了大錢，但是在這小小的青石鎮上，還是很快地幫他們家站穩了腳跟。

五月初一，京城裡終於傳來了慕老將軍的飛鴿傳書。

傍晚的時候，慕汀嵐和明玉秀兩人搬了矮几和兩張小凳，坐到了後花園裡。

初春時種下的許多花草，現在全都長出了鮮嫩的葉子和飽滿的花苞，明玉秀採下一朵粉黃的月季，捏在手中把玩。

兩人面前擺了些花茶，是她春天時自己收集了花瓣曬製的；慕汀嵐一手執茶盞，一手放在桌上展開了祖父的信箋。

「老將軍怎麼說？」明玉秀低頭輕嗅著花香，眼睛一動不動地盯著慕汀嵐。不知道慕老將軍這段時間有些什麼收穫？陳國的那些人搞定了沒有？

慕汀嵐皺眉看完了書信，將信紙收起來捲成一團，面色有些凝重。「祖父沒有派人去給元家的女眷下毒。」

「什麼？」明玉秀詫異地睜大了眼睛。「為什麼？」

如果慕老將軍沒有派人去攪亂元家後方的話，為何這麼久了，放火燒村的那些人遲遲沒有再來找過他們？

「因為，有人暗殺了元家的家主元厲溱，想必先前襲擊臨山村的那些人，已經回到陳國奔喪去了。」

明玉秀驚奇地張大了嘴巴，繼而又有點想笑。是誰？是誰在背後捅了元家人這麼狠的一刀呢？這一刀來得可真是及時啊！

慕汀嵐輕輕吐出一口氣。是啊！這個人又幫了他一次，到底是誰？他的目的是什麼？

「祖父信中還說，皇上降罪的聖旨不日就會抵達渝南郡，我可能很快就要離開渝南，前往京都去請罪了。」

「啊？」明玉秀一聽這話，立刻不高興地噘起嘴巴，起身將凳子搬到慕汀嵐身邊挨著他坐下。

雖然她早就做好了心理準備，知道慕汀嵐這三月之內必會遭到皇帝的責罰，但是當這一天真到了，她心裡還是難免有些發慌。

「我們馬上就要成親了啊，還有兩個月就是我們的婚期。」明玉秀這話說得雖然是沒頭沒腦，但是慕汀嵐還是聽懂了她話裡的擔憂。

「不要擔心，雖然這次是我失職，沒有保護好治下的百姓，但是這終究不是通敵叛國、密謀造反的大罪，皇上最多只是口頭斥責、罰些俸祿，不會真拿我怎麼樣的。」

皇上多半要的，只是他的態度，和對所有知情人的一個交代，他回京去與他們當面交代清楚事情的經過和緣由，領罪認罰後他就回來，一來一去，快馬加鞭最多一個月，想必誤不了他們的婚期。

明玉秀自然知道，慕汀嵐是有累累軍功在身的人，皇上自然不可能為了一些百姓，去嚴懲對國家有過貢獻的臣子；但是慕汀嵐自從和她相識以來，從來沒有離開她那麼遠、那麼久，不知道為什麼，她總覺得，如果這次讓慕汀嵐一個人去京裡，他們以後必將難再重逢。

「我與你一同進京吧？」明玉秀咬了咬牙，覺得她不能放任慕汀嵐就這樣離開。

慕汀嵐無奈地笑了笑，伸手將她抱進自己懷裡，坐在他的大腿上。「這一路過去可不是去觀光賞景的，路上顛簸，餐風露宿，我怕妳身子吃不消。」

明玉秀伸手攬住他的脖子，將頭輕輕靠在他額頭上，低聲細語道：「比起跋山涉水的艱苦，我更怕你不在我身邊。」

慕汀嵐沈默了半晌，彎了彎嘴角，輕輕吐出一個字。「好。」

兩人頭靠著頭，久久沒有說話，十里春風夾雜著青草的芳香，撩動著空氣裡彌時不散的溫情。

晚飯時，明玉秀將自己要和慕汀嵐一同進京的事情，告訴了家裡的長輩。

明大牛經過幾個月的休養，身子好得差不多，這些日子，他天天帶著工人去附近各個村子裡收大豆，身上的皮膚也曬黑了一抹。聽見女兒說要去京城，明大牛立刻緊張起來，黝黑的臉上因為激動，泛起了一絲暈紅。

「秀兒，京城、京城那麼遠……」他想要說，京城那麼遠，達官貴人那麼多，萬一遇到點什麼事，他們離了千山萬水，該如何是好？

「爹，有汀嵐在，您就放心吧！倒是我們離開以後，您跟我娘還有徐奶奶把鋪子看好，可別慢待了自己。」

父母都是過慣了苦日子的人，家裡好起來才沒多久，他們平時的吃穿用度都還是像以前那樣，能省則省，如果自己走了，還不知道他們會過成什麼樣呢！

徐氏和陸氏雖然也有擔憂，但是作為女人，她們更能理解明玉秀。女兒家長大了，自然是要跟著夫婿走的。所謂嫁雞隨雞，嫁狗隨狗，明玉秀已經和慕汀嵐訂了親，別說是京城，就算慕汀嵐現在要去陳國或者南詔，明玉秀跟著去也是正理。

滿桌子的人，各自有著各自的擔憂和考量，唯獨坐在明玉秀和慕汀嵐中間的明小山，在思考了半天之後，終於「哇」地一聲哭了出來。「哇嗚！我不要姊姊去京城！山兒以後會乖乖，以後少吃肉肉多吃菜，姊姊不要丟下山兒！」

明玉秀見小包子說哭就哭，只好無奈地將他抱起來，在自己懷裡輕聲哄道：「等你的馬步能扎滿一個時辰，或者你能跟你汀玨哥哥過上三招，我就馬上回來，怎麼樣？」

說著，她又從懷裡掏出明彩兒事件後，她一直放在身上的木雕，遞給明小山。「喏，你現在是大孩子了，這個小木雕現在交給你自己保管，你以前不是很喜歡它嗎？別哭了。」

「我不、我不要！」明小山毫不留戀，抹著眼淚，噘起嘴巴，一把就推開明玉秀的手。他不傻，明明他是無條件拒絕姊姊離開的，他又沒有同意跟姊姊談條件！

明玉秀見明小山跟自己使起了小性子，沒好氣地拿額頭撞了他一下。「你這樣就不乖了啊！你不乖，那我就喜歡別的寶寶去，不喜歡你了！」

明小山一聽明玉秀這話，心裡更覺得委屈了，一雙水汪汪的大眼睛，頓時就像開了閘的洪水，眼看著就要氾濫。

慕汀嵐見狀，好笑地看了一眼互相生氣的姊弟倆，長臂一伸，將明小山從明玉秀懷裡撈了過來。「不是我和你姊姊要把你丟在家裡，只是咱們這一路上都要快馬加鞭，日夜趕路去京城見皇上，要是去晚了，皇上會打我們板子的。你說你這麼弱小，我們帶著你上路，那簡直就是累贅，萬一你要在路上顛出個好歹，你說，我和你姊姊要不要停下來照顧你？」

慕汀嵐的話說得又簡單、直白，特別是重點強調了「累贅」兩個字，深深刺傷了山寶寶的自尊心。

明小山反覆咬著自己的下唇，終於不甘心地嘟囔出幾個字。「我不是累贅，我會好好練功，我會快點長大的！」

「那你現在就留在家裡好好練功，每天多吃點飯，肉和青菜都要多吃，等你快快長大了，我和你姊姊就帶你去京城。」

明小山頓時被噎了個無語。為什麼他突然覺得，自己的姊夫是那麼地奸詐？

第二日清晨，京城裡的聖旨果然如期而至，慕汀嵐和明玉秀將西營和店鋪裡的事情，分別交代給慕汀玨和徐氏之後，收拾了一些簡單的行李就上路了。

這一次除了七個影衛和一輛馬車，兩人輕裝簡從，什麼都沒帶，只想快點抵達京城，早去早回。

五月的天不冷不熱，天氣晴好，藍天白雲。

慕一和慕四坐在外面邊趕著馬車，邊閒聊，馬車內突然傳來一聲痛呼。「哎喲喂！」

兩人不敢隨意地掀開簾子往裡看，直把耳朵貼近車廂，緊張地詢問。「姑娘怎麼了？」

在前面的慕汀嵐也聽到後面的動靜，連忙調轉馬頭到明玉秀窗前，二話不說掀起簾子朝裡面看去，見到明玉秀一臉扭曲，表情奇怪，慕汀嵐連忙問道：「可是要下車小解？」

明玉秀老臉一紅，翻了個白眼，將手朝慕汀嵐招了招，示意他靠近些。慕汀嵐乾脆跳下馬，將黑風交給慕四，然後直接鑽進了車廂。「怎麼了？是不是哪裡不舒服？要不要走慢些？」

慕汀嵐的連聲關心讓明玉秀的心中暖暖的。她伸手抱住慕汀嵐的腰，小聲在他耳邊撒嬌。「這馬車坐久了，顛得我屁股好疼。」

慕汀嵐一愣，繼而忍不住低聲笑出來，伸手將明玉秀抱起來，坐到自己大腿上。「那妳先坐我腿上緩緩。」

說罷，他又轉頭在車廂裡掃視了一圈，一手攬著明玉秀，一手從車壁上的一個暗格裡，扯出一條毛茸茸的大圍巾。「這個是我冬天用的，是狐狸毛的，妳待會兒把它墊在身下，便不會那麼痛了。」

明玉秀俏臉微紅，一雙明亮的眼睛灼灼地盯著慕汀嵐看。比起在戰場上浴血廝殺的將領，眼前的慕汀嵐更像是一個溫文爾雅的世家公子，讓人如沐春風。

慕汀嵐接觸到明玉秀那花癡一般的小眼神，嘴角也掛上了一抹暖暖的笑。他將她圈在自己懷裡，低下頭去，輕輕吻上了她的唇。

第四十八章

夜已經黑透，一行人找了間客棧歇息，洗漱完畢後，明玉秀陪著慕汀嵐坐著喝了會兒茶，聊了會兒天。

這一坐也不知道坐了多久，感覺自己已經十分困倦，看著面前不動如山的慕汀嵐，明玉秀終於忍不住開口問道：「你都已經喝了八杯茶水，有那麼渴嗎？」

慕汀嵐握著茶盞的手頓了頓，感覺屋內的氣氛有些尷尬，他清了清嗓子，不自在地應了聲。「嗯。」

還嗯？見他這副穩如泰山，狀似不經意的的模樣，明玉秀的心中暗自好笑。

她如今雖是一個閨閣少女，但是內裡卻是一個思想先進的現代女性。不過這身子還未成年，某些不可描述的天雷地火肯定是不可以的，但是抱著睡個覺嘛，完全在她的接受範圍之內。

雖然極力克制著自己，但是慕汀嵐的臉上，依舊不受控制地染上了一抹緋紅，他乾咳了兩聲，不自然地看了一眼已經鋪得整整齊齊的床鋪。

「那個，最後四間房都被我們訂了，他們、他們七個睡三間，我……和妳……」說著說著，慕汀嵐感覺自己都快編不下去，索性破罐子破摔，道：「妳睡床，我打地鋪吧！」

明玉秀捣著嘴，止不住地輕笑，看著已經轉過頭去不再看她的慕汀嵐，她走到桌旁一口氣吹滅了燭火。

房間內突然一下子暗了下來，窗外的月光鋪滿了庭院，明玉秀借著明朗的月光走到慕汀嵐的跟前，牽起他的手，一步步走向床榻。

掌心裡柔和美好的觸感，讓慕汀嵐心裡那點小小的旖念在黑夜裡，一瞬間被無限放大。腹部竄過的一道暖流，讓他很想扯過明玉秀的身子，就這樣抱著她，不顧一切地吻下去。

但是夜晚不同於白天，他很怕自己會克制不住傷了她。慕汀嵐重重往外吐出一口氣，感覺此刻連呼吸都是燙的。他動情了，這樣的明玉秀於他，簡直就是一顆活生生的催情藥。

「睡覺吧！你想什麼呢！」耳邊傳來明玉秀似笑非笑的調侃，慕汀嵐惱羞成怒地瞪了她一眼，然後眼睛一閉，咬了咬牙，隨她躺到了床榻上。

美人入懷，男子胸腔裡激烈跳動的心臟越加地蓬勃有力了，明玉秀的小臉貼在慕汀嵐的胸膛上，感受著他心跳如擂鼓的意動。漸漸地，她沒有了玩笑的興致，心間反而滑過一抹心疼。

不忍慕汀嵐繼續難受，明玉秀悄悄抬起了放在他腰上的手，想要轉過身去離他遠一些，不料雙手卻很快被慕汀嵐一把抓住。

「別走，就這樣。」慕汀嵐的聲音微啞，能夠聽得出他在竭力保持淡定，大手只是輕輕握著明玉秀的手背，再無半分逾越的舉動。

「嗯。」明玉秀輕輕應了一聲，夜靜靜地，窗外只餘蛙聲蟲鳴，黑暗裡互相依偎的兩個人，誰也沒有再說一句話。

明玉秀睜著一雙大眼睛，靜靜聆聽著耳邊男子清淺的呼吸。在如此溫情中，不知道什麼時候就睡著了。

他們一行人這一走就是半個月，五月十六這天，九個人終於抵達王都附近最大的一間國寺，天泉寺。

「秀兒，妳先和慕四、慕七他們留在這裡，等我進宮見過皇上，晚點再過來接妳。」天泉寺是寧國頗有名望的國寺，住持了空大師是慕老爺子的至交好友，寺廟裡人口簡單，香火鼎盛，武僧們也是個個身手不凡，待在這裡十分安全。

影衛們把馬車停放在寺院內，端端正正地站在馬車周圍，慕汀嵐將明玉秀從車裡扶了出來，然後徑直帶她去拜見方丈。

從角門一路走過去，明玉秀沒有看見多少光頭和尚，卻看見許多穿著布衣的平民。這些平民，個個面黃肌瘦，每個人都是拉家帶口，或站或坐，或走或停，散布在寺院四周。

香客？明玉秀邊走邊不著痕跡地打量著這些人。他們臉上如出一轍的愁苦，讓他們看起來並不像是前來上香的香客，反而更像是……流民。

明玉秀心中狐疑，抬頭看了看慕汀嵐，見他臉上也有些不同尋常的異色，忍不住開口問道：「汀嵐，這些都是什麼人啊？」

慕汀嵐輕輕嘆了口氣。「大概是流民吧！」

明玉秀心中一動。果然跟自己想的一樣，只有流民才會這麼大規模，全家老小一起出門討生活。

「現在又沒有打仗，哪裡來這麼多流民呢？他們這樣沒人管嗎？」

「即使是在和平年代，年年也有因為天災顆粒無收的，他們為了活命，不得不背井離鄉。」

「那皇上也不管他們？」明玉秀皺了皺眉。皇帝享受黎民供奉，三宮六院、錦衣玉食，只要他稍微有一點良知，都不可能眼睜睜地看著自己的子民居無定所吧？

慕汀嵐沒有回答明玉秀的問題，他看了眼周圍瘦骨嶙峋，衣衫破舊，眼睛裡個個都透著無望的百姓，忍不住幽幽嘆了口氣。

皇上如今年事已高，許多事情怕是有心無力，何況帝王年紀大了，最想要看到的就是自己的盛世太平。百姓遇到問題，底下的人願意瞞著，把表面的髒污抹平，給皇上呈現出一片錦繡江山。

而皇上，也願意看到這樣的秀麗江山，這種結果皆大歡喜，受苦的只有無能為力的百姓。

見慕汀嵐沒有回答自己，明玉秀也察覺到他們不應該在外面議論皇上，吐了吐舌頭，就跟著慕汀嵐進了禪院。

「許久不見，施主在蜀地可好啊？」了空大師見慕汀嵐和明玉秀走進來，沒等他們出聲，便先開口跟他們打起招呼，然後從一旁盛滿清水的小瓷缸裡，取出兩個乾淨的紫砂茶杯，用滾水燙過，將早已煮好的茶湯注入杯中，放到兩人面前。「坐下說話吧！」

見這方丈如此地和藹可親，並不像某些得道高僧那樣喜歡端著架子，明玉秀的心裡也對他產生了些許好感。

了空笑咪咪地打量著明玉秀和慕汀嵐，臉上全是長者對小輩們的慈愛。

慕汀嵐笑了笑，躬身朝他施了一禮。「晚輩一切都好，大師可好？」

明玉秀也跟在慕汀嵐的身後微微屈膝，恭恭敬敬地與這位大師見禮。待到兩人寒暄過後，慕汀嵐便與大師細細說明此次回京的經過和緣由。

「大師，這位便是晚輩的未婚妻子，今日先留在大師寺中，我從宮裡出來便過來尋她，煩勞大師代為看顧，晚輩感激不盡。」

慕汀嵐話畢，再次站起身來彎腰拱手，了空大師擺了擺手，示意他只管坐下。

「施主為國事操勞奔波，這位姑娘在我寺內暫住，施主放心便是。」

慕汀嵐微笑著頷首，明玉秀卻忍不住開口問道：「大師，不知道方才在來時路上看到的那些人，他們是……」

或許是覺得自己這麼問了有些冒昧，明玉秀有些不好意思地撓了撓自己的頭，紅著臉看向慕汀嵐。

慕汀嵐寵溺地捏了捏她的手，開口問道：「大師，今年的汛期還有月餘，為何這麼早便有這麼多的流民聚集在此？」

見兩人已經猜到外面那些百姓的來歷，了空大師也不隱瞞，給兩人添了新茶。「這些並不是今年的災民，他們都是去歲、前歲，甚至更久以前的。」

竟然是這樣？慕汀嵐和明玉秀皆顯得有些意外。按照了空大師所說，這些人至少在寺廟裡待了將近一年。這麼多的流民聚集在天泉寺裡這麼久，就算戶部有心想要隱瞞，皇上難道真的不知道嗎？

不，皇上興許是知道的，只是，這些流民們既然自發來到了天泉寺，寺廟也敞開大門接納了他們，並且一養就是數年，這些原本應該由戶部所出的財力和人力，現在便全都由天泉寺代為支出了。

漂泊的流民們並沒有因為災難流離失所，更沒有發展到餓殍枕藉的地步，所以自然不會有人著急。下不奏請，高居廟堂的皇帝早已歇了治世的心，更加不會主動去給自己找麻煩，恐怕此事不過是睜一隻眼、閉一隻眼罷了。

「既然大師已經給了他們安居之所，為何晚輩方才過來，卻見他們面帶愁容，彷彿是遇見了什麼難事？」

慕汀嵐困惑不解，了空大師將手裡的茶杯輕輕擱在茶盤上，雙手合十。「阿彌陀佛，貧僧雖然有心幫助他們脫離苦海，可是無奈我天泉寺僅憑一己之力，能救一時，卻終是無以為繼啊！」

明玉秀心中暗暗點頭表示理解。天泉寺再怎麼富有名望，也只是一間受他人香火的寺廟而已。

況且廟裡的日常開支需要銀錢，還有那麼多的和尚需要供養，他們也是肉體凡胎，需要吃喝拉撒，現在有這麼多的流民聚集在這裡，總有一天會在寺廟裡坐吃山空的。

慕汀嵐皺了皺眉，眼看著天色也不早了，便站起身來拱手作揖。「大師也不必太過憂心了，晚輩先行告辭，待我進宮之後，定會將寺中情形稟告皇上，以解大師燃眉之急。」

「如此貧僧便替外面流離的百姓，多謝施主恩德了。」了空大師睜開半合的雙目，站起身來，微微朝慕汀嵐躬身一禮，招手喚來小沙彌，將明玉秀帶去客居的廂房。

「秀兒，妳在廟裡等我，我一出宮就回來接妳。」慕汀嵐捏了捏明玉秀的手，示意她乖乖地待在廟裡。

「我知道了，你快些去吧！早去早回。」慕汀嵐將明玉秀安頓好之後，便帶著其他幾個影衛匆匆進了皇宮。

御書房外，慕汀嵐已經站在青石臺階上等了整整兩個時辰。皇上近日身體不適，諸事煩憂，惹得他十分不快，他一邊批著奏摺，一邊在腦子裡埋怨著這些人整天給他找麻煩。

就在貼身內侍再一次提醒他，慕將軍已經在門外等候多時後，皇上終於不耐煩地從一堆奏摺裡，找出一封已經批註好的請罪摺子，丟到地上。

「讓他不必進來了，拿了摺子就回去吧！朕不想看見他，這一村的百姓，竟然在他的眼皮子底下就那麼被歹人給屠村了！他這個崇武將軍確實失職，不做也罷！」

內侍一驚。皇上這是要免去慕汀嵐崇武將軍之職了？這個處罰會不會太重了些？

「皇上，這慕將軍的官職免去了，那渝南那邊的兩萬兵馬……」

皇帝皺了皺眉，頭痛地揉著額頭。這些人怎麼就這麼多事呢？

「渝南邊境還是讓他回去給朕看著吧！三年內對渝南慕家軍的糧餉減半，就算是朕對他這次失職之罪的懲罰！」

不僅降職，還要減軍餉？那內侍剛想要開口勸諫，皇帝銳利的目光如同毒蛇一般，掃到他的身上，生生將他嚇出了一身冷汗。

交代完對慕汀嵐的處置，皇帝連他的面也沒有見，便直接從內門起駕回寢宮。

內侍捧起地上的摺子，走到書房外，欲言又止地看著慕汀嵐。「將軍，皇上對您的處罰都寫在摺子裡了，您回去一看便知曉。」

慕汀嵐見那內侍的表情有些凝重，心裡也猜到，皇上這次給他的處置定不會輕了。

「多謝公公了，皇上可還有其他吩咐嗎？」

「將軍領了摺子，即日便可返回渝南郡。」

慕汀嵐點了點頭，與那內侍道了謝，沒有再多說什麼，逕自朝宮門走去。沒想到這次進宮連皇上的面都沒有見到，想起天泉寺裡的那些流民，他決定還是回去再想辦法。

慕汀嵐將摺子揣進懷裡，才走到宮門口，就看到一位年輕俊逸，面帶笑容的華服男子朝他迎面走來。定王爺？慕汀嵐看清了前面的男子，抬步退到道路的一邊，與他拱手見禮。

這位定王從小就聰敏多智、才華橫溢，當年在一眾皇子當中，先帝最疼愛的就是他的這位幼子。不僅因為定王是先帝最小的兒子，更因為他是先帝與最心愛的女人唯一的孩子。

先帝當年原本是想要立定王為太子的，只是九年前，定王突然染上了一種嚴重的頭疾，這種頭疾，每逢月初、月半必會發作，每逢發作必會攪得王府不得安寧。

長期的病痛嚴重影響了定王的性情和作息，痛到無法忍受時，甚至連去王府為他診治的御醫，也常命喪於他的劍下。自從得病以後，定王動不動便狂躁暴怒，先帝遍尋醫者無果，自然無法將偌大一個國家交付於他手上。

在定王患病期間，先帝立了當時年紀最大的大皇子，也就是如今的聖上為儲君。當今聖上即位時，已經年近五十，這個歲數做皇帝，守成雖然沒有什麼問題，但是換作任何一個人，應該都不會將家國天下，交給一個半截身子都已經埋進黃土裡的繼承人。

先帝此舉意欲何為，引來民間的諸多猜測。有人說，當今聖上既是元皇后的嫡子，也是先帝長子，立為太子理所當然，無可非議。

也有人說，是因為當時大皇子年事已高，坐不了幾年皇位，到時候定王要是病癒，大皇子可以早些退位，把原本屬於定王的東西還給他。

關於這個問題，民間議論紛紛，但是無論如何，定王如今已經與皇位無緣了。

這些年，相對於慕汀嵐這個整天風吹日曬，四處奔波的少年將軍來說，定王的日子實在是太清閒了。

皇上因為擔心他太過勞累讓舊疾復發，也很少拿差事去煩他；而定王，並未因為皇兄這種變相奪權心懷不滿，反倒是山山水水地四處走走，心態越發平和。

第四十九章

「慕將軍這是去見我皇兄了？」定王走到慕汀嵐跟前，嘴角掛著一抹淡淡的笑意，剛過而立的他，渾身上下透露著一股陽剛之氣，正是一個男人一生當中最有魅力的年紀。

「回王爺，末將並未見到皇上。」慕汀嵐薄唇輕抿，脊背筆直，無論是從外貌還是氣質上，均不輸與他半分。

「哦？」定王的眼睛裡劃過一抹若有若無的精光，朝慕汀嵐古怪一笑，沒有再與他說話，抬腳便往前走去。

兩人擦肩而過，慕汀嵐若有所思地回過頭，看了定王的背影一眼，不知這位王爺為何會有如此莫名的表現？

定國將軍府內，慕老將軍一個人坐在後花園裡的小石桌上，對月獨酌，貼身小廝阿嗚匆匆進來稟報。「老將軍，大公子已經進宮一個多時辰了，您看您需不需要……」

阿嗚想要問問慕老將軍，需不需要進宮去看看？但見慕老將軍的大手在他面前一揮，便乖乖將後面半截話給嚥了回去。

「我與當今聖上並無交情，這麼貿然進宮，不僅幫不到嵐哥兒，反而還會給他添麻煩。算了吧！君王最忌諱的，便是臣子弄不清楚自己的身分。」

「那公子會不會有什麼事情啊？」阿嗚還是有些不放心。

「我要是這麼倚老賣老地去和皇上討價還價，皇上還不得把帳都算在嵐哥兒頭上？這次確實是嵐哥兒疏忽了，聖上要如何罰他，我們認下就是。」

阿嗚無奈地點點頭。既然老爺這麼淡定，大公子想必是沒有什麼大事。想了想，他又道：「老夫人和大夫人已經命廚房備好了接風晚宴，等大公子回來便可以開席了。」

慕老將軍輕輕應了一聲，端起桌上的酒杯，放在鼻子下面聞了聞。「再派個人去宮外候著吧！嵐哥兒出來時，也好有個人迎迎他。」

「是！」阿嗚領命而去，親自帶了幾個人到宮門外等候。

可是這麼左等右等，直等到了戌時末還沒有見到人。阿嗚從懷裡拿了個金錁子，上前找宮門的守衛一問，這才知道，自家公子早在一個時辰前就已經離開皇宮。

阿嗚頓時大驚失色。公子已經出來了？那怎麼沒見他回去啊？莫不是家都沒回，又直接回駐地去了？想到慕汀嵐有可能過家門而不入，阿嗚連忙調頭打道回府，準備悄悄將這個消息告訴老將軍。

明玉秀在寺廟裡等了一天，實在是無聊。慕汀嵐不在，她連晚飯都沒什麼胃口，隨便吃了幾口齋菜後，便躺在床上開始發呆。

慕汀嵐推門進來時，明玉秀一個鯉魚打挺，從床上坐了起來，見到他終於回來，她連忙欣喜地穿上鞋子跑到他面前。「怎麼樣？皇上可有為難你？」

見到明玉秀滿臉的關心，慕汀嵐苦笑了一下。方才回來的路上，他已經看過皇上對他的處罰了。

官降一品，罰俸三年，這些其實都不算什麼，最讓人費解的是，一人做事一人當，皇上居然要減掉他們整個西營的餉銀！

西營的兩萬兵馬，兵器藥品、軍需軍耗、各項開支，就算除去吃喝，一年最少也得拿出去一萬兩白銀，如果減去一半，他的那些士兵要怎麼活？一想到這裡，慕汀嵐整個人頭都大了。

「喏，妳看看就知道了。」慕汀嵐無奈地笑笑，將手裡的摺子遞到明玉秀手上。

明玉秀不解地打開摺子，這一看，她眼睛都快氣得凸出來了。「皇上他也……」

剛想要開口罵上幾句昏君，慕汀嵐連忙一把捂住她的嘴巴。「這裡可不是咱們青城山，不要亂說話。」

明玉秀乖乖地點了點頭，示意自己知道了，慕汀嵐這才放開了她。

一得到自由，她連忙拉過慕汀嵐，小聲地在他耳邊說起了悄悄話。「皇上這也太狠了，不僅不說幫我們調查真相，還對你下這樣的狠手，你難道沒有跟他說是有人想害我們嗎？」

慕汀嵐輕輕嘆了口氣。怎麼沒說呢？摺子裡已經把事情的經過寫得很清楚了。皇上大約真的是年紀大了，否則怎麼會輕易做出這樣的決定？他現在連皇上有沒有仔細看過摺子，都不敢肯定了。

難道皇上就沒有想過，如果士兵們都朝不保夕了，還有誰能全心全意保衛疆土？

「先不說這個了，我們現在還是先回家一趟吧！家裡想必也已經知道我們回京的消息了。」

暫時不想提這煩心事，慕汀嵐拉著明玉秀將行李收拾了一下，帶著影衛，再次返回內城。

這不是明玉秀第一次見慕汀嵐的家人，卻是第一次這麼正式地踏進他的家門。說到底，她的心裡還是有些緊張的，醜媳婦見公婆，說的就是她此時此刻的心情。

馬車駛到慕府門前，影衛們將馬車後面的五罈梨花酒一一搬下，守門的小廝見到大公子終於回來了，連忙快步跑進府去通報各位主子。

聽阿嗚回來說不見慕汀嵐蹤跡的慕夫人林氏和慕老將軍，原本還憂心忡忡，此時見慕汀嵐終於回來了，連忙迎了出來。

「嵐哥兒，娘的嵐哥兒，你終於回來了！」見到兒子，林氏首先激動地撲了上來，一把抓住慕汀嵐的手，就抹起了眼淚。

慕汀嵐被母親抓著手，喉間也有些微微哽咽。半年多不見，母親的白髮似乎又多了些。他將林氏輕輕摟在懷裡，拍了拍她的背，又抬頭看向自己的祖父。「祖父，我回來了！」

「回來就好！都別站在門口了，人來人往地像什麼樣？快都進來吧！」慕老將軍捋了捋下巴上的鬍鬚，語氣裡透著滿滿的威嚴和倨傲，但是話裡話外卻讓人感覺到，一股濃濃的慈愛和關切。

幾人連忙收起有些激動的情緒，連連稱是，前後簇擁著往府門內走去。林氏擦乾了自己的眼淚，邊走邊抬頭笑盈盈地看著自己的兒子，目光裡滿是抑制不住的喜悅。

明玉秀跟在慕汀嵐的身側，不著痕跡地打量著她，卻發現慕夫人其實和自己想像中不太一樣。

她一直以為，自己未來的婆婆是一個因為婚姻不幸，就對愛情失望，繼而對整個人生都充滿悲觀和消極的深宅婦人；可是眼前這個滿臉慈愛地看著自己兒子的女人，卻讓她感受到不一樣的柔情和堅韌。

就在明玉秀打量林氏的同時，林氏的視線也落到明玉秀的身上。「這是……這是我嵐哥兒的媳婦兒？」

林氏的視線一接觸到明玉秀的眼睛，立刻湧起了一種無比熟悉的親切感。這個姑娘，她的氣質跟從前的自己可真像啊！

林氏原本也是鄉野出身，因為父親當年捨命救了慕老將軍，她才以孤女之身嫁入慕府。可是這二十多年來，深宅大院裡雖有錦衣玉食、奴僕成群，卻讓人感受不到一絲溫情。

嫁入慕府半輩子，先是不得丈夫歡心，後又眼睜睜看著丈夫廣納美妾，再又忍受著他專房獨寵一個同樣出身卑微的妾室。這麼多年，她被丈夫打臉也打夠了，她心裡原本還尚存一絲倔強和不甘，也在這深深庭院裡，隨著逝去的韶華，漸漸凋零了。

年復一年的日子像流水一般淌過，細細想來，她這一生最幸福、最快樂的日子，還是年少時，承歡於父母膝下的時候，那時候，她還是一個普通的鄉野村姑，雖然吃穿用度比不上現在，但是她的心是自由的。

感受著明玉秀身上這種熟悉的淳樸和乾淨，林氏像是想起了自己出閣前的那些天真歲月，嘴角也禁不住微微彎起。

「是的，母親，我與秀兒已經訂過親了，婚期就在今年七月，這次帶她回來也是特地與家裡人認親。」說到這裡，慕汀嵐的眼裡也泛起了一抹笑意。他拉過一旁羞答答的明玉秀，規規矩矩地給林氏和慕老將軍見禮。

慕老將軍笑咪咪地點了點頭，一雙炯炯有神的虎目裡透出幾分滿意。這一路走來，他觀察了這姑娘片刻，這丫頭年齡雖小，但雙眸清澈、眼神坦蕩，行走間身形端正、腳步沈穩，是個不錯的孫媳婦。

幾人邊走邊說著，不一會兒便到了慕府飯廳。慕老夫人端坐在飯桌上首，並沒有如慕老將軍一樣，出門去迎接久未歸家的孫兒。陪著她一同坐在席上的，還有慕汀嵐的父親慕雲赫，慕雲赫的側室葉珍，還有他們的兒子慕汀昱。

這邊幾個人相偕踏進飯廳，慕汀嵐正要帶著明玉秀給祖母和父親見禮，上首的慕老夫人沈著一張臉，突然將手中的瓷盞，重重往桌上一擱。

「到了家門口卻遲遲不歸，一家子人等你不說，現在還要你祖父一個長輩親自出門去接，我看你真是越來越不像話了！」

茶盞落到桌上發出一聲清脆的脆響，慕汀嵐的腳下一頓，心中詫異。

祖母一向慈和，如今這番責難是為何？

見到老妻如此不給遠道而歸的孫兒好臉色，慕老將軍也有些不高興。「妳這是在胡鬧些什麼？是我急著想早些看到嵐哥兒，這才出去迎他，妳現在是不是連我也要一起罵？」慕老將軍的話不輕不重，卻是實打實地在維護自己的大孫子。

林氏心中焦急。婆婆近年來脾氣越發古怪，少了過往的寬和，動輒對身邊的下人們打罵責罰，但是她沒有想到，這一次連自己的兒子也遭了殃。

見老將軍面色不豫，慕老夫人放低了聲音，臉上卻是掛著冷笑。「嵐哥兒，別的我就不說什麼了，還沒有成婚就孤男寡女地同住、同行，這可不是咱們將軍府的教養！」

既然不是將軍府的教養，那就是別家的教養了。慕老夫人這話明著雖是在說自己的孫子，但是在座的都不是蠢人，任誰都聽得出來，她真正想指責的人，是站在慕汀嵐身側的明玉秀。

明玉秀心裡暗暗翻了個白眼。這算什麼？下馬威？這老太婆怎麼跟自己祖母一個德行？要是祖母還活著，兩人必定能成為一對無話不談的好姊妹吧？

她心裡腹誹，但面上卻十分平靜，只裝作聽不懂的模樣，悶不吭聲地站著不動。

畢竟這是她第一次到慕家，理智告訴她，她不能對老人家無禮，她還年輕，本著尊老愛幼的優良品德，也不應該與這胡攪蠻纏的老太太一般計較。

眼看著和和樂樂的團圓場面一度就要冷了下來，坐在桌旁的葉氏連忙笑著打起了圓場。「母親，嵐哥兒的未婚妻子頭一回來咱們家，不太懂規矩也是可以理解的，以後您再慢慢調教便是，可千萬別把自己身子氣壞了。」

葉氏這話一落，老夫人的臉色又是一變。不提這個還好，一提到慕汀嵐居然敢在外私自訂親，她心裡更是氣不打一處來。這個嵐哥兒，真是越大越不聽話，堂堂定國將軍府的嫡子，京裡好好的高門貴女不要，居然跑到鄉下去娶了個破落戶回來！

眼見老妻神色不對，顯然嘴裡又要吐出什麼尖酸刻薄的傷人話語，慕老將軍的眼珠子一瞪，沈聲厲喝。「夠了！都給我閉嘴！」

老將軍聲如洪鐘，中氣十足，這一聲怒吼下去，整個飯廳裡立刻寂靜無聲。

慕家現在擁有的一切，都是慕老將軍在戰場上用性命拚回來的，是以，就算老夫人後來為慕家開枝散葉，有功在身，慕老將軍在這個家裡依然有著絕對的發話權。

老爺子發威，葉氏領著年幼的慕汀昱眼觀鼻、鼻觀心地盯著自己面前的碗具不再說話；慕雲赫抬頭看了一眼自己許久未見的兒子，又看了看自己的母親，皺了皺眉沒有說話；而慕老夫人，也嚇得忍不住往座椅裡縮了縮。

氣氛漸漸變僵，明玉秀無語地看了眼慕汀嵐，發現他正一臉愧疚地看著自己，她的心中微暖，輕輕捏了捏他的衣角，示意自己無礙。

大廳中的人都沒有說話，慕汀嵐壓下心頭鬱氣，轉頭吩咐站在門口的影衛。「阿七，去將未來少夫人給老將軍帶的梨花酒拿過來吧！」

一聽到有美酒，慕老將軍原本怒視著眾人的眼睛忽然一亮，方才的怒氣，一下子煙消雲散，老臉上迅速揚起了期待的笑。「你們給我帶了酒？」

眾人見慕老將軍的神色緩和了，都暗暗吐了一口氣。林氏牽過兒子和媳婦的手，讓他們一左一右，挨著自己坐下。

慕汀嵐的左手邊坐的是自己的祖父，右邊是自己的母親和明玉秀。

明玉秀左邊是慕汀嵐的母親，右邊依次是慕老夫人、慕汀嵐的父親、二姨娘葉氏、三少爺慕汀昱。

慕老夫人的鼻間發出一聲冷哼，看著他們幾個人紛紛落坐，她雖然心裡還是不高興，但是到底沒有再說什麼。

第五十章

人都到齊了，丫鬟們便端著托盤，魚貫而入，各種精美的菜餚陸陸續續端上了桌。

不一會兒，慕七捧著兩罈已經釀足月分的梨花酒，呈到慕汀嵐面前。

慕汀嵐將酒罈放在鼻子下面聞了聞，隔著紙封他都能聞到一陣濃郁的酒香，心下立刻升起了一絲不捨。「祖父，要不是秀兒說這是送給您的見面禮，孫兒真不想把這酒給您！」

「哦？」慕老將軍早已眼巴巴地看著慕汀嵐手裡的酒罈，聽他說了這話，卻是忍不住哈哈大笑起來。「我嵐哥兒是孝順之人卻不是嗜酒之人，這世上居然有美酒能讓我孫兒想要，棄我這把老骨頭於不顧？那我今天必須得嚐嚐！」

見到祖父心情愉悅，還跟自己開起了玩笑，慕汀嵐低聲輕笑，將手裡的兩罈梨花酒都推到他的面前。「這酒太香，您還是自己拆吧，我怕我拆了，就順口給您喝光了！」

慕老將軍迫不及待地接過酒罈，瞇起眼睛，低頭在酒罈邊嗅了嗅。「嗯，香！真香！」

這酒隔了一層紅封還有如此濃郁的醇香，饞得他立刻解開了罈口的細繩，揭去紙封捧起罈子，大口大口地連灌了三口。「啊！好酒！」

慕老將軍咂了咂嘴。這酒入口醇烈有勁，回味甘甜清新，關鍵是，它流入腹中暖而不辛辣，熱卻不燒胃。

好酒啊！老將軍雙眼放光地看著明玉秀。「小丫頭，妳這酒是從哪兒買的？改明兒幫我老頭子多訂幾車！」

明玉秀盈盈一笑，放下筷子，大方而不失禮數地輕聲回道：「慕爺爺，這酒是我自己釀的。」

「什麼？這是妳自己釀的？」一聽這酒竟然是明玉秀自己釀的，慕老爺子的心情立刻激動起來。「那我以後豈不是……」

明玉秀一臉乖巧地點點頭。「您要是喜歡，以後每年春天，我都給您釀一些。」

「哈哈哈，好！好啊！太好了，祖父這就提前謝過妳了！」慕老將軍說著，還真的拱手朝明玉秀謝了一謝。

林氏看著明玉秀小小年紀卻端莊有禮，雖然出身不高，但舉手投足間卻全然沒有鄉野的粗鄙之氣，心中越看越是歡喜。這丫頭可比自己當年強多了啊！如果自己當初也能有她這種氣度，丈夫或許……

想到慕雲赫，林氏抬頭看了對面的夫君一眼，發現丈夫正在體貼地為葉氏挾菜，她的心中一痛，立刻拋卻了腦中那些複雜的念頭。人生哪來如果，眼前的一切才是真實的，正在發生的。

這時候，丫鬟們又端上了一盤銀魚蟹黃蒸粉絲，林氏慈愛地拿起一旁乾淨的瓷碗，用勺羹舀了一勺蟹黃到瓷碗裡，遞到明玉秀的面前。「秀兒，嚐嚐這個，這是汀嵐在家時最喜歡吃的。」

明玉秀捧起面前的小碗，甜甜地向林氏道謝，乖巧地將她盛到自己面前的菜色，全部笑納。「味道確實不錯，多謝伯母！」
見到明玉秀喜歡，林氏心中也同樣歡喜，又給她和慕汀嵐的碗裡添了幾樣其他菜式，嘴裡還不忘叮囑。「蟹黃性涼，妳也就現在還能多少吃一點，以後成婚了，這些東西可要記得少碰，知道嗎？」
蟹黃大寒，對正在備孕和已孕的女子是禁忌之物。聽著林氏如同自己親生母親一般，連這種事情都記得提醒自己，明玉秀心中一陣感動。「知道了伯母，我以後會注意的。」
婆媳兩人相處得很是融洽，慕汀嵐看著如今性情變得溫和許多的母親，心裡感慨萬千。時間不能抹平傷痛，但是卻能改變一個人對生活的態度，學著把傷痛掩埋。
「阿英啊！妳就別拉著孫媳婦吃東西了。小丫頭，妳告訴祖父，這個梨花酒是不是有什麼秘方？這酒這麼烈，怎麼我喝了這麼多卻還沒有暈乎呢？」
明玉秀摀著嘴忍不住輕笑。「慕爺爺，這酒我用了三月裡新採的梨花和桃花一起釀的，酒裡加了青梅和糯米……」
明玉秀將自己的釀酒方子，一點點詳細地介紹給慕老將軍聽，聽得老將軍連連點頭，不算大的一張飯桌，一時間似乎被分成了兩個極端。
一邊是其樂融融，共享天倫的美好，一邊是滿目冰霜，相對無言的冷場。慕老夫人見自己完全被忽視了，心裡那分不悅立刻又擴大了無數倍。
葉氏察言觀色，想要討老夫人歡心，用帕子擦了擦嘴，嬌笑著朝對面幾人道：「妾身聽聞這位姑娘，是跟著咱們嵐哥兒一路從蜀地過來的，姊姊方才舀的那勺蟹黃，她怕是不僅以後要少吃，現在也要少吃嘍。」

這話說完，還意有所指地看了一眼明玉秀的肚子，就差沒有直接說，明玉秀早已未婚失貞，隨時都有可能懷孕流產了。

這人嘴巴怎麼那麼賤呢？飯菜都堵不住她的嘴。明玉秀抬頭看了一眼葉氏，慢條斯理地嚥下口中食物，朝她嫣然一笑。「聽聞葉姨娘早年也是和慕伯父在府外相識、相知、相愛的，不知道您是從什麼時候開始忌口的呢？」

誰不知道葉氏未經父母之命、媒妁之言，便進了慕家的門，在進門之前，她就已經與慕雲赫上演過一齣美女救英雄，外加以身相許的戲碼了。想說她婚前不檢點，先把自己的屁股擦乾淨吧！她惹不起慕老夫人，難道還惹不起一個小小的姨娘？

林氏沒有想到，明玉秀一個小姑娘，頭一次到未來婆家，竟敢如此頂撞家中長輩，不禁大大吃了一驚，繼而她心裡又感到了一絲痛快。葉氏這個女人欺負了她十年，自己鬥不過她，如今終於有兒媳婦幫她了。

「放肆！」明玉秀話音剛落，慕老夫人立刻拍案而起。「鄉野刁民就是上不得檯面，初次上門就敢如此撒野！」

慕老夫人這一句話，將在座的三個人都罵了進去，林氏、葉氏、明玉秀三個人的臉色都有些不太好看。

「母親，秀姊兒她問得也沒錯，算不得撒野吧？」或許是受了明玉秀的影響，又或許是憋了半輩子不想再忍了，林氏頭一次在眾目睽睽之下，頂撞了自己的婆母。

明玉秀就坐在林氏的身側，清晰地感受到她身上散發出一股強作鎮定的顫抖。她心中一動，悄悄伸出手去，在桌子底下握住了林氏的手，狀似懵懂般地問道：「老夫人，我只是覺得，葉姨娘和慕伯父相識的經過，與我和汀嵐的經歷相似，又見她如此熱心地提點我，所以想請教她一下，我有哪裡問得不對嗎？」

慕老夫人被明玉秀氣了個倒仰，很想要罵她小小年紀心機深沈，既知道對老爺子投其所好、打動人心，又知道扮豬吃老虎，幫她婆母打壓情敵，城府實在太深了。

慕雲赫的臉色也有些不好看，但是明玉秀是他兒子的未婚妻，今天頭一次上門，這又是她們女人之間的口角，自己無論是作為公爹還是作為一個男人，都不好插嘴。

葉氏被嘲諷得雙頰通紅，雙眸如同浸了水一般，淚盈盈地看著慕雲赫，直把慕雲赫的心都看化了。兩人眉來眼去的你來我往，全都被坐在對面的林氏和明玉秀收入眼底。

「矯情！」明玉秀小聲嘀咕。

林氏看著身旁這個心直口快的小丫頭，心裡忽然湧起了一股溫情。她只有兩個兒子，沒有女兒，孩子們年幼時，她一心為情所困，忽略了兩個孩子的成長，所以兩個兒子也都跟她不是很親。

自己和丈夫之間的種種矛盾，兒子們從來沒有插手過，如今這種長期孤立無援的感覺，竟然在明玉秀脫口諷刺葉氏的這一刻，奇跡般地消失了。

在這一刻，林氏忽然有一種「女兒果然是娘親的貼心小棉襖」的感覺；她似乎還能想像到，將來的某一天，她和明玉秀兩個人一起手扠著腰，大戰慕老夫人和葉氏兩個人的樣子。腦子裡浮現出一幕幕詭異的畫面，林氏忽然忍不住笑了起來。

慕老夫人見明玉秀不僅敢對葉氏挖苦諷刺，居然還跟自己叫板，脾氣立刻上來了。

「翠玉！給我掌她的嘴！」老夫人氣急。她倒要看看，這個目無尊長、目空一切的小妮子是不是真的那麼大膽！

「祖母！」

「母親！」

慕汀嵐和林氏聞言立刻站起身來，兩人的視線齊齊掃向了慕老夫人的貼身大丫鬟翠玉。

翠玉被大公子和大夫人的眼神看得頗有些不自在，但她畢竟是老夫人身邊的人，公子和夫人並不能拿她怎麼樣。翠玉硬著頭皮，從袖子裡掏出掌嘴用的木板，越過老夫人，一步步朝明玉秀逼近。

明玉秀有恃無恐地看著她，嘴角還掛著一抹若有若無的笑意。反正汀嵐就在她身邊，她才不會怕！

林氏見翠玉越走越近，連忙挺身護在了明玉秀的身前，而慕汀嵐伸出一腳，就要往翠玉身上踹去。

想要安心抱罈痛飲的慕老將軍再一次發脾氣了。「趙氏！妳就不能消停一會兒嗎？」

趙是慕老夫人的娘家姓氏，上了年紀以後，因為顧及在兒孫們面前的形象，慕老將軍已經極少這麼喚她了。往常，他都是十分給面子地喚她一聲夫人，如今這般脫口而出，說明慕老爺子是真的生氣了。

「好好一頓家宴，胡搞瞎搞！翠玉，扶妳的主子回屋去休息！」慕老將軍發落完老夫人，還不忘回頭瞪了一眼一直生事的葉氏。「還有妳，葉氏！這幾天沒有什麼事就待在屋子裡，別出來了！」

慕老將軍也是活了幾十年的人了，雖然他是個武夫，但他不是個傻子，桌上這些人的心思他哪能看不明白？還拿人家小姑娘說事，也不瞧瞧自己當初如何？

慕老將軍再度發怒，還當著一眾小輩的面，狠狠抹了老夫人的面子，翠玉一時間不知道該如何是好？她左右看了看劍拔弩張的兩撥人，硬生生將自己的腳步釘在了原地。

慕老夫人氣呼呼地瞪著他，心裡不住暗恨。自己現在連教訓一個晚輩的資格都沒有了嗎？丈夫居然屢次在這個野丫頭面前如此下自己的面子，真是太可氣了！

可是這種盈滿於胸的氣怒並沒有維持多久，在接觸到老爺子那記威脅的眼神之後，慕老夫人的身子微微僵硬了一下，最終還是冷哼一聲，咬著牙，拂袖離去。

葉氏朝慕雲赫幽幽地看了一眼，見他安撫地朝自己微微點頭，也只得跟著慕老夫人，灰溜溜地下桌。

「繼續吃飯吧！不必理會她們。」慕老將軍沈著臉，招呼著孫子，兒媳、孫媳繼續吃菜，兩撇鬍子氣得是一翹一翹的。

吃過晚飯，林氏帶著丫鬟，親自給明玉秀收拾住房，慕汀嵐則跟著慕老將軍去了書房。

「秀丫頭，我家玨哥兒在軍營裡可還好？」林氏想起了軍中幼子，心中甚是牽掛。

「伯母，汀玨他很好，最近大半年都在跟著汀嵐學習武藝呢！這些日子，每日同士兵們一起操練，如今已經能夠獨當一面了。」

慕汀嵐這次回京，軍營裡的大小事務便是交給慕汀玨一人打理的，有阿瑾和軍醫兩人在旁協助，也算是給慕汀玨一個鍛鍊的機會。

林氏聞言欣慰地點點頭。孩子們都好她就放心了。想到什麼，她又從手腕上褪下了一個羊脂白玉手鐲，握在手心裡。

「秀兒，這個鐲子是我父親當年攢了許久的例銀，買來送給我母親，我母親臨走前，又送給我，現在我把它送給妳，希望妳跟嵐兒能夠白頭偕老，夫妻同心。」

明玉秀的驀地眼眶一紅，心中感動。林氏這是誠心誠意地認可她這個兒媳婦了嗎？她還以為，這次來王都必會受一番折騰，沒想到，慕汀嵐的母親如此好說話。

「伯母，這是汀嵐的外祖母留給您的念想，我不能……」

明玉秀剛想要推拒，話還未說完，林氏就按住了她的小手，朝她微微搖了搖頭。「我母親留給我的遺物不止這一樣，但是這個手鐲，代表著我父親對母親的一心一意。」

想起已經過世多年的雙親，林氏的臉上浮現出一抹懷念。「妳戴著它，定能得我爹娘保佑，跟我的嵐兒一生一世一雙人。」

一生一世一雙人！明玉秀沒有想到，原來林氏送她這個鐲子，竟然還有這樣的涵義，想必慕汀嵐的外祖父和外祖母，當年的感情一定很好吧？

「秀丫頭，我這一生沒有得到過的幸福，我衷心希望妳跟我的兒子能夠得到。」林氏直白地將自己的心意講給明玉秀聽，又親自將那只白玉手鐲套在了她的手腕上。

玉鐲水頭很足，質地清透，顏色均勻，戴在明玉秀的手上沈甸甸的，如同林氏此刻的一顆慈母之心。「伯母，您放心吧！我今後一定會好好照顧汀嵐，與他一起同甘共苦，不離不棄，相扶到老的。」

林氏滿意地點點頭，眼角落下一抹晶瑩的淚花。想到七月就是兒子跟媳婦的婚期，自己到時候肯定是無法參加，於是又道：「你們七月大婚，到時候我和妳伯父遠在京城，怕是不能過去了。聘禮我和老將軍在半個月之前，就已經著手替你們打點好了，只是，這媳婦茶……妳若是願意，不如我們就提前將這婆媳禮做了，妳與我倒杯茶，就此喚我一聲母親可好？」

第五十一章

明玉秀一愣，臉上迅速浮起了一抹嬌羞。她前後加起來兩輩子，除了陸氏，還沒有喊過別的女人做娘呢！但她又知道林氏此時說的話全都在理，這個改口的要求也是合情合理，何況自己並不願意拒絕她。

明玉秀紅著臉，親自去桌邊斟了一杯茶，恭恭敬敬地跪到林氏的跟前，將茶杯舉過頭頂，嬌嬌糯糯地喊了一聲。「母親，請喝茶。」

林氏一時激動得眼眶都有些發紅了。她高興地接過茶盞，將茶盞裡的茶水一口氣喝了個精光，握著明玉秀的小手，連連稱好。

明玉秀也親暱地拉著她的手，緋紅的小臉上，綻開一抹初為人媳的嬌羞。

書房裡，慕汀嵐和慕老將軍隔著一張矮桌席坐在錦團上，將皇帝已經批示過的摺子，遞到了慕老將軍的手上。「祖父請看。」

老將軍接過摺子展開看了幾眼，目光裡隨即露出幾分無奈和了然。「皇上近幾年來，於國事上，越發慵懶，有這樣的批示和態度也屬正常。」

「祖父，皇上對孫兒的處置暫且不提，京城郊外的天泉寺內，聚集了數百流民的事情，您可知曉？」慕汀嵐將降罪一事暫且擱下。跟皇帝講理這種事情，自古沒有幾個人能有好下場的，不到關乎生死，他也不願意去違抗聖命；只是天泉寺的事情刻不容緩，他答應過大師，必須盡快幫他解決。

「這件事情，三年前就已經由巡檢的官員上報戶部了，只是，戶部尚書裴天銘，早已將此事以天泉寺自願為朝廷分憂為由，將其壓了下去。」

「那皇上可知道？」慕汀嵐又問。泱泱大寧，區區幾百個流民居然要寺廟裡的和尚去替朝廷贍養，說出去未免太可笑了吧！皇上也同意了嗎？

「皇上自然是知曉的，所以你現在應該也知道，祖父方才為何會有那一嘆了。」

慕汀嵐皺緊了眉頭。若是皇上真的無心國事，那麼早些讓太子登基豈不更好？意識到自己腦子裡蹦出了一些大逆不道的想法，慕汀嵐即刻止住了念頭，愁眉不展。

慕汀嵐凝思片刻，總覺得最近一連串的事有蹊蹺。思及這回返家，祖母也似性情大變，又聯想到陳國、大寧與他慕家的宿怨，他的腦海裡突然有一道光閃過。「祖父，皇上這種狀態有多久了？」

「大概有兩、三年了吧。頭兩年還不甚明顯，最近半年來，連早朝都是能避則避，實在是，讓人一言難盡啊！」

慕老將軍嘆了一口氣，又道：「這些事你也別太操心了，不管是皇權更迭也好，黨派紛爭也好，咱們定國將軍府早已經遠離朝堂中心，你現在的首要任務，就是要趕緊查清楚陳國的事情，臨山村的災禍，萬不可再發生一次。」

「祖父教訓得是，孫兒受教了，只是，不知道這次暗殺元家家主的人，到底是何方神聖？」

「我也不知，總之這人是友非敵，該現身的時候自然就會現身，他既幫了你，必定不會無所求，耐心等著便是。」

慕汀嵐點了點頭，看了眼外面的天色，心中惦記著新來乍到的明玉秀，沒一會兒就起身與慕老將軍告辭。

從書房裡出來，已近子時，外面一片漆黑，除了守夜的奴僕，再也看不見其他人。慕汀嵐就著月色來到明玉秀榻前，看著床榻上睡得天昏地暗的小丫頭，他在心裡暗罵了一句。

真沒良心！沒有他在身邊，她居然也睡得著，還睡得這麼香！

剛想屈起食指給她個爆栗，看著睡得通紅的小臉，慕汀嵐輕輕彎起嘴角，縮回手，脫去鞋襪，就躺到了明玉秀身邊。

慕汀嵐和明玉秀在京城待了一晚，今日便要離京，林氏從早晨一直到下午，都在房間裡給兩人收拾東西。光是能打包帶走的聘禮她就裝了整整四十箱，本來還置辦了一些大型的家具，但是路途遙遠，實在難以搬運。

林氏做主，在京城裡，單獨為自己的長子、長媳購置了一座風水極佳的豪宅，作為兩人在京城的婚房；然後，把那些搬不走的床榻、衣櫃、屏風、梳妝檯、大型瓷器等等，全都給搬到新房裡去。

這一番折騰下來，五萬兩沒少花，光那處風景極美的宅子，就花了將近一萬兩，這下可把憋在屋裡禁足的葉氏給急紅了眼。

「夫君，你看看姊姊她！她這是為了嵐哥兒，要把咱們家的家底都掏空啊！」葉氏本就是獵戶出身，從小過慣了苦日子，對錢財看得分外地要緊。

慕雲赫哪裡不知道葉氏的緊張，她無非是怕夫人把錢都給了嵐哥兒，輪到昱哥兒就使不上勁了。他心疼地拍了拍葉氏的手，安慰道：「給嵐哥兒置辦聘禮的銀子，有三分之一是父親出的，另外三分之一是夫人的體己，公中只出了一萬多兩，不會影響到昱哥兒的，妳別擔心。」

堂堂定國將軍府，五萬兩的聘禮雖然多，但不是出不起，他的三個兒子都照這樣的規格來辦也沒有壓力，是以慕雲赫壓根兒沒把這些錢放在心裡。

但是葉氏心裡卻是不情願了。慕汀嵐常年在外不歸家，都沒有在老將軍和老夫人的面前盡過孝，老爺子竟然還給他出了那麼多聘禮！

越想越氣，越想越不甘心，等到慕雲赫去書房以後，葉氏還是忍不住跑到了林氏的房間裡。

林氏正對著清單，清點箱子裡的一大堆聘禮，房契、地契、田契、鋪子、珠寶首飾、孤本典籍、奴僕身契……

見到葉氏進門，她微微蹙眉，放下手裡的單子走到門口。「妹妹這時候過來有什麼事嗎？我這裡正忙著呢！」

葉氏撇了撇嘴。她當然知道她忙，她不忙她還不來了呢！踮起腳尖朝屋裡看了看，視線掃過那一排排敞開的箱子，葉氏的眉宇間，閃過一抹瘋狂的嫉妒。

「姊姊，這是在給大公子辦點彩禮呢？」葉氏酸溜溜地看著那一排排敞開的銀箱，就好像看見了一堆閃閃發光的金子。

「這麼多箱子擺在這裡，不是點彩禮，妳覺得我在做什麼？」林氏捶了捶自己有些發疼的肩膀。

葉氏被她這態度一激，氣呼呼地瞪眼。「姊姊，我是好心來看妳的，妳怎麼用這種態度跟我說話？」

「這種態度？」林氏冷笑。「我堂堂慕府的正室夫人，跟一個小妾講話，只需要講心情，不需要講態度！」

「妳！」葉氏被林氏噎得說不出話來。明明自己才是老爺疼在心尖上的女人，就因為林氏比她早些年進門，她這輩子就要一直這樣被林氏踩在腳底下搓揉蹂躪嗎？

越想越不舒服，葉氏眼珠子一轉，計上心頭，扶著門框，就直直倒了下去。「哎喲，姊姊！妳做什麼推我！」

葉氏的嗓門不大，但是此時刻意提高的聲調，還是將門裡的林氏嚇了一跳。「妳在胡說八道什麼？我什麼時候推妳了！趕緊起來！」

不知道葉氏搞什麼鬼，林氏額角的青筋突突直跳，她頭疼地揉了揉自己的太陽穴，看著趴在門框邊，矯揉造作的葉氏，簡直氣不打一處來。

「救命啊、救命啊！姊姊，妳快放開我啊！」聽見周圍已經有窸窸窣窣的腳步聲，漸漸朝著她們這邊過來，葉氏的聲音越喊越大，也不知道是熱得還是興奮得，她的鬢角漸漸染上了一層薄汗。

林氏一驚。她就算是再傻，此刻也明白了葉氏的小算盤，看著拐角處那越來越近的身影，她忽然鎮定了下來，就那麼直挺挺地站在原地，面上的表情漸漸平靜。

「珍兒、珍兒！」正在書房裡作畫的慕雲赫聽見外面的動靜，連忙拉著衣袍下襬，匆匆從書房裡跑了出來。見到葉氏撲倒在地上，他心裡一急，幾個箭步就衝到了她跟前，緊張地將她摟進自己懷裡。

「赫郎，我好痛！姊姊她……」葉氏的話未盡，淚先流，無聲的指控更加有力。

在屋前小花園裡賞花的慕汀嵐和明玉秀，很快也被這邊的哭鬧聲驚動了，連在花園裡獨自玩耍的慕汀昱也一起跟了過來。

「我瞧著姊姊一個人忙不過來，特地過來幫她，可是、可是她說我是沒見過錢的，手腳不乾淨，不僅出言中傷我，還將我推倒在地上。嗚嗚嗚……」

葉氏說著說著，面上湧起了一片悲憤和委屈。「姊姊這樣說我，我以後還有什麼臉面活在這世上？我還不如就此死了算了！」

葉氏話說完，真的拿頭去撞那門框，慕雲赫一時沒有防備，竟真叫葉氏在門框上撞了個大包。

「哎喲！」葉氏一不留神，撞得自己直抽氣，心裡咬牙暗恨。慕雲赫怎麼就沒有抱住她呢？真是沒眼色！

見葉氏受了傷，慕雲赫一個激靈回過神來，連忙朝下人們大聲喊道：「快去請府醫！快去把府醫請過來！」

吩咐完奴僕，他又看向一旁一直站著不動，話也不說一句的林氏，大聲怒斥。「林氏，妳是怎麼回事？珍兒跟妳一樣都是庶民出身，說她手腳不乾淨，妳怎麼不說自己手腳也不乾淨！」

林氏呼吸一窒。她早該料到慕雲赫是這般反應了，這麼多年，她之所以鬥不過葉氏，不是因為她蠢，而是因為她們的丈夫慕雲赫，從來都是站在葉氏那邊的。

無論發生什麼事情，他總是不分青紅皂白就先指責她，要不是她的父親拚死救了老將軍，讓她有了正室名分在先，又有慕老將軍做後盾，她的嫡妻之位怕是早就被葉氏給取代了。

慕雲赫現在不過是不想讓家族因為自己，揹上忘恩負義的罵名，這才一直留她到現在吧？

林氏沒有說話，既不反駁也不承認，只有她自己知道，她此刻面上的平靜無波，是咬碎了牙後，才能勉強支撐下去的。

一旁的明玉秀早已聽不下去，她瞧了瞧慕汀嵐一片黑沈的臉色，一握拳頭，上前一步對著地上的葉氏和慕雲赫道：「慕伯父，您連事情的真相都還沒搞清楚，就憑一位姨娘的一面之詞給我母親定罪，是不是有些太過草率了？」

母親？慕雲赫一愣。嵐哥兒的媳婦兒叫自己伯父，卻喊林氏母親？他看了眼林氏，見她面上並無異色，不知道為什麼，心裡竟然有了一點小小的不舒服。

他還沒有想好要說什麼，一直站在慕汀嵐後面的慕汀昱，一把推開了眾人，從人群裡衝出來，直直撲向林氏。「壞女人！妳欺負我娘親，妳給我滾開！」

慕汀昱一邊喊著，一邊伸出手，狠狠朝林氏推去。

「慕汀昱！」慕汀嵐眼看著慕汀昱那一雙還帶著些嬰兒肥的手，就要推到自己母親身上，他連忙跨過去，想要將他擋開。

但是距離林氏更近的明玉秀卻是快了他一步，她伸出手，一把就將慕汀昱的後衣領拽住，然後反手一推，直接將他推到了地上。

「哇！賤人！大哥娶的小賤人推我！」慕汀昱跌到地上，既丟了面子，又摔疼了屁股，氣得他立刻哇哇大叫起來。

葉氏一看自己的兒子受了欺負，也顧不上躺在人前裝模作樣了，她連忙從地上爬起來，頭不疼，腰也不痠，渾身精神抖擻，像一隻雄赳赳、氣昂昂的老母雞，揮舞著兩隻翅膀，就要朝明玉秀衝過來。

「小賤人，敢推我兒子，我看妳是不想活了！」明玉秀的小臉一黑。還真是親母子啊！罵人的字眼都是他們家祖傳的嗎？不過這葉氏的臉皮還真是厚得可以，自己兒子先動手要推嫡母，她怎麼不說？

明玉秀的身子一側，輕巧地躲到了已經走到她身邊的慕汀嵐身後，挑釁地看著被慕汀嵐擋在原地，不知道該從哪裡下手的葉氏？

「妳兒子小小年紀，居然敢在大庭廣眾之下對嫡母出言不遜，還想朝嫡母動手，我這個長嫂教訓他幾下，有什麼不可以？」推他一下還算輕的呢，要是按照自己的脾氣，就要像之前對付明彩兒那樣狠，狠給慕汀昱一腳才對。

「老爺，你看看她！她還沒進門呢，就在我們面前要起了當家主母的威風！」葉氏說也說不過明玉秀，打又打不過慕汀嵐，心裡憋了一肚子的氣，只好心疼地將兒子緊緊摟在自己懷裡，朝慕雲赫哀哀控訴。

慕雲赫無法忽視葉氏委屈的眼神，加上對明玉秀這種沒有規矩、喜歡出風頭的做派也確實不太喜歡，當即便冷了臉色。「明姑娘，妳還沒有嫁給我們家嵐哥兒呢！現在就以長嫂自居，是不是太給自己臉了？」

明玉秀無所謂一笑。反正她嫁的是慕汀嵐，又不是嫁給這個糟老頭子，管他喜歡不喜歡，自己高興就行。

「我說這位大叔，我昨天晚上已經給我婆婆敬過茶，改過口了，我婆婆還特地將傳給兒媳婦的玉手鐲給了我，我是不是汀嵐的媳婦兒，答案就在我手上。」她一邊說著，一邊沾沾自喜地晃了晃自己手上那只白玉鐲。

慕汀嵐順著明玉秀的話，看向她手腕上的那只鐲子，又看了看自己娘親，唇線微微上翹，上前一步扶住了林氏。

第五十二章

林氏身子一僵。這些年來，兒子從來沒有跟自己這麼親近過，自從她和夫君三天一小吵，五天一大鬧開始，兒子也慢慢跟他們疏遠了。

林氏不是不知道，自己在兒子最需要關愛的那幾年，她將一門心思花在了丈夫和他的小妾身上，好幾次，連葉氏欺到了汀嵐頭上她都不管不顧，這才狠狠傷了孩子的心，讓他下定決心跟著老將軍去了邊境。

時隔六年，慕汀嵐再一次主動靠近了母親，這讓林氏忽然找到了一種失而復得的感動和慶幸，她伸出手去，緊緊地握住了兒子的大手。

然而這種愉快的心情並沒有持續多久，不一會兒，府醫就在幾名丫鬟的簇擁下，揹著藥箱趕到了現場。

「府醫，快來看看二夫人怎麼樣了？可有哪裡撞壞了？」慕雲赫此時已經顧不上再去教訓明玉秀，他緊張地拉著葉氏的手，又攬著憤怒的慕汀昱，不停地輕聲哄著。

府醫認真地給葉氏把脈，待他反覆確認後，不禁鬆了口氣道：「二老爺放心，葉夫人額頭上的傷並無大礙，只是……」

「只是什麼？」慕雲赫的心一下子提了起來，生怕葉氏出了什麼問題。

「本應給夫人開些活血化瘀的藥，好讓這腫起的包消得快些，只是夫人如今有孕在身，活血是大忌，就只能等這腫包自己慢慢好了。」
在場的眾人一聽這話，幾乎全愣在了當場。林氏的身子微微一晃，覺得腳下的步子有些虛浮發軟。
葉珍懷孕了？眼眶忽然有些發熱，林氏自嘲一笑。她早該想到的不是嗎？葉珍今年不到三十，又成天跟慕雲赫膩在一起，她會有孕，有什麼奇怪的？
葉氏自己都不知道自己有孕了，大夫這麼一說，她驚喜地算了算自己的小日子。確實是遲了好幾天呢！
她掃了眼林氏有些發白的臉色，靈機一動，捂住自己的小腹，欣喜地看向慕雲赫。「相公，咱們這下又要有孩兒了！相公這回是想要兒子還是女兒？相公已經有三個兒子了，這回就添個小棉襖吧！妾身回去就向佛祖許願！」
葉氏的眼睛亮晶晶的，眼底是對自己全心全意的柔情和愛慕，看得慕雲赫心神一陣蕩漾，他伸出手，溫柔地撫在葉氏的肚子上。「只要是珍兒為我誕下的孩兒，是男是女我都愛。」
「相公，那我們快去給父親和母親報喜吧！他們知道了肯定也會高興的。」
葉氏低眉屈膝地低下頭去，裝作輕撫自己的肚子，眼角的餘光卻是偷偷瞥向了林氏。哼！占著嫡妻的名頭又如何？公爹給妳撐腰又如何？相公不愛妳，妳就什麼都不是！
慕汀嵐看著一家三口相擁著，漸漸走遠的背影，聲音平靜地朝林氏道：「母親，我們也回屋去吧！不到一個時辰，我和秀兒就得啟程，咱們回屋說會兒話。」

見兒子主動提出要和自己培養感情，林氏心裡那波濤洶湧的不甘和委屈，很快就奇跡般地平復下來。

是啊，她都這麼大年紀了，兒子馬上就要娶妻，過不了多久，她都是要當祖母的人了，什麼愛不愛、在乎不在乎，她現在還有必要去爭嗎？早都沒有意義了！

兒子孝順，媳婦乖巧，甚至百年之後，只有她才夠格與夫君葬在一起，這就夠了。腦子裡似乎一下子茅塞頓開，林氏的臉上露出了笑容，她一手牽著慕汀嵐，一手牽著明玉秀，三人很快回到了屋子裡。

「嵐兒、秀兒，這些彩禮我都理過單子，剛才也都清點過了，珠寶、首飾之類的物件全在杜鵑花紋的箱子裡，各種紙契和銀票，都在牡丹花紋的箱子裡……」林氏手把手地朝慕汀嵐和明玉秀交代著這些物品的歸置。

明玉秀心不在焉地聽著，想了想，忍不住開口朝她道：「母親，我有話想和您說。」

林氏眨了眨眼睛，疑惑地看向她。「怎麼了？可是有哪裡不明白？」

「不是的。」明玉秀搖了搖頭，將林氏手裡的單子抽出來放到桌上，又拉著她走到一旁的椅子上坐下。「我想讓母親同我們一起回到渝南郡去。」

什麼？去渝南？林氏愣住了。她在將軍府裡生活了二十多年，無論丈夫再怎麼輕慢她，妾室再怎麼挑釁她，她都沒有想過要離開。當然，這無關於對慕雲赫的捨與不捨，而是一個女子應守的本分。

「這……這有些不太好吧？」林氏為難地看了看明玉秀，又將求助的目光投向自己的大兒子。「嵐兒……」

慕汀嵐嘆了一口氣，走到林氏身前蹲下。「娘，跟我一起去渝南吧！我和汀珏都在那兒，汀珏從小沒有父親的疼愛，他還是需要母親去關懷的。」

慕汀嵐的一聲娘，叫得林氏的心都軟了，又想起軍營裡才十二歲的小兒子，忽然覺得自己這個母親做得真的很失敗。這些年她腦子裡到底在想些什麼？為了一個不值得的男人，讓自己的兩個兒子活生生長成了一副孤兒的模樣！

她想想府裡那個金尊玉貴、擦破點皮，都得鬧得全家上下跟著雞飛狗跳的慕汀昱，再想想自己同樣小小年紀，就在軍營裡摸爬滾打的兩個兒子，林氏的心裡升起了一股難以言喻的愧疚。

林氏咬了咬牙，點點頭，握著兒子和媳婦的手。「為娘答應你們！」

慕雲赫帶著葉氏去給老將軍和老夫人報喜之後，慕汀嵐很快便吩咐影衛將整理好的箱子都搬上馬車。四十個箱子一共裝了五輛馬車，全是由京城最大的順豐鏢局直接承運的。

鏢師們護送著裝滿財物的馬車集結在慕府門外，慕老爺子親自出門相送。「嵐兒，祖父與你說過的話你且記在心裡，萬事以身家性命為重，京城的幕後之人，祖父也會多多留心的。」

慕老將軍征戰沙場一輩子，看多了生離死別、悲歡離合，到老了，只願自己的子孫後輩們平平安安。

車隊離開以後，一直到了晚膳時分，眾人才發現，林氏隨著慕汀嵐他們一起不告而別了，除了事先知曉的慕老將軍之外，其他人全都是一臉的難以置信。

葉氏因為懷有身孕而洋洋得意的一張臉，也很快就僵住了，她張了幾次嘴卻發現，自己根本不知道該說什麼？

她現在這種心情，就好像是拚勁了全力在跟一個人賽跑，跑得她汗流浹背，氣喘吁吁，好不容易超過了對手，得意地回頭一看，卻發現對手早已退場。

馬車上，明玉秀剝著手裡的果子，遞給有些暈車的林氏，又擔憂地看向慕汀嵐。「汀嵐，你沒有見到皇上，那天泉寺那些流民怎麼辦啊？」朝廷不拿出辦法，難道真要讓這些流民把天泉寺拖垮嗎？

「我們把他們都帶回渝南郡去吧！」慕汀嵐淡淡笑道。

「啊？全都帶回去？」明玉秀驚愕。「帶走一、兩個還差不多，這麼多人……」一路上跋山涉水，上千里的路光靠步行，得走到猴年馬月去啊？

「軍營後面有塊上千畝的荒地，我們可以安排他們去開荒建房，種出來的糧食，全都上交軍營，統一往下發放。」慕汀嵐說出自己的想法。

明玉秀眼睛一亮。咦，好主意啊！皇上要減慕家軍的軍餉，給營裡買糧食的錢就少了，但是他們以後可以自己種菜、種糧，自給自足啊！

「對哦，這些流民從前都是種田的好手，這方面可比營裡的士兵們強多了，這樣一來，咱們既可以救他們，還能幫到自己！汀嵐，你真是太聰明了！」

明玉秀高興地一把抓住慕汀嵐的袖子，顧不上林氏還在旁邊，一雙眼睛裡像是有光一樣，崇拜地看著他。

慕汀嵐被她這星光一樣的眼神勾得心裡癢癢，又顧忌著母親在旁邊，嘴角彎了彎，傲嬌地摸了摸明玉秀的頭頂。「嗯。」

林氏看著兩個小兒女相處得這般融洽，也不禁露出了欣慰的微笑。她沒有得到過的東西，兒子能夠擁有，這也算是老天對她的補償。

明玉秀沒有高興多久，忽然想起最基本的問題。「可是路途這麼遙遠，他們怎麼過去？」

「到時候妳就知道了！」慕汀嵐慢悠悠地賣了個關子。

天泉寺外，流民們一聽這位將軍要帶他們回蜀地重新建村開地，一雙雙絕望的眼睛裡，頓時透出了求生的光。「將軍！我們、我們真的能重新有房有地？」

慕汀嵐看著當先開口的那位老伯，鄭重地點了點頭。「你們開出來的地，自然是屬於你們的；只是，軍隊幫你們建房開荒，頭一年還會負責你們的口糧和衣物，這些自然是有條件的。」

升米恩，斗米仇，來得太過容易的幫助，反而會讓人產生依賴，若用自己的勞力去換，又不一樣了。

一聽說不是無償幫助，流民們的心立刻又提了起來；只是轉念一想，他們本就是沒有活路的人，現在還有什麼能比活著更重要？想到這裡，人群很快又都鎮定下來。

「將軍請說，只要不是叫我們去死，我們做什麼都願意！」

「鄉親們放心，我不會叫你們去死，只是，往後你們所種的糧食，必須要交給軍隊，然後按照你們家庭的人口數，統一發放口糧。」慕汀嵐說著，又把皇帝裁減慕家軍糧餉的事情告訴這些村民，他只說是自己犯了錯，受了責罰，需要自己種糧。

「現在不僅是你們需要我，我也同樣需要你們，天色已晚，我們即刻就要啟程，如果願意跟我走的，現在就跟到車隊後面來。」

慕汀嵐說著，先前被派出去的慕七和鏢師也回來了，他們身後還跟著浩浩蕩蕩的一列馬車隊伍，每輛馬車上都坐著一名趕車的車夫。

「願意跟我走的，老弱病殘、已孕的婦人，都可以先上馬車返回蜀地；不願意的，可以繼續留在寺廟裡。」

那些上了年紀的老人們原本還有些擔憂，千里迢迢，不說跟著將軍去了渝南會怎麼樣，自己到底有沒有命走回蜀地都是個大問題。如今見慕汀嵐竟然貼心地替他們安排了馬車，個個都忍不住熱淚盈眶，「撲通」一聲，跪到了地上。

「將軍好人啊！多謝將軍！」能有自己的家和地，誰願意靠別人的施捨度日？

慕汀嵐上前一步攙扶起跪在地上的老人們，又回頭朝那些尚年輕力壯的男女們道：「至於身體強健一些的，就辛苦你們跟著鏢車的隊伍一起走吧！我與夫人有皇命在身，需要即刻趕回渝南郡，你們在後面慢慢跟上即可。」

慕汀嵐已經安排得如此妥善，不論是站在寺廟門口的了空大師，還是坐在馬車裡靜靜聽著的林氏，心裡都是一片激盪。

大師看見了一個心懷家國的年輕少將，與他的摯友慕老將軍如出一轍，不由得為好友感嘆後繼有人；林氏則是在心中，為有這樣的兒子感到無比地驕傲。

慕汀嵐的話說完，數百流民很快就自覺地退開一步，讓開一條道來，讓年老體衰的老人、身嬌體弱的孩子，還有幾個身懷有孕的婦人們坐上了馬車。

慕一和慕四趕著馬車，載著慕汀嵐幾人先行；鏢師們護送著裝載聘禮和老人、孩子的馬車，遠遠地跟在後面，一行人浩浩蕩蕩地往渝南郡而去。

到達同和鎮地界時，鏢車已經落後前面的馬車近五百里。明玉秀看著前方的界碑，想起家中的親人，眼角、眉梢都掛上了笑。「還有差不多一天路程，咱們就到家了！」

慕汀嵐摸了摸她順滑的長髮，掀開簾子朝外看了看，語氣充滿期待。「回去就可以準備大婚了。」

兩人相視一笑，準備回頭再與林氏討論一下婚禮細節，突然馬車一震，車外的馬兒長嘯一聲，發了瘋似地往前衝去。

接著，車轅處被無數利箭插入，車身劇烈地顛簸搖晃起來。

「將軍！有刺客！」

馬兒身上中了數箭，劇痛和驚嚇使牠陷入癲狂，拉著馬車，瘋狂地在官道上四處狂奔亂竄。車裡的林氏和明玉秀緊緊抓住車框，慕汀嵐第一時間將兩人抱在了懷裡，三人在顛簸的車廂裡被撞得頭暈眼花，狼狽不堪。

「阿四，斬斷車繩！」

眼看著馬車就要撞上大樹，如果車廂散架，明玉秀和林氏這兩個手無縛雞之力的弱女子，也將暴露在敵人的箭矢之下。

慕汀嵐當機立斷，命令外面拽著馬兒的慕四抽出寶劍，一劍砍斷了車繩。

掙脫束縛的驚馬嘶聲長鳴，撒起蹄子就朝前方跑去，身下的血跡一路滴滴答答，隨著馬蹄踐起的塵土，眨眼就沒了蹤影。

沒有了馬兒的牽引，車廂「咯噹」一聲砸在了地上，空氣裡的嘈雜驟然安靜下來，七個影衛齊齊拔出寶劍，護在了馬車周圍，嚴陣以待。

四周安靜得可怕，官道兩旁除了草叢便是樹林，再沒有一點人聲，只有車輪上密密麻麻插著的箭羽，和已經逃得無影無蹤的馬兒告訴他們，周圍有敵人。

「娘、秀兒，妳們待在馬車裡，我下去看看。」

慕汀嵐收斂神色，鄭重其事地將明玉秀和林氏按在座位上。

「汀嵐……」

明玉秀心裡擔憂不已，緊緊抓著慕汀嵐的手臂不放。她很害怕，從來沒有一刻這樣害怕過。她不知道外面有多少人？慕汀嵐帶著七個影衛又是否能抵擋得了？如果他出了什麼事情，那她……

「不要怕，我會保護妳們。」慕汀嵐握了握她的手，輕聲安慰，又將目光轉向自己的母親。「娘，您照顧好自己。」

林氏點點頭，眼眶裡盈滿了淚水。「娘會替你護著媳婦的，你小心些。」

第五十三章

慕汀嵐深深地看了兩人一眼，抄起手邊的的鐵劍，頭也不回跳下了馬車。車簾一挑開，數支利箭從樹林裡、草叢中，像長了眼睛一樣，直直向慕汀嵐飛射而來。影衛們手起劍落，漂亮的劍花「鏗鏘」幾聲，將迎面飛來的箭羽一根根掃落在地上。

「什麼人？滾出來！」慕汀嵐手執長劍，利刃拖在地上劃出一道深長的割痕，仿佛冰冷的火花，隨著金戈之聲，凜冽綻放。

他的聲音裡透著殺伐決斷的冷冽，似乎在這一瞬間，屬於世家公子身上的溫潤如玉，全部褪去；隨之，那個馳騁沙場、披荊斬棘的鐵血將軍，百戰歸來。

長袍的衣襬無風自動，沒有人回答他的問話，慕汀嵐的眼睛敏銳地盯著四周的一草一木，當他的目光掃向十丈開外的一處草叢，眸光驟然一寒，長劍狠狠插在地上。

他伸手從慕六的背後抽出一把長弓，彎弓搭箭，百步穿楊，所有的動作只在一息之間，一氣呵成。

離弦的箭矢飛射而出，狠狠地釘入了草叢，躲在草叢裡的黑衣蒙面人，前胸挨了一箭，悶哼一聲，劇痛之下從草叢裡跌了出來，竟是一個瞎了左眼的獨眼龍。

「將軍！」見慕汀嵐扔下長弓，拔起鐵劍就朝那獨眼刺客走去，慕七不放心地跟了上去。

裡洶湧而出。

「不必跟了，保護好夫人和少夫人！」

慕汀嵐伸手攔住了其他想要跟上前的影衛，獨自一人朝那茂密的草叢走去。

倒在地上的獨眼刺客，臉上露出了一個詭異的笑，四面八方的黑衣殺手終於從各個角落裡洶湧而出。

百名蒙面殺手手持利刃，像滔滔洪流，將慕汀嵐和他身後的馬車團團圍住。

慕汀嵐冷笑一聲，從袖子上撕下一大塊衣料，將自己的劍柄牢牢綁在手心裡。

「是誰派你們來的？說吧！」

領頭的兩名黑衣人互相看了一眼，大叫一聲，一話不說，抄起兵器就朝慕汀嵐撲了過去。利劍長驅直入，兩人左右夾擊，直襲慕汀嵐面門；慕汀嵐微微閃身輕巧避過，劍刃鏗鏘有力地將兩人的攻擊給擋了回去。

影衛們見主子已經陷入戰局，留下了最小的慕七守著馬車，提起刀劍就衝進了人群，雙方人馬很快便戰在了一起。

短兵相接，火花四濺，明玉秀趴在窗邊，緊張地盯著外面那抹藍色的身影，生怕一眨眼他就會招人暗算。

林氏焦急地絞著手中的帕子，掀開另一側的窗戶想要看看兒子；然而，還未等她探出頭去，一雙鳳眸驀地睜大。

「啊！」與窗外那人四目相對，林氏輕聲驚叫出來，明玉秀被嚇了一跳，連忙回頭去看，最先中箭的那個獨眼龍，早已經趁亂摸到了馬車邊來。

他陰鷙的視線正緊緊地盯著車內的兩人，見林氏已經被嚇傻，他突然伸出手，從窗外一把勒住了林氏的脖子。

「放開她！」

眼看那刺客手上只要一個用力，隨時都會把林氏的脖子給擰斷，明玉秀大驚失色，想也沒想，抄起林氏在車上刺繡用的剪刀，狠狠就朝那刺客扎去。「臭瞎子！滾開！」

獨眼龍身在馬車之外，從他的角度看去，明玉秀小小的身板被林氏的身體擋住了大半；加上他先前受了箭傷，一個不留神，竟叫明玉秀從林氏身後竄出來，將他扎了個正著。

獨眼龍痛呼一聲，連忙鬆開了林氏，捂著肩膀上的傷口，狼狽地閃到了一旁。

「夫人！」就在這時候，守在另一側的慕七也衝了過來，看見偷偷摸摸跑到馬車旁的刺客，連忙拔出了寶劍，與那剩半條命的獨眼龍纏鬥在一起。

明玉秀丟掉還沾著血跡的剪刀，抱著驚魂未定的林氏，輕聲安慰。「母親，不要怕。」

正與百名殺手激烈交戰的慕汀嵐聽見馬車這邊的動靜，手中劍招變幻，長劍壓著敵人的利刃，狠狠朝前推去！

一劍劃出，連斬數敵，他足尖輕點，立刻回身朝馬車奔去。

慕家的七個影衛全都是小時候陪著慕汀嵐一起習武、一起長大的，他們的武藝自然不差，不說以一敵百，一個打十個並不在話下。

上百名刺客眨眼間只剩下二十多人，影衛們多多少少也受了傷，雙方人馬持劍對峙，誰也不敢輕舉妄動。

那與慕七纏鬥在一起的獨眼龍，看見慕汀嵐朝他這邊過來，心知活命已經無望，他不顧慕七向他揮砍過來的劍刃，轉身就跑。

慕七見他想逃，連忙持劍追上，豈料那獨眼龍往前跑了幾步後突然轉身，拚盡全力奮力一擊，將全部力量灌注在手中鐵劍上，狠狠朝慕七的心口擲去。

「阿七！」這一幕被趕來的慕汀嵐盡收眼底，眼看慕七就要命喪於鐵劍之下，慕汀嵐距離他卻還有三丈之遠。

千鈞一髮之際，慕汀嵐的長劍脫手而出，狠狠刺入那人心臟，那人要害受挫，手下脫力，鐵劍下墜，讓慕七堪堪躲過一劫。

明玉秀和林氏聽見外面的動靜，不放心地掀開簾子往外看，見慕汀嵐沒事，她們也都稍稍安下心來。

慕汀嵐回頭看了一眼慕七和已經安然無恙的家人，長長地舒了一口氣，剛想要對明玉秀笑一笑，突然發現，明玉秀的瞳孔正盯著他身後的某一處驀然放大。

「汀嵐！小心！」

耳邊傳來利箭的破空之聲，慕汀嵐的心中陡然升起了一絲不好的預感，他立刻回頭去看，一支銳利的飛矢正直直地朝他心口射來。

鐵矢近在眼前，他已經來不及躲閃，手中長劍早已擲出，再無一物能夠替他擋去眼前這支暗箭！

慕汀嵐的眼睛直勾勾地盯著前方箭來之處。所有的人都以為今次的殺手已經全部出動，卻無人料到，敵人的最後一擊，竟一直躲在他們背後的那棵樹下。

弩箭狠狠射入了慕汀嵐的的右胸，眾人都被這突如其來的變故驚呆了。

影衛們愣怔了不過一秒，立刻像發了狂一樣的野獸，齊齊出劍，只攻不守，瞬間就將那剩餘的二十多名殺手全部剿滅！

「小六，跟我去追弩箭手！」

「是！」

慕一帶著最擅用長弓的慕六，追著那樹後的弩手，匆匆離去。

弩箭威力巨大，箭矢重，射程遠，但是它上彈慢；長弓雖然殺傷力不如弩箭來得凶猛，但是拉弓卻要快得多，在準頭不分高下的情況下，長弓正是弩箭的剋星。

不一會兒，慕一和慕六兩人就在前面的樹林裡，發現了那弩手逃竄的身影。

慕六憤怒地搭起弓，盯著那人的後背就是一箭。

弩手察覺到後方人馬追擊，往左踏出一步，堪堪避過了那支箭羽。

他側身躲到身旁的一棵大樹後，將手中弩機上好鐵矢，蹲下身子，找了一個刁鑽的角度，瞄準了後面握著長弓的慕六。

見那人隱蔽起來，慕一拉著慕六，就近躲到了一堆草叢後。

不一會兒，一弓一弩已經接連對射三箭，卻誰也沒有傷到誰。

「媽的！有兩下子！」慕六一邊憂心著慕汀嵐的傷勢，一邊急著想要將這個狗娘養的趕緊逮住，一時間，整個人急得快冒出火來。

「小六，平心靜氣，不要亂，先聽我說。」慕一按住慕六又欲搭弓的手，冷靜地分析道：「你有沒有注意到，他每次上彈都是三息，每次閃躲，都是往左前方踏出一小步？」

慕六一愣。他不是蠢人，慕一才說完，立刻就明白了慕一所言的關鍵。這個狗崽子，每次躲他都是往左前方邁步，他媽的，他瞄不到這狗東西，就算準時間，瞄他的退路。

慕六閉上眼睛，屏住心神，在腦海裡反覆回憶著對方閃躲時的每一個細微舉動。旁邊的慕一屏息注視著對面那人的風吹草動，而慕六則於心中默默倒數。

三，二，一，準備！

慕六銳利的眸子瞬間睜大，在他拉起長弓探出頭去的那一刻，對面同樣連眼睛也不敢眨一下的弩手，在同一時間架起了弩弓。

兩名神射手雙箭齊發，幾乎在同一時間出手。兩支利箭向截然相反的方向，錯身飛過！

慕六一箭射出，迅速退回到草叢中，而對面的弩手卻在閃躲的一瞬間，難以置信地張大了嘴巴。

這怎麼可能……他的瞳孔因為恐懼微微放大，直到那支原本應該落空的箭矢，狠狠地插進了他的眉心。

那人轟然倒下，慕一和慕六從草叢裡竄出，大步走上前去，朝地上已經沒了氣息的賊人，狠狠踢了幾腳。

「媽的！把屍體帶回去給將軍洩憤！」慕六朝那弩手吐了口唾沫，罵罵咧咧地將他扛到背上，與慕一兩人一路小跑，返回他們遇襲的官道旁。

其他幾個影衛此時已經把馬車團團圍住，見慕一和慕六將那暗箭傷人的凶手給帶了回來，看也沒看，便丟到了一旁。

「大哥，將軍的傷勢很重，已經昏迷了！」

慕四見慕一和慕六回來，連忙上前一步。「小七已經去同和鎮找大夫了！咱們現在該怎麼辦？」

慕一沒有答話，伸手推開慕四，走到馬車旁邊，掀開簾子，往裡看了看。

慕汀嵐雙目緊閉，泛白的唇角微微抿成直線，即使處在昏迷中，他的眉頭依然緊緊皺著，像是在忍耐極大的痛苦。

明玉秀和林氏淚漣漣地守在慕汀嵐身邊，見慕一回來，明玉秀立刻吩咐他。「慕一，快來幫他把箭拔掉！」

慕一點點頭，鑽進馬車。林氏用剪刀輕輕剪開兒子胸口的衣料，露出了裡面鮮血淋漓的胸膛，她的眼淚一下子就止不住了。

這是她十月懷胎生下來的兒子，是她身上掉下來的肉啊！那麼胖嘟嘟的一小團，怎麼就……怎麼會受這樣的苦楚？

「夫人、少夫人，咱們把車廂拆掉，用底板抬著將軍走吧！這箭太深，屬下不敢下手！」

慕一不敢動慕汀嵐身上的箭。這箭原本是從將軍的背後射向心口的，因為將軍轉身，這才射中了右胸，雖然沒有傷到心脈，但是弩機射出來的箭矢，威力巨大，恐怕已經震傷了將軍的肺腑。

「不行，這箭既然這麼深，更加不能隨意搬動他！」萬一一個不小心，讓已經埋進慕汀嵐血肉裡的箭矢又戳破了其他地方怎麼辦？

心知明玉秀擔憂得有道理，慕一也沒有再堅持；只是他們才剛剛到達同和鎮的界碑，離鎮中心一去一來，最少還得半個時辰，慕七多久才能到？

將軍現在還有救，他們必須趕緊離開這裡帶他就醫，如果繼續留在這兒，萬一再來一波刺客的話，他們全都得死！

就在幾人左右為難之際，昏迷不醒的慕汀嵐，微微顫動了兩下睫毛。

慕汀嵐做了一個長長的夢，夢裡他陷入了一片漆黑的泥沼，無論他怎麼努力向上掙扎，他的身子還是不受控制地往下沈去。

「汀嵐、汀嵐，嗚嗚嗚，你快醒醒啊……」

明玉秀焦急的呼喚一直在他耳邊輕聲縈繞，慕汀嵐努力地想要睜大眼睛去看她，卻感覺自己的眼睛被泥潭裡的淤泥糊住，什麼也看不清。

嚶嚶的哭泣聲像是緊緊抓住他心弦的一隻手，揪得他心裡生疼。無法再這般忍受心愛的女人在他身邊無助地哭泣，慕汀嵐拚盡全力，猛地睜開了眼睛。

「汀嵐？」

「嵐兒！」

明玉秀和林氏驚喜地看著甦醒的慕汀嵐，緊緊抓著他的手不敢放。

「娘、秀兒，我沒事。」慕汀嵐虛弱地吐出幾個字，又朝車廂裡的慕一看去，慕一連忙上前將他們當前的情況講給他聽。

「嗯，帶上那個弩手的屍體，不要弄丟、弄壞了。」

「是！」

慕汀嵐話畢，掙扎著就要起身，明玉秀連忙一把按住他。「這箭頭太深了，你不要亂動！」

慕汀嵐搖了搖頭，虛弱地說道：「我們沒有時間了，乖，聽我的。」

明玉秀咬了咬牙，眼眶發紅，見慕汀嵐神色堅定，她只好忍著心痛，和林氏一起將他扶了起來。

慕汀嵐一坐起身子，立刻伸出手去緊緊握住自己胸口上的箭羽。

「汀嵐，你要做什麼?!」

明玉秀和林氏大驚失色，忙欲伸手阻攔，卻被慕一伸手一擋。一個眨眼的工夫，慕汀嵐手持箭尾，將那半截箭支狠狠往自己身體裡一推。

四濺的鮮血還帶著一絲溫熱，噴了明玉秀滿頭滿臉，但她此刻早已經顧不上伸手擦拭，她伸出顫抖的雙手，穩穩地用自己的身體從慕汀嵐的背後，撐住了他。

那原本埋在血肉裡的箭頭，已經被慕汀嵐硬生生從自己的身體裡推了出來，箭尖隔著衣料扎在明玉秀的身上，硌得她說不出來地心疼。

慕汀嵐閉上眼睛，微微喘了幾口氣，朝明玉秀和林氏安慰道：「嚇到妳們了，不要怕，我沒事。」

明玉秀的眼淚一串一串往下掉，一個字也說不出來，只是一個勁地拚命點頭。

林氏是第一次見到兒子流血受傷，她心如刀割。「慕一，嵐兒身上的箭頭現在可以弄出來了吧？」

第五十四章

慕一略微遲疑了一下。將軍剛剛才受了兩次錐心之痛，現在把箭頭折斷，再把箭支拔出來，豈不是立刻又要再痛一次？

慕一能想到的，明玉秀自然也想得到。她略微往後退開一些，露出了已經被慕汀嵐推出體外的箭頭。那銀光閃閃的箭尖上還沾著慕汀嵐的鮮血，紅得有些觸目驚心。

明玉秀拿起一旁的剪刀，小心翼翼地將那箭頭一點點剪斷。

鐵尖落地，光禿禿的箭支看起來不再具有殺傷力，可它卻依然生生扎在慕汀嵐的血肉裡。車裡沒有麻沸散，這一連串的動作，早已疼得慕汀嵐冷汗涔涔。

「秀兒，妳讓開些。」

慕汀嵐喘勻了胸口的那口氣，等疼痛過去，他咬牙再一次握住了那半截箭尾，毫不猶豫地往外拔去。他的動作乾淨俐落，絲毫不拖泥帶水，明玉秀待慕汀嵐拔出斷箭的那一瞬間，將早已摺疊好的白帕子，輕輕壓在了他的傷口上。

「少夫人，金創藥！」慕一見主子已經將斷箭拔出，連忙將手裡的金創藥遞了過去。

明玉秀伸手接過，拿起帕子，將藥粉撒在慕汀嵐的前後兩處傷口上，又找了條乾淨的腰帶，將他的傷口牢牢纏住。

慕汀嵐此時如同剛從水裡打撈起來一樣，疲憊地靠在明玉秀的身上小憩。

慕一見主子暫時沒有性命之憂，出了馬車，將車輪裡的亂箭全都拔出來丟在地上。

「小二你揹著屍體，小三、小四、小五，你們在前面拉著馬車！小六，你和我注意四周的動靜，以防再有人偷襲！」將軍胸口這處貫穿性的傷口，只經過簡單的處理還不行，他們必須趕緊去找大夫。

「是！」幾個影衛齊齊應聲，各司其職。

明玉秀和林氏在車裡照顧著慕汀嵐，一行人很快就在半路上遇見了被慕七扣在馬上，顛得快要飛起來的老大夫。老大夫又驚又怕，戰戰兢兢地替慕汀嵐重新處理了傷口，又連連婉拒了慕七的護送，很快就跑得沒了蹤影。

慕七接好了之前被慕四斬斷的車繩，將從鎮上重新購置的馬匹套上了繩索，護送著慕汀嵐一路往西營而去。

馬車趕得飛快，為了怕慕汀嵐顛著，明玉秀和林氏將壁櫥裡厚厚的棉被都拿出來墊在慕汀嵐身下。沿路再無追兵，原本需要一整天的路程，他們當天半夜就到達了軍營。

軍醫進了慕汀嵐的營帳，很快慕汀玨就聞訊趕來，見到林氏也在，他匆匆行了一禮，便衝到了慕汀嵐榻前。

「軍醫，我大哥怎麼樣？」

慕汀嵐一路昏睡，此時也睜開了眼睛，軍醫替他重新處理好傷口，回頭朝屋內眾人道：「將軍的傷口從前胸穿透後背，實在凶險，雖未直接傷到心肺，但是到底傷了根本，以後還須好好靜養，否則……」

「否則什麼？」林氏、明玉秀、慕汀玨三人齊齊開口。

軍醫皺著眉頭，鄭重其事道：「否則將會影響到將軍壽元！」

帳中幾人暗暗抽氣，眸光憂慮地看向慕汀嵐。他們在回營途中遭遇刺殺，說明有人盯上了慕家，在這樣的情況下，慕汀嵐真的能夠靜心養傷嗎？

「混蛋！到底是誰敢對我大哥下手！不是說那人抓到了嗎？還不去給我帶過來！」慕汀玨的聲音裡微微帶些哭腔，見哥哥受了如此重傷，他眼眶發痠，險些就要哭出來。

站在外面的慕二將一直放在旁邊的屍體拎了進來，放到了慕汀玨面前。

榻上的慕汀嵐側頭仔細打量，忽然發現這人面目有些眼熟。

「汀玨，將這人畫像畫下來，送到京城去讓祖父詳查。」

若他沒有記錯，這個人就是那日他在宮門口遇見的定王時，他身邊跟著的兩名侍衛之一。

莫非，一直在背地裡想要害他的人是定王？可是，他們慕家跟定王無冤無仇，定王有什麼理由要對他下殺手？

「就這樣死了，真是便宜他了！」慕汀玨盯著弩手眉心處的致命傷，氣悶地哼哼兩聲，扛著他的屍體下去找人畫畫像了。

一連二十多天，慕汀嵐都被明玉秀和林氏牢牢地看管在眼皮子底下養傷，陸氏接到了女兒遣人傳回去的口信，這些日子變著花樣地給他們送食材。

明玉秀親自下廚，做了各種補血、補氣的藥膳，硬生生將慕汀嵐養圓了一圈。

「慕一，天泉寺那些人多久才會到？」現在已經是六月初了，早些把田地開墾出來，還能趕上今年的秋播，來年的糧草便不必那麼擔心。

「將軍，昨天鏢師飛鴿傳信，大約還有半個月就能到了。」

這些長期飽受饑餓的百姓，腳程實在太慢，就算不用再四處乞討，他們在路上也花了整整一個月，終於在六月二十這天，順利到達了軍營。重新回到故土，雖距離他們原本的村子還有幾百里，但是沿途聽著鄉音，許多流民的心裡還是感到無比地踏實。

慕汀嵐的傷勢已經好得差不多，結痂的傷口正在慢慢癒合，他站在密密麻麻的人群面前，提高了聲音。「各位，看到軍營後面那塊空地了嗎？從今以後，那裡便是你們的家；雖然那裡現在什麼都沒有，但是從明天開始，你們就可以自己動手，建房開地，重建自己的家園！」

簡單的三言兩語讓人群一下子沸騰起來，許多流離數載的人，個個禁不住淚盈滿眶，激動得幾乎說不出話來。

明玉秀走到慕汀嵐面前，將自己手裡的一張紙遞給了他；慕汀嵐接過來仔細看了看，讚賞地向她微微點頭。秀兒想得很周到，他是手握兵權之人，這四百多個流民看在有心人眼裡，將來說不定會成為他被指責的把柄。

「各位，因為我們是合作關係，稍後副官就會將契紙送到各位手中。」

慕汀嵐接下來便將對這些流民的下一步安排，細細告知他們。

軍隊幫助他們重建家園，並且提供他們種子播種，負責他們初期的溫飽，流民們將種好的糧食上交軍隊，最後每家按照人頭，領走足夠的口糧。

收糧時按照糧食收成給予獎懲，在同樣的土地栽種，收成最好的給予十兩白銀獎勵；當然，收成最差的和低於平均水準的，也要接受相應懲罰。一紙契約，十年為限，十年之後，這些房子和土地就完全屬於村民們自己的了。

這些要求並不過分，甚至還可以說是他們占了便宜，流民們很快都點頭答應了。

主帳裡，明玉秀撐著下巴坐在桌旁皺眉思考，慕汀嵐從外面走進來，挑了挑眉問道：「怎麼愁眉苦臉的？」

明玉秀看了他一眼。慕汀嵐這個少年將軍肯定沒有種過田吧？這一千畝地雖然大，但是種地的只有四百多人，從開荒到收穫，時間耗得長，還不一定能收到多少糧食呢！

「汀嵐，皇上要裁減軍餉，光靠這四百多人，能種夠咱們兩萬多人的口糧嗎？」

況且這四百多人裡，還有百來老弱病殘根本使不上力的，真正能出力的，就只有那三百人而已；而且這三百人裡還有許多女人，要她們一人種上三畝多的地，這能行嗎？

「人數是少了些，不過吃些苦，應該不成問題。」

明玉秀撇撇嘴。「那些弱女子和普通百姓，可不如你營裡的士兵們那麼能經搓揉的，體力跟不上，也不是咬咬牙就能堅持下去，萬一給他們累出什麼毛病來，那咱們……」

他們的本意原是想互幫互助，不是去剝削那些苦命的老百姓，如果把他們累出個好歹，叫人良心何安？

慕汀嵐點點頭。「妳說得也有道理。到時候實在農忙，就讓士兵去幫幫他們，妳放心，我不會讓他們有事，再說現在地還沒有開出來，想這些是不是太早了？」

明玉秀想想也是，她站起身來拉過慕汀嵐的手。「那我就先回去了，有一、兩個月沒有好好陪山兒玩，我今天先帶他回鎮上去。」

自從明玉秀從京城回來以後，為了照顧慕汀嵐，連一直帶在身邊的明小山都有些受冷落了。

慕汀嵐也深覺自己對不起小舅子，笑了笑，反握住她的手。「我送你們回去吧！正好妳回去還有一件重要的事情要做。」

「什麼重要的事？」明玉秀不解。

「母親前幾日已經親自去給岳父、岳母下聘，妳現在該給自己繡嫁衣，準備大婚了。」

「啥？繡嫁衣！」明玉秀愣了愣。繡個蓋頭啥的她還勉強能做，嫁衣那麼大一件……

「我……我能不能讓我娘幫我繡？」

慕汀嵐投給了她一個眼神。「妳說呢？」

「好吧……」

明玉秀沮喪地搖搖頭，去校場找到那個個頭還沒有別人腰高，卻整天喜歡跟在別人屁股後面跑的明小山，一起回了青石鎮。

慕汀嵐將明玉秀送回了小鎮，剛踏入軍營，慕汀玨就舉著慕老將軍的來信，跑到了他面前。「大哥！祖父回信了，你快看！」

「跟我來。」慕汀嵐接過信箋，領著慕汀玨回營帳，七個影衛也齊齊跟了進來。

「大哥，祖父怎麼說？」

慕汀嵐展開信紙細細詳讀了一遍，攥緊了拳頭。「果然是定王！」

「是定王？」慕汀玨搶過信紙倉促地看了一遍。

慕老將軍信中說，定王三年前就給皇上下了毒，根據慕汀嵐帶回去的消息，他們已經能夠確定皇上中的就是冷香草。這種毒大量使用會使人產生幻覺，少量的日積月累，也會侵蝕人的心性。

「難怪皇上這幾年脾氣越來越古怪，對朝事也越來越不上心，敢情是中了毒？」

慕汀玨有些難以置信，突然又想起了什麼事情，連忙捂住自己的心口。「大哥，祖母這幾年變化得突然，會不會也是中毒了？」

慕汀嵐早有猜測，如今確認了事實，嘆了口氣。「去叫軍醫進來。」

慕七連忙跑出去喊軍醫進來，幾人坐在帳內細細分析。

「軍醫，依你之見，這毒性超過三年還有救嗎？」

軍醫朝慕汀嵐搖了搖頭，摸了摸下巴。「老夫這幾個月一直在研究這種毒草，超過三年的慢性毒，想要恢復到最初的模樣，恐怕是不能了；就算解了毒，性子能恢復到從前，但身子恐怕也會一日不如一日。」

慕汀嵐嘆息，長長吐出一口濁氣。「你那裡還有解藥吧？你帶著兩份解藥一起回京，替我給祖母確診一下。如果祖母真的中了毒，便把這解藥給她服下，皇上那邊，就交給祖父去。」

「是。」

「大哥，定王為什麼要害你？」

為什麼？如果先前慕汀嵐還不知道為什麼，現在他大概也猜到了定王的目的。派來殺他的人是定王的侍衛，皇上中的毒卻是和他們西營之前中的一樣，都是陳國的冷香草。

他慕家與定王府從未結怨，定王跟陳國既然都想殺他，那麼只有一個原因——定王是在幫助陳國。他在幫陳國報復他，他們兩者之間一定已經達成了什麼協議，或者說，陳國給了定王什麼許諾。

是什麼許諾值得定王殘害大寧忠良，去幫助外邦呢？

聯想到皇帝中的毒，慕汀嵐豁然開朗，同時亦是大驚。定王是想要皇位！

先帝立儲前就一直屬意定王，只是後來定王不幸染病才與皇位失之交臂。

如今定王已經年過而立，卻一直被皇帝踩著、壓著，除了一個親王的虛銜，可謂是一事無成，終年只能四處遊山玩水，做一個閒散王爺。

這在一個曾經胸懷大志的男子心中，是多麼殘忍的一件事情，所以定王聯合了駐守在陳、寧邊境的陳國大將軍，想要為自己搏一搏。

元家與慕汀嵐有血仇，定王想要元家幫他，那麼自己先幫他們殺掉仇人就是理所當然的事情了。

「竟是這樣……」慕汀嵐神情複雜地坐在椅子上。

「大哥，你想到什麼了？快告訴我！」

慕汀嵐看了焦急的慕汀珏一眼，將自己心裡的猜測告訴他。

慕汀珏張大了嘴巴，猶自難以置信。「那祖父在京城會不會有危險？」

「我也不知道。」如果事情真如他想得那樣，這次暗殺不成，定王說不定真的會拿他的祖父開刀。

「此事先不要打草驚蛇。」慕汀嵐謹慎地吩咐著帳中眾人。

「慕一，我這就寫信回去，你快馬加鞭，親自送回京城！」

「是！」

慕汀嵐正要研磨寫信回京，讓自己的祖父千萬要小心，身旁一直沒什麼存在感的慕二，突然「撲通」一聲，跪到了地上。「將軍！」

慕汀嵐詫異地看著他，慕二抬頭，有些艱難道：「將軍不必著急，慕老將軍不會有事的，太子殿下早已派人暗中保護他老人家！」

帳中的眾人面色各異，慕一首先站了出來，疑惑地問道：「小二，太子的事情你怎麼知道？」

慕二尷尬地看了慕一一眼，將頭重重磕到地上。「將軍！屬下、屬下一年前就已經與太子……有聯繫。」要說自己是太子的人，慕二說不出口，身旁的六個兄弟和慕汀嵐哥兒倆對他來說，是比親兄弟還親的存在，只是……

慕汀嵐並沒有說話，一旁的慕一卻被氣得臉色通紅。「慕二，這是怎麼回事？你給我說清楚！」

「咱們是從小一起長大的兄弟！將軍信任你，我們都信任你，你是什麼時候變成了太子的人?!」

慕二眼眶一紅，看著周圍個個睜大眼睛怒瞪著他的兄弟，心虛地低下頭去。「將軍、大哥，對不起！」

第五十五章

慕二老老實實地將自己與太子的關係在眾人面前坦承。

一年前，太子的人找到他，說他的親生母親早年流落到了京城，如今正是當今太子妃顧氏的奶娘。

慕二剛開始根本不相信，他從小到大都沒有想過，自己會有找到家人的一天；可是當他見到那個與他眉眼極其相似，拿著與自己手腕上一模一樣的啞鈴鐺來找他的女人時，已經由不得他不信了。

慕二的娘親何氏嫁到夫家，連生了四個女兒，丈夫本就脾氣不好，平常動輒打罵她、嫌棄她不會生兒子，直到生下慕二，夫妻兩人這才和睦些。

慕二一歲那年的元宵節，何氏獨自帶著他上街看花燈，豈料一不小心，就把他弄丟了。丟了家裡唯一的兒子，何氏戰戰兢兢地找了三天三夜。孩子沒了，她自己也不敢回家，第四日就從老家逃了出來，機緣巧合到了顧府做了顧家小姐的奶娘。

「所以呢？所以你就替太子潛伏在我們身邊？」

生恩還不及養恩大呢！何況慕家不僅養了他們，教了他們一身本事，還給了他們兄弟一份完整的親情，難道這些都不及一個突然冒出來的娘親大嗎？

慕一憤憤地瞪著慕二，恨不得上去給他一拳。

「不是的，大哥！」慕二急急解釋。「我從來沒有做過對將軍和你們不好的事情，真的！太子殿下當時已經察覺皇上有中毒的跡象，但是苦無證據；後來又在邊境得到消息，元家的人已經秘密潛入我大寧境內，太子一直在暗中追蹤元家人，直到他手下的人發現了冷香草。」

慕二將自己所知道的大小事情，事無鉅細地老實交代了。

「這麼說，那日誘著士兵們去落峰崖狩獵的人是你了？」一直在一旁沒有說話的慕汀嵐蹙起眉頭，話中帶著疑問，但語氣已經十分肯定。

慕二尷尬地低下頭，聲如蚊蚋。「嗯。」

「你可知道，如果軍醫回來沒有研製出解藥，那些被你引去山上的人都得死？」

慕汀嵐的話裡滿是質問，慕二冷汗涔涔，想了想，仍是咬牙堅持道：「如果下回還要屬下選，犧牲十個人，能換我西營兩萬人的平安，屬下還是會那麼做。」

話說完，他固執地偏過頭去，又小聲嘀咕道：「我選的，都是些平時在附近村子有過欺男霸女前科的。」

慕一握起拳頭，朝慕二臉上打了一拳。「草菅人命你還有理了！」

慕二被他打了個趔趄，身子往後仰了仰，眼眶紅紅地卻不敢還手。

「看你這副死樣子！」慕一揮起拳頭還要再打，眼角的餘光卻偷偷瞥向慕汀嵐。

「別演了，我沒怪他。」慕汀嵐無語地翻了個白眼。分明身懷武功，看起來那麼重的一拳頭打到慕二臉上，竟連半點血絲也沒看見，還能更假一點嗎？

慕一伸出去的拳頭尷尬地收了回來，掩飾般地放在自己唇邊咳嗽了兩聲。「那個，可能是屬下中午吃得太少了。」

慕二眼眶紅紅地看著兩人。「是太子說，那片毒草種在我們附近，恐對我們不利，他又未確定元家人到底想幹麼？避免打草驚蛇，這才要我給將軍示警，卻又沒有直接告訴你們原因。」

慕汀嵐揮了揮手，示意他起身。

太子畢竟沒有壞心，又幫慕二找到了他的生母，無論慕二與他的母親有沒有感情，衝著這層血緣關係，在不出賣西營的前提下，回報一二也是情有可原；只是他無論如何也沒有想到，一直在背後幫他的，竟然是太子。

既然祖父已經查到皇上中了冷香草，太子那邊肯定也知道了，那麼，下毒之人，是否也察覺到他們已經知情？看來朝中局勢已經十分緊張……

慕汀嵐想了想，還是決定提筆給祖父回信，將他今天所獲得的訊息，全部寫在了信裡。萬一定王真的要用慕家人來向元家人示好，祖父也該早做準備才是。

回到鋪子時，一個多月沒有見到明玉秀的徐氏，立刻迎了上來。「秀兒，妳回來可真是太好啦，咱家鋪子今天來大主顧了！」

明玉秀臉上綻開一抹笑容，牽著明小山走過去。「什麼大主顧讓徐奶奶這麼開心？」

「是漢中府那邊來的糧油大商，想要在他們的各個鋪子賣咱們的清油！」

徐氏喜孜孜地向明玉秀報告這個好消息。青城山隸屬渝南郡，渝南郡又在漢中府管轄範圍內，他們這個小鎮上做出來的東西，能得府城的商戶們高看一眼，實在是面上有光。

「哦？他們是怎麼找到我們這兒的？」

明玉秀感到奇怪。府城離青石鎮有兩百多里路呢，現在交通那麼不發達，這才一、兩個月，清油再好，也傳不了那麼快吧？

「這不是馬上就到今年秋闈了嗎？各地的學子都去府城趕考，有的為了路上省些買乾糧的錢，自己揹了鍋、帶了油，這也不算稀奇。」

明玉秀若有所思地點點頭。現在的貧寒學子那麼多，如今又是夏天，乾糧存不了多久，比起沿路買吃食，確實不如自己做來得節省；既然糧油大商知道了他們家的清油，能把生意做出去也是好事。

「那主顧呢？走了？」

明玉秀想著，西營過不了多久就可能會陷入經濟危機，對這事也就更加上心。

「走了，說是明天再來與我們詳談，正好妳回來，省得我讓妳娘去軍營裡喊妳呢！這事只等妳點頭，我老婆子就可以大展宏圖了！」

明玉秀見徐氏一副磨刀霍霍向豬羊的樣子，不禁勾起了唇角。她以前怎麼沒覺得，原來徐氏還有女強人的潛質呢？

「我這邊沒問題，只是我最近比較忙，這件事要辛苦徐奶奶了。」

徐氏笑咪咪地拍了拍明玉秀的手，又拍了拍自己的胸脯。念著明玉秀勞累了一個多月，連忙推她進屋休息。

陸氏和明大牛見女兒回來了，欣喜過後，又有些欲言又止。

「怎麼了，娘？」

天氣已經有些熱，明玉秀脫掉春衫，坐到桌旁給自己倒了一杯茶。

明大牛有些不好意思，看了看妻子，又看了看女兒。「秀兒，妳二叔也要準備去府城趕考了，但是妳知道，他……」

明大牛的話還沒說完，明玉秀就猜到他想說什麼。

「借多少？」明玉秀眼也沒抬，喝了一口茶，直接問道。

「啊？妳二叔說，之前給村民們發的撫卹金，他家的八十兩沒有給他，他、他現在只找我們再借二十兩。」

「那就是要借一百兩嘍？」明玉秀雖然心裡不喜，面色淡淡，到底也沒有表現得太過排斥，只是看著自己爹爹小心翼翼的模樣，還是忍不住嘆氣。

不是她想給明大牛臉色看，而是她這個爹實在是……說好聽點就是心軟；說難聽點，都有些懦弱了。當初分家他們可是淨身出戶，半毛錢都沒拿呢！

「徐奶奶，咱們家鋪子帳上有多少銀子？」

站在旁邊的徐氏雖然也有些不贊同借錢給明二牛，但是這鋪子畢竟是明家的，她不好多話。「鋪子這兩個月，除去工人們的費用和日常花銷，現在還餘下六十多兩。」

「我再拿二十兩出來，一共湊八十兩給二叔吧！讓他以後別再拿撫卹金的事情來給我添堵！」

這撫卹金是她出於人道和愧疚，發給那些因她明家而家破人亡的村民的。明二牛一家四口活得好好的，房子也重新給他們修好了，哪來的臉跟要債似地來要這個錢？她又不欠他。

「這，妳二叔原本想帶一百兩……」

明大牛覺得有些不妥，明玉秀無奈地皺了皺眉。「爹，咱們家以前沒開鋪子時，每月靠您和娘親沒日沒夜地幹活，也只能掙個一、二兩，還得全部上交；一、二兩已經夠普通人家一、兩個月的花銷了，讓二叔一人帶著八十兩去府城，這還不夠嗎？」

一兩銀子可以換一千個銅板，八十兩就八十萬個，一個銅板就可以買肉包子，二叔只是去考試，又不是去買官，至於嗎？還沒當上官老爺，就開始在乎生活品質啦？

明大牛臉色訕訕。他何嘗不知道八十兩是一筆鉅款，沒奈何二牛是他親兄弟啊！娘不在了，他又有能力，自然想多幫他一些；只是一聽鋪子經營了兩個月，也才賺了六十多兩，女兒又明顯不高興，他便沒再說話。

明玉秀著實累了，令柳枝取了銀子拿給肖複，讓他親自給明二牛送過去。

已經與明二牛和離的文氏，隨著陶鶴橋遠走他鄉，不知所蹤；明彩兒也跟著王斂回去王家在漢中府的鋪子。

明玉秀想了想，覺得自己這個二叔要是真能考上也好，從此以後，明家二房就可以徹底消失在她的視線裡了。

一連大半月，明玉秀都待在自己的閨房裡，默默繡著嫁衣。

雖然她的繡工著實不怎麼好，但手裡這塊林氏特地放在聘禮箱子裡的水雲紗，卻起到了很好的挽救作用。這疋紗緞輕柔軟滑，鮮豔卻不媚俗，高貴卻不冷豔，在夏天穿起來還有一種冰涼的觸感，實在是不可多得的好東西。

明日就是她與慕汀嵐的大婚之日，不知道是不是因為兩人相處太久，明玉秀並沒有太激動的心情，反倒是陸氏還有明大牛幾人，整天都顯得很焦慮。

「秀兒，妳要不要再考慮一下？娘總覺得，汀嵐那麼優秀的人，往後、往後妳未必能抓得住他啊！」

明玉秀將繡好的嫁衣在自己身上比了比，滿意地點點頭，又回頭好笑地看著陸氏。「您就對自己的女兒這麼沒信心？」

「妳娘不是這個意思。秀兒，自從上次村裡出事以後，爹左思右想總覺得這事有蹊蹺，妳跟著汀嵐會不會有什麼危險啊？」明大牛是男人，對危險的敏銳性比起女人來說，有一種天生的優勢。

明玉秀沒有想到，看起來一向老實木訥的父親，竟然能夠想到這個層面，又見他面上並沒有責怪之意，只有隱隱的擔憂。

她放下手裡的嫁衣走到父母跟前，一手一個握住他們的手。「娘親與父親夫妻和睦，自然也會理解我和汀嵐，我很喜歡他，他也很喜歡我。」

以後無論發生什麼事情，就算是慕汀嵐變心也好，那也只能說明她自己眼光不好，遇人不淑，大不了，她還可以守著自己的手藝過一輩子，最差不就是回到從前在臨山村的生活嗎？沒什麼好怕的！

第二日一大早，天還沒有亮，林氏便親自來明家給明玉秀梳頭。

明玉秀給自己上好了新娘妝，讓在京都看慣了美人的林氏都連連稱讚。「秀兒，看多了妳不施粉黛的模樣，如今上了妝，竟叫娘都看呆了！」

明玉秀噗哧一笑，心裡喜孜孜的。不知道慕汀嵐掀開她蓋頭時，會是什麼反應？

慕汀嵐從昨天夜裡就一直處於亢奮狀態，在拉著慕汀珏，把十八般武藝樣樣都練了一遍之後，終於在小弟哀怨的目光裡，訕訕地回去營帳。

一大早，慕汀嵐將自己打扮一新，天還沒亮，就帶著慕汀珏和影衛，還有自己的親衛，浩浩蕩蕩地往青石鎮去了。

這一路上吹吹打打的十分高調，以往在明家買過清油、豆腐的一些老主顧，發現這家鋪子的東家，竟然是駐軍將領的親家，這下整個小鎮都沸騰了。

迎親的隊伍足足有三百多人，慕汀嵐本就生得好，七個影衛也是個個面目俊朗；而明玉秀在林氏的精心裝扮下，一副大紅的蓋頭遮住了她半邊臉頰，只露出精緻的下巴跟嬌豔的紅唇，看起來分外誘人。

陸氏和徐氏依依不捨地拉著明玉秀的手，捨不得放，眼眶裡全是淚水；明大牛牽著懵懵懂懂的明小山，也紅了眼眶。

明玉秀的心中有些酸酸的，但是想到自己只在軍營住三天就回來了，爹娘弄得跟生離死別似的，實在有些無奈。

「爹、娘、徐奶奶，我在軍營待三天就回來了，以後還是住家裡呢，你們別哭啦！」

林氏也有些感慨。當年自己成婚的一幕幕還近在眼前，如今兒子都要娶媳婦兒了，時間過得真快！

「陸妹妹，妳別傷心了，秀兒嫁過來，我一定會把她當親閨女一樣疼愛的。」怕陸氏不放心，林氏又細細解釋。「我也是鄉下出身，咱們沒有立規矩那套，兩個孩子怎麼開心就怎麼過，想什麼時候要孩兒就什麼時候要，生孫兒、生孫女我都喜歡，我和汀嵐不會欺負秀兒的。」

陸氏和徐氏被林氏認真的模樣逗笑了，她們一左一右上前握著林氏的手，由徐氏率先搭腔。「秀兒這孩子任性，毛病多，您以後多擔待著點，她有什麼做得不好的，您過來告訴我們，我們替您教訓她。」

言下之意就是希望林氏不要動用私刑，明玉秀若有什麼不好，可以把她返廠維修，但不要私自動手。

林氏點點頭。她十分理解明家長輩們對明玉秀的疼愛，若自己有個這麼好的閨女，也捨不得送去別人家受委屈。

迎親的隊伍很快就到了門口，明小山死死地擋在明玉秀的房門口，又是讓表白，又是讓唱歌，最後才在三百多將士們的齊聲高歌中，戀戀不捨地打開了房門。

「臭小子！拿去，別再搗亂了，不然等我回軍營收拾你！」慕汀嵐瞪著明小山拿著紅包喜孜孜的模樣，心裡暗道，他還要早點把秀兒帶回軍營，早點圓房呢！

在噼哩啪啦的鞭炮聲中，慕汀嵐給岳父、岳母深深鞠了一躬，感謝他們對明玉秀的養育之恩。

然後再將明玉秀扶上喜轎，一路熱熱鬧鬧地回到軍營。

「唉，雖然秀兒這幾個月也很少住家裡，可是為什麼這麼一鬧再走，我就覺得我這顆心都空了呢？」陸氏喃喃低語，與徐氏和明大牛三人站在大門口，看著大紅色的隊伍漸漸遠去，心裡無比失落。

第五十六章

軍營裡，慕汀嵐破例允許全軍將士每人能喝一碗水酒，接著派了親衛守好各個崗哨，連酒都沒陪，就迫不及待地鑽進了自己的喜房。

燭光下，明玉秀的蓋頭輕動，半透明的紅紗下，似乎還能看見她因為喜悅微微上翹的唇角。

「站那兒幹麼？過來吧！」見慕汀嵐久久不動，明玉秀輕聲催促。

慕汀嵐心中雀躍，忍住想要立刻撲到她身邊的衝動，眼裡的寵溺像是一汪深潭，隨時就要溺於其中。

「近鄉情怯。」分開了幾天，就像很久一樣，他輕輕吐出幾個字，又自顧自地地笑了起來。他輕輕走到明玉秀跟前，伸手撩起蓋頭，控制不住地唇角越揚越高。「妳真美！」

「你也很好看。」

兩人四目相對，眼中都只有完整的彼此。

明玉秀心裡甜蜜蜜的，又有些緊張。今天就是他們的洞房花燭夜。

「對不起，這裡實在太簡陋，委屈妳了。」雖說他們也可以回京成婚，大宴賓客熱熱鬧鬧，但如今形勢所迫，無法給秀兒應有的排場。

明玉秀搖了搖頭，面帶羞怯。「嫁的是你，又不是那些看熱鬧的人。」

慕汀嵐心中一動，雙手扶住明玉秀的肩膀，將自己的唇輕輕印在她唇上。

兩人的呼吸越來越急促，慕汀嵐很快就有些克制不住。

不過，今晚他不需要再克制。秀兒是他明媒正娶的妻子，是他得到親人、兄弟祝福的良緣，她是他的女人！

手忙腳亂地脫去兩人的衣服，又伸手將明玉秀頭上複雜的頭飾一一去掉，慕汀嵐立刻化身餓狼，將明玉秀一把撲倒在軟軟的床榻上。

「等一等！」

就在慕汀嵐準備完成自己從男孩到男人的華麗蛻變時，明玉秀嬌羞地喊停，閉上眼睛，指了指不遠處的兩只酒杯。「交杯酒，還有，熄燈！」

慕汀嵐輕笑出聲，立刻翻身下床。先是吹滅了房裡的數盞油燈，只留下兩支龍鳳燭，然後張口就把兩杯酒都倒進了自己嘴裡。

含著酒水爬到床上，慕汀嵐轉過明玉秀埋進被裡的小臉，將嘴裡的酒水餵給她。

「這才是真正的交杯酒，妳一半，我一半。」

妳中有我，我中有妳，我們白頭偕老，不離不棄。

被翻紅浪，一夜旖旎。翌日清晨，渾身痠疼的明玉秀揉了揉自己的眼睛，剛一睜開眼，一張放大的俊臉就出現在她面前。

「娘子醒了？」慕汀嵐盯著明玉秀裸露在外的鎖骨，眼睛裡閃著晦暗不明的光。「這麼熱的天還蓋著毯子，妳不熱嗎？」

這廝吃錯藥了？雖然七月天很熱，但是在這深山附近，晚上還是有點涼的。

「我不熱，你要幹啥？」

「妳。」

「什麼？」明玉秀丈二金剛，摸不著頭腦，一臉莫名其妙地瞪著慕汀嵐。

「我很熱。」慕汀嵐眼中閃著純潔如小鹿般的水光，掀開明玉秀身上的毯子，鑽了進去。「秀兒，我好熱，難受。」

慕汀嵐委屈地抓著明玉秀的手在自己身上亂摸。

明玉秀的嘴角抽了抽，咬牙切齒道：「慕汀嵐，你這是食髓知味了是不是？昨夜折騰了我好幾次還不夠？」

慕汀嵐尷尬地將頭埋進明玉秀的肩窩裡，小聲嘟囔。「我喜歡妳。」

明玉秀心中一甜，抱著慕汀嵐光溜溜的背，細細品味著兩人這一刻的溫存。

她的手順著他的肩膀往下，一直摸到他一個多月前留下的那道傷疤，突然跳了起來。「慕汀嵐，你傷還沒好全呢！昨天新婚夜，縱著你就算了，今天你別想亂來！」

慕汀嵐沮喪地輕輕咬著明玉秀的肩頭，有一下、沒一下地，直咬得明玉秀心癢癢。

「秀兒……」男子不依不饒地纏著懷中的小女人。「我的傷已經好了，妳摸摸，傷口好著呢！沒有裂開，我也不痛。」

他說著，還把明玉秀的手按到自己傷口上，見慕汀嵐這麼「拚命」，明玉秀好氣又好笑地看著他。她曾經聽說過，男人無論多大年紀，心裡都住著一個小男孩，慕汀嵐現在就像個孩子。

見明玉秀表情鬆動，慕汀嵐偷偷在心裡慶祝了一下自己短暫的勝利。

不待明玉秀反應，他一個漂亮的翻身，將她壓到了自己身下。

兩人一直在床榻上膩歪到了午時，慕汀嵐這才依依不捨地放過明玉秀。

兩個人光溜溜地縮在被窩裡，你看著我、我看著你，空氣中洋溢著無比幸福的甜膩。

「快起來！都怪你，害我誤了給母親敬茶的時間。」明玉秀推了推慕汀嵐，示意他背過身去，好讓自己起身穿衣。

慕汀嵐乖乖地背過身，豎起耳朵，聽著身後窸窸窣窣的動靜，嘴角勾起一抹壞笑，翻身從後面一把抱住了她。

「啊！別鬧！」明玉秀驚了一跳，皺眉一瞪。這傢伙，真幼稚！

慕汀嵐的雙手搭在她白白嫩嫩的酥胸上，手中觸感柔軟，像是兩隻可愛的小白兔，讓他情不自禁地想要吻上去。

「慕汀嵐！」明玉秀推開慕汀嵐湊過來的腦袋，揚起手，作勢就要打他。

見明玉秀惱羞成怒，慕汀嵐厚著臉皮朝她咧嘴一笑，直起身子，伸手撈過床榻邊的衣衫，細細替她穿上。

兩人洗漱完畢，到了林氏的營帳，明玉秀給婆婆敬茶，兩人又坐下來，手拉手說了會兒話。

林氏見慕汀嵐的眼神直直黏在明玉秀身上，想了想，還是不放心地叮囑道：「那個，嵐兒啊，秀兒還小，你……你晚上可不要太累著她。」

林氏的話說得隱晦，就怕他們年紀輕，不知道輕重。媳婦還是個剛及笄的孩子呢！萬一把身子累壞了怎生是好？

給林氏一說，慕汀嵐的臉上一紅，抬眼偷偷打量著同樣一臉嬌羞的明玉秀，乾咳了兩聲道：「娘，我知道了！」

而這時，千里之外的京城，皇上正看著站在面前的慕老將軍和太子，兩道劍眉深深地攏在一起。

「皇兒，你在說什麼？父皇中毒了？這怎麼可能？」

皇上自覺身體良好，除了偶爾犯睏、精神不濟之外，並沒有哪裡不舒服。

他如今的年紀也到了，身上有這些個小毛病不是很正常嗎？可是太子居然說他中了慢性毒，還已經三年，這怎麼可能？

「父皇，自從三年前，定王叔從外面遊歷回來之後，您的身體一日不如一日，父皇信任王叔，但兒子卻不可不防，所以一直在暗中盯著他。」

皇上信任定王嗎？不，皇上自然也是防著定王的。面對自己當年最強勁的對手，即使過去多年，他也不會小覷；只是，若說定王有膽子、有機會給自己下毒，皇上卻是不大相信的。

「太子，朕若身中劇毒，為何來診平安脈的太醫們卻從未提過？」皇上還是不太相信太子所言，也不知道是真的覺得定王沒那個本事，還是不願意相信自己身子已經垮掉了？

「皇上。」就在太子還欲再說，一直躬身站在一旁的慕老將軍，上前拱了拱手，道：「太子所言是真是假，老臣倒有一個法子能夠當場驗證。」

「哦？慕愛卿什麼法子，你倒說說。」

「皇上身上有沒有毒，只需要讓軍醫用銀針扎破手指，餵給其他活物，一試便知。」

皇帝側目，看了眼慕老將軍身後跟著的王軍醫，心中有幾分猶豫。自己是真龍之身，豈能隨隨便便取血，還要餵給其他活物？

看著殿中三人期盼的眼神，皇帝雖然不情願，又不想讓臣子覺得自己慫了，終於不冷不熱地點點頭。「那來吧！」

得到皇上允許，王軍醫恭敬地走上前去，托著他的手，拿著一根極細的銀針，速度極快地在他的小拇指上，輕輕扎了一下。

皇上還沒有反應過來，一顆鮮紅的血珠就落入一個潔白的小瓷盤裡。

王軍醫從藥箱裡抓出一隻小白鼠，將牠放到瓷盤上。餓了許多天的白鼠，一聞到血液的腥甜，立刻找到血液，將血珠舔得一乾二淨。

皇帝盯著那被舔得乾乾淨淨的瓷盤，又看了一眼還在四處輕嗅，什麼事都沒有的白鼠。他正想朝慕老將軍發作，卻見那隻原本活蹦亂跳的小白鼠，突然吱吱一陣亂叫，掙扎了片刻，四肢一僵，直直地倒在了瓷盤上。

空氣裡安靜了足足三秒，皇上才猛地一拍桌子，怒聲吼道：「去把定王給我抓過來！」

「皇上息怒！」

「父皇息怒！」

太子和慕老將軍齊齊跪在地上，太子看了一眼年邁的老將軍，抬頭朝皇上沈聲勸道：「父皇，先讓軍醫給您服下解藥吧！定王叔那邊先不要打草驚蛇，兒臣這就親自前往定王府捉拿！」

皇帝緊緊握著龍椅兩邊的龍頭，胸腔裡的怒氣不停往上翻湧，氣得他心口上下起伏。

太子見狀，忙從軍醫手裡接過解藥，服侍著皇帝服下。

「快去！快去！敢給朕下毒，朕這次不會再心軟，一定要弄死他！」

慕老將軍心中一凜。這次？什麼叫這次？難道還有上一次？

就在皇帝怒不可遏之際，大殿外傳來一個男子好聽的聲音。「皇兄真是的，年紀都這麼大了，為何還是動不動就喜歡打打殺殺？」

殿上眾人回過頭看去，發現來人正是無詔而入的定王。

定王大搖大擺地走到眾人面前，一副有恃無恐的模樣。

「慕秉堯，你好大膽子！朕不宣你，你竟敢踏入這大殿！」皇上高坐於龍椅之上，眼珠瞪大，額上的青筋一條一條地突起，看起來十分可怕。

「我有何不敢？」定王閒閒地笑了笑，雙手背於身後，一步一步地走向眾人。「當年若不是皇兄給我下了裂魂散，導致我月月頭痛如絞、性情大變，如今這大殿的主人是誰，還真是拿不準呢！」

什麼？定王說的是他多年前突然患上的頭疾嗎？沒想到這裡面竟然還有這樣的內幕。

「你、你不要胡說！」

皇帝沒想到，定王會當著太子和臣子的面，將這些皇族間互相殘殺的醜聞抖出來，一時間都有些結巴了。

見皇帝震驚得說不出話來，定王笑了笑，又道：「當年我有幸得許老神醫所救，可誰知道，皇兄氣恨他老人家救了我，沒過幾天，就派人將他暗殺了。」

一樁樁不為人知的內幕，在太子和慕老將軍面前被揭開，兩人心中那種危險到來的預感越來越強烈。他們站起身子，全神貫注地戒備著定王的一舉一動。

太子首先上前一步，擋在皇帝面前。「王叔這般無所顧忌的模樣，意欲何為？」

定王沒有理會太子，而是繼續笑著看向坐在龍椅上，已經僵硬得手指直哆嗦的皇帝。

「偷走的東西，皇兄應該還了！」他的話音剛落，伸手一揮，大殿外靜候多時的人，從四面八方各個角落裡鑽了出來。

同一時間，太子沈聲怒喝。「把他們都給我拿下！」

內殿裡，頓時也湧出一群玄甲禁軍。定王見狀，冷哼一聲。本想等個好些的機會再朝皇帝下手，沒想到他的計劃被人察覺，只好提前暴露了。

劍已出鞘，是生是死，已經管不了那麼多。定王一聲令下，雙方人馬很快纏鬥在一起。

慕老將軍和太子對視了一眼，護送著已經呆若木雞的皇帝，從後面的側門迅速離開。

軍營裡，新婚的半個月很快就過去，稻香村的房子都建得差不多了。

明玉秀站在開墾中的千畝荒地前，看著千畝平地，心想，現在要種稻子已經來不及。稻子的生長期長，產量也不算高，低產田一畝也就收上來五石，約三百多公斤，軍營裡有兩萬多人，這點米根本不夠吃。

而且，頭一年犁出來的地沒那麼肥，今年的秋播先種一些馬鈴薯、紅薯、玉米之類，產量一定比稻子高；至於短缺的軍資……想到這幾日慕名到他們家鋪子裡洽談的那幾個客商，明玉秀盈盈一笑，加快了腳下的步伐。

回到主帳，慕汀嵐已經去校場練兵了，明玉秀想著要去附近村子裡收一些作物種子，跟林氏打了聲招呼就準備出去，結果迎面撞上慕汀嵐滿身是汗，領著慕一從帳外走進來，兩人臉上都帶著幾分凝重。

「怎麼了？出什麼事了？」明玉秀走到桌邊，倒了兩碗茶遞給他倆。

慕汀嵐咕嚕幾口將茶水喝下，又把手中信箋朝明玉秀晃了晃。「祖父來信說，皇上已與定王撕破臉，大戰在即。」

明玉秀心裡一驚。「定王做什麼了？」

「皇上當年在先帝立儲之際，給定王下毒，導致定王錯失皇位，定王將這件事情抖了出來。」

明玉秀秀眉輕蹙。「定王的頭疾是皇帝所為？」

「嗯。」慕汀嵐點了點頭。

「祖父說，看皇上的反應，這事怕是真的。」

「那我們現在該怎麼辦？祖父他們會不會有危險？」明玉秀擔憂地看向慕汀嵐。定王跟皇上撕破臉，目擊了事情經過，知道皇家醜聞的祖父不知道會不會有事？

慕汀嵐搖了搖頭。「別擔心，這事瞞不過去，祖父不往外說，定王也會說。定王現在已經連夜逃到了陳國，我們和元家恐怕很快就要再碰面了。」

第五十七章

大殿上的一幕來得快，去得也快。定王準備的突襲，在慕老將軍和太子的提前部署下，還沒來得及發揮，便土崩瓦解了。

定王帶著幾名親信殺出重圍，快馬加鞭，連夜逃出了大寧。

飛沙關柱國大將軍府內，元家的現任家主元承煦坐在一張寬大的靠椅上，皺著眉頭，看著眼前一身狼狽的定王。「我說定王爺，您這是唱的哪一齣啊？」

之前明明說好，定王先幫他元家報了這血海深仇，元家再出手助他謀奪皇位，事後定王會將鄰近鳴沙府的三座城池作為酬謝，送給陳國；可是現在，誰能告訴他，這個本應在寧國指揮坐鎮的王爺大人，為什麼會像一隻喪家之犬一樣，出現在這裡？

元承煦一臉陰鷙，定王的臉色也好看不到哪裡去。

「你以為本王想到這裡來？要不是你的人洩漏痕跡，被人查了個底朝天，本王至於如此被動？」若不是元承煦打草驚蛇，提前暴露了他們的計劃，他怎會被迫在皇兄對他下手之前，孤注一擲，倉促之間未戰先敗？

元承煦自知理虧，不再與定王爭辯，他不耐煩地站起身來，眉宇間全是嫌棄。

「事到如今你預備怎麼辦？」

元承煦並不想收留這麼一個燙手山芋，定王更不想寄人籬下，但此時大寧境內全部是追緝他的人馬，此時除了元家，別無他處可去。

「我身在陳國暫時無憂，你大哥是被何人暗殺？現在可有線索？」定王欲在這件事情上替元承煦出些力，也不至於讓自己此時的處境太過尷尬。

提起前些日子被人暗殺的大哥，元承煦的臉色更加黑沈。「還能有誰？還不是你的好姪子！」

定王一時無語，氣氛僵了半晌，元承煦才冷笑一聲。「哼，我倒沒有看出來，慕汀嵐在你寧國的人緣這麼好，堂堂一國太子，竟會暗中護著一個小小的四品將軍！」

要不是大哥死得突然，他在青城山上的圖謀也不會臨時中斷，只要計劃如期進行，就算不弄死慕汀嵐，也能扒掉他一層皮。

呵，寧國太子的這一招圍魏救趙，真可謂是使得爐火純青啊！父親的大仇還未得報，自己的大哥又折進去了。新仇加上舊恨，元承煦的心情十分不好，心中暗恨。這筆帳遲早得算！

幾次三番被元承煦這種陰陽怪氣的態度打臉，定王也不再拿自己的熱臉去貼人家的冷屁股，他自顧自地找了張椅子坐下。

「我在大寧還有些人手，不如現在打鐵趁熱，合你我兩人之力搏上一搏？」

沒有人能比定王更加瞭解寧國如今的現狀。皇帝這幾年來，雖是因為毒性所致，但他確實無心朝政，該做的事情，實打實地荒廢了不少。

皇帝不勤勉，底下的大臣們自然有樣學樣，如今的大寧，表面上看起來一片祥和，但是內部其實早已經被一群蛀蟲蛀空。這個時候，只要有任何一點風吹雨打，就會立刻暴露出許多隱在暗處的危機，此時不拚，更待何時？

要攻打自己的國家，定王心中也很不好受，因此不斷在心裡給自己做著心理建設。要不是皇兄手段卑劣，這皇位本就應該是他的！

元承煦沈吟了片刻，並沒有立刻答應他。

這仗可不是誰說要打，隨時就能打的。元家手握兵權不假，但是駐守邊關多年，他們家世世代代葬在這飛沙關下的英魂，更是數不勝數。

元家人的任務，最主要是保衛陳國百姓豐衣足食、世代平安，朝內亦不願大興戰火，影響百姓；若這一仗打下來，他們有必勝的把握還好，可若最後賠了夫人又折兵，他要拿什麼向君王和百姓交代？

「此事不急。」元承煦擺了擺手，喚了兩個婢女上前，又對定王道：「王爺日夜兼程想必早已經累了，還是先回去歇著吧！」

定王心知此事要元承煦一口應承不太可能，他在心中暗自思忖著，要如何才能說動元家人？他自問無論是領兵之才還是治國韜略，樣樣都不輸皇兄，這一仗打下來，就算拿不下整個大寧，半壁江山總是唾手可得的。

回到暫居的小院，定王朝暗處招了招手，一個錦衣暗衛毫無聲息地跪到他跟前。

「回去通知喬將軍，將他手底下的兵馬，和我們這些年四處招攬的奇人異士集結一下，隨時準備大戰！」

「是，王爺！」

皇帝自從那日受了驚嚇，雖然解了毒，但是身子一下子就垮下來，躺在床上一直昏睡不醒。太子臨危受命，全力追捕出逃的定王，朝中眾人驚聞當年奪嫡真相，沒有一個人敢站出來多說一句話。

就在各方人馬齊齊關注事情發展時，明玉秀和慕汀嵐已經帶著人，將秋播的種子全都埋進了地下。

屋後的花圃裡，五顏六色的秋花爭相盛放，明玉秀手裡把玩著一朵大紅色的鳳仙花，一邊想著地裡的收成，一邊看著一旁專心除草的慕汀嵐。

「汀嵐，太子既然已經知道縱火屠村的凶手是元家人了，那咱們軍營的軍餉是不是該按照以前一樣發放？」放了賊寇入境，也不是慕汀嵐的責任啊！誰能想到元家人會千里迢迢跑到大寧境內來行凶？

慕汀嵐丟下手裡的雜草，拍了拍手上的草屑，又伸手摘了一朵開得正好的翠菊，走到明玉秀身旁，輕輕替她插在髮鬢間。

「此事因我而起，我擔責是應該的，何況皇上如今不省人事，太子就算有心，也不能在這當口違背皇上的意思。」

明玉秀聞言，低頭輕嘆。是啊，皇上還沒死呢！這剛一昏迷，太子就自作主張推翻之前的決定，要是皇上醒來知道了，會怎麼看待太子？

「算了，不想了，還是我們自己來吧！」明玉秀終究放棄了向朝廷求援的念頭。眼下軍營裡的屯糧越來越少，找朝廷幫忙，也不知道要拖多久？他們還是自己動手，豐衣足食吧！

「下午漢中府那幾個商戶要來進貨，你跟我一起去看看嗎？」

慕汀嵐這些日子實在是太壓抑了，不但一邊忙著開墾良田、安置流民，還一邊忙著收購種子、搶著時間下地，更要一邊擔心著京城的風吹草動，實在是心累。

「也好。」

慕汀嵐隨著明玉秀走到隔壁的作坊裡，發現原本只有一臺木製榨油機，現在已經變成了一排，每一臺機器旁都有一個相同服飾的工人，正在用力搖著機器的搖杆。

圓潤的大豆順著機口進去，透亮的清油從底部嘩嘩流出，一大排的機器看起來已經頗具規模。

「什麼時候竟然做得這麼大了？」慕汀嵐有些詫異。

明玉秀得意一笑。「可不多虧了徐奶奶和柳枝姊姊！」

自從她把這些人領進門，自己幾乎就是個甩手掌櫃，除了影響店鋪發展的大事，徐氏從來不拿瑣事打擾她，這其中的付出她全部看在眼裡，記在心裡。

十一月初十這天，出逃數月之久的定王，終於在陳國的京都鄴城，被太子的人圍堵在他藏身的宅子中。

太子的貼身侍衛李平，橫劍指向被一眾隨從護在身後的定王。「王爺，在他國做客許久，是時候跟在下回京了！」

定王推開身前擋著的侍衛，從人群後面慢步走出。

「你既然已經到了這裡，就別廢話了，拔劍吧！」話音剛落，他的身形陡然一變，從貼身侍衛的腰間抽出一把長劍，直直地向李平刺過去。

李平後仰躲過，連退三步，一腳踢開了定王刺過來的劍刃。

「既然王爺心意已決，在下便得罪了！」

話畢，兩人身後的人馬隨即齊齊拔劍，鏗鏘有力的金戈之聲，密集地碰撞在一起，不時地有人受傷倒地，也不時地有人加入戰局。

隨著時間一分一秒地過去，李平額上的汗水不停地往下滴落。這裡是陳國，不是大寧，這般激烈的動靜再多持續片刻，恐怕定王在陳國的援手就要到了，他們必須速戰速決！

「列陣！」

太子府的暗衛以「天地人三才陣」聞名於京都的侍衛圈。三才陣，顧名思義，就是兵分三路，共由九人完成。

一路攻打一字長蛇陣的頭或尾，另一頭轉過來形成二龍出水陣，中間一路向前，形成天地人三才陣。此陣攻防有序，前後兩頭互攻互守，中路長驅直入，對於水準相當或者實力稍勝一籌的對手，均有克敵之奇效。

此陣列出，原本各自作戰的九個身手最厲害的暗衛，齊齊從場中各個角落會合在一起，力量瞬間凝聚，原本勢均力敵的兩方人馬，很快便分出了勝負。

李平押著被捆得嚴嚴實實、目露憤然的定王，留下幾個人收拾剩下的爛攤子，便馬不停蹄地趕回寧國境內。離開前，定王不著痕跡地回頭，朝身後的某處使了個眼色，暗中那人得了信，立刻頭也不回地離開原地。

「什麼?!你說你們王爺被抓回去了？」元承煦看著前來報信的暗衛，簡直不知道自己是該笑這定王太沒用，還是該後悔自己錯失占領三城的大好良機？

「元將軍，我們王爺說，如果將軍還對他之前的提議感興趣，他自然有辦法脫身，並且，還可以將慕汀嵐的項上人頭送來給將軍，以表合作誠意。」

元承煦聽到慕汀嵐的名字，眼眸微微睜大。這個殺他父親的仇人，要不是躲到跟他隔著十萬八千里的大寧南邊，他找他算帳，還用得著這樣費盡心機嗎？

「定王所說當真？」有人願意替自己出手了結慕汀嵐，元承煦自然是願意的。

「太子的人想要抓住我們王爺並不是容易的事。從飛沙關到京城，中途會經過慕汀嵐所在的渝南郡，王爺此時佯裝被擒，不過是因為如今邊境戒嚴，王爺需要利用這幫人返回大寧罷了。」

元承煦點點頭。上一次的合作並不愉快，既然定王願意身先士卒，不論成與不成，對他都沒有損失。「既然如此，那本將就等著定王爺的好消息了，只等你們將慕汀嵐的人頭奉上，我元家立即集結兵馬，助他一臂之力！」

定王的人得了元承煦的准信，轉身便向外追趕定王而去；與此同時，束手就擒的定王被李平一行人押送著，返回大寧境內。

接替慕老將軍駐守在鳴沙城的慕家長房慕雲彥，在李平和定王入境的第一時間，就飛鴿傳書給自己的姪兒。定王這人既然能夠隱忍十來年，這些年又藉著四處遊歷的機會廣納賢才，慕雲彥不相信他會這麼簡單就被抓住。

「將軍，飛沙關來信！」

慕一將手裡的信箋遞到慕汀嵐面前，慕汀嵐從紙筒裡抽出信紙看了一眼，側頭吩咐道：「定王已經被押回來了，大約七日後會從渝南郡借道，讓手下的人注意些，千萬不可掉以輕心！」

定王要是能老老實實地從他的地盤路過還好，可他如果還想要動別的心思，那自己絕對不能坐以待斃。

慕一得令，正要出去，明玉秀正巧從外面掀了簾子進來。慕汀嵐一見她進來，連忙快步走上前去扶著她。「不是讓妳在家休息嗎？怎麼又跑出來了？」

明玉秀噘了噘嘴，瞋了他一眼。「都已經滿三個月了，我又不是動不了。許大夫說過，適當的運動對將來生孩子有好處。」

說起這個孩子，慕汀嵐真的是又愛又恨，也不知道是自己耕耘得太勤奮，還是明玉秀這塊土地格外地好生長，孩子居然這麼快就來了。

前些天明玉秀感到身體不適，這才後知後覺地發現，自己月事好像已經很久沒來，找了大夫診脈，才知道她已經有了兩個多月身孕。

「爹娘在家也沒攔著妳？」慕汀嵐一臉不贊同地瞪著明玉秀。這丫頭，太不聽話了！

「哪兒能不攔？這不是咱們地裡的糧食要收成了，我來安排一下他們的活計。」慕汀嵐無奈地嘆了口氣。這些事情哪裡一定非她不可了，阿瑾他們不都是人嗎？況且這點小事又不複雜，誰做不成？

正想再嘮叨幾句，見明玉秀一臉認真的模樣，慕汀嵐也不忍再潑她冷水。「來都來了，我陪妳一起去吧，下次可不許了。」

明玉秀點點頭，笑嘻嘻地隨著他往外走，兩人很快到了軍營後方的稻香村。

稻香村這塊地的地勢比軍營低，站在遠處往下看，前方數百名男女老少正拿著鋤頭和鐮刀，在地裡辛勤地勞作。如今的天氣已經很涼爽，但地裡的村民們個個都忙得汗流浹背。

眼看著已經收割了三天才勉強收完的兩百多畝地，明玉秀深深地皺起了眉頭。

「夫君，這樣的效率實在太低，要是趕上天公不作美，給咱們下一場雨，很多成熟的馬鈴薯和紅薯都該爛在地裡了。」

慕汀嵐側目。他雖然沒有種過田，但是基本的常識不是沒有，明玉秀一提，他也意識到這個問題的嚴重性，想了想道：「要不，我派士兵們來幫著收吧？」

明玉秀搖搖頭。「現在的情況還不太明確，說不定隨時就要打起來呢！士兵們還是留在營裡好好備戰吧，這個我來想辦法。」

明玉秀從小就知道一根筷子能輕易被折斷，十根筷子牢牢抱成團的道理，這鐮刀和鋤頭也是一樣的。

「我們先回去吧！你再幫我找幾個木工活好些的士兵到營帳裡來，咱們把工具改良一下就可以。」

明玉秀張羅著士兵們，將一把把鋒利的鐮刀和鋤頭，按照村民們當初播種的間距，分別釘在了長長的木條上，這樣村民們收割的時候，只要控制好木柄就行。

原本需要十個人來忙活的面積，現在只需要三、四個人就能搞定。雖然這粗陋的工具不能跟現代的高科技比，但是比起一個個在地裡挖啊、刨的，還是要快上許多。

第五十八章

慕汀嵐一邊幫明玉秀張羅著地裡的事情，一邊密切地關注著定王的一舉一動。

定王入境的第四日，派出去的探子回報，王爺已經趁著入夜，與前來會合的手下打傷了太子的侍衛，逃得無影無蹤了。

慕汀嵐心中警鈴大作。接著又得知元承煦也離開了陳國的消息，他便連夜派人將明玉秀和岳丈一家人，還有自己的母親，全都藏到青石鎮上一處不起眼的民宅裡，對外宣稱，明家人帶著明玉秀回京養胎去了。

明玉秀知道自己有身子，又不懂武功，在危險來臨之際，她不僅幫不上慕汀嵐，反而還會拖累他。為了肚子裡的寶寶，還有寶寶的爹爹，她很快就強迫自己鎮定下來。

「汀嵐，定王是不是衝我們這邊來了？」明玉秀實在想不通，這個定王的腦子裡究竟在想什麼？他與皇帝的皇位之爭，跟自己的夫君壓根兒沒有半點關係，為什麼總是盯著她家汀嵐不放？

見明玉秀眼中那抹掩飾不去的擔憂，慕汀嵐摸了摸她的頭。「還不確定，只是以防萬一。妳先和岳父他們暫時住在這裡，等外面平靜下來，咱們再回去。」

慕汀嵐並不百分百肯定定王這次過來會找自己的妻兒下手，但是有了元承煦的先例在，他不得不萬分小心。「我派了人在暗中保護你們，不要擔心，好好照顧我們的孩子。」

明玉秀點了點頭，在慕汀嵐出去之後，又讓自家鋪子裡的工人暫時放假，然後全家人關起大門，閉門不出。

慕汀嵐的預感沒有錯，定王這次半途出逃，果然是來找他麻煩的。

第五日的清晨，天還沒有亮，定王帶著早已在暗中混入渝南郡的大隊人馬，朝西營發起了猛烈的進攻。

戰火驟起，慕汀嵐披甲上陣，在離青城山三十里外的清風林，與定王的人馬狹路相逢。

定王騎著高頭大馬，帶著八千手下，齊齊站在清風林外，看著迎面而來的慕汀嵐，嘴角勾起一抹笑。「本王還沒有去拜訪將軍，倒煩勞將軍親自相迎，實乃在下之榮幸啊！」

原本想要繞道清風林，殺他個措手不及，沒想到慕汀嵐為人這麼警覺。不過現在既然已經被發現了，他也沒什麼好怕。

這裡山高皇帝遠，定王倒不擔心慕汀嵐的援兵會那麼快過來，雙方人數差不多，真的打起來他也不是沒有勝算。只是，自己的這些兵馬是要留著以後幹大事的，折在這裡未免可惜。

慕汀嵐沒有說話，定王想了想，又道：「慕將軍，念在咱們本是同宗同源的分上，你如果不擋本王的道，本王日後定會善待你的父母妻兒。」

慕汀嵐一家若正經地說，百年以前確實可以跟皇室沾上點邊，慕家的先祖曾是皇室宗親的庶出，成年以後自立門戶，這才有了傳承數代的慕家軍。

慕汀嵐微微一笑，聽出定王並不想與自己拚個你死我活的意思，於是看著他似笑非笑。

「王爺為了取信敵國，真的要對忠於大寧的良臣下手？」

這話問得實在誅心，定王的眸子裡閃過一絲晦澀，連自稱都忘了。「你不要血口噴人，這是皇兄逼我的！」

男子漢大丈夫，立身於天地之間，想得自然是要如何保家衛國，流芳千古。做這通敵叛國之事實非他本意，可為什麼皇兄搶他的東西就是理所當然，他要搶回來，就要遭受千夫所指？

「既然王爺執意如此，這一戰看來是避無可避了，不過末將有一個提議，不知道王爺可願一聽？」

慕汀嵐從馬背上跳下來，不卑不亢地仰頭看著十步外的定王，一字一句道：「大戰勞民傷財，你我同為大寧男兒，為了一己私利迫害百姓，我慕汀嵐做不出來，相信王爺也會於心不忍。所以，不如你我單挑一場，生死自負如何？」

定王一愣，這個提議正合他心意。如果能將這場避無可避的戰鬥，縮小成兩人之間的比鬥，那麼他這些年精心厚養的親兵便可以完好無損地保存下來。

定王自認自己從小勤奮刻苦，武藝上並不輸給任何人，所以他不懼與慕汀嵐單挑。看著慕汀嵐豪情萬丈的模樣，他的心中忽然有了一股說不清、道不明的感覺。他與慕汀嵐本身無冤無仇，要不是他想憑藉元家的力量復仇，這個人倒是個很好的結交人物。

「既然如此，將軍出招吧！」話音剛落，定王飛身下馬，與慕汀嵐持劍對立，兩人四目相對，空氣中似乎燃起了絲絲縷縷看不見的硝煙。

深秋的冷風吹過，吹散了兩人之間靜默的氣氛，定王眼神一凜，拔出長劍，朝慕汀嵐刺了過來。

慕汀嵐揮劍擋住這迎頭一擊，順勢將劍格開，劍尖順著定王的衣襟擦過，劃破了他胸前的絲帛。雙方你來我往數百招，一場酣暢淋漓的對決持續了半個時辰，依然沒有分出勝負。

而在他們身後不遠處的清風林中，一個不知道何時出現的白衣人，正一臉陰鷙地盯著打鬥中的慕汀嵐，嘴角噙著一抹陰冷的笑。

那人正是元承煦。他藏在暗處，面無表情地朝身旁的貼身護衛伸出手，那護衛很有眼色地，將自己隨身揹著的一把虎筋弓遞給他。

元承煦接過弓箭，眼睛盯著慕汀嵐的背影眨也不眨，就在定王騰空躍起，從上至下狠戾砍向慕汀嵐的瞬間，元承煦抓準時機，抽出箭袋裡的羽箭，毫不猶豫就朝慕汀嵐背後射去。

自從上次吃了那弩手的暗虧，慕汀嵐的警惕心也越發地強，幾乎在元承煦羽箭離弦的那一刻，他立刻察覺到身後的危機。

慕汀嵐剛揮劍擋開定王砍向他頭頂的長劍，背後的破空之聲已近在咫尺，他來不及回身格擋，當即一個側身下腰，險險躲過那支急速飛行的利箭。

箭頭擦著慕汀嵐的鼻尖，直直往前方飛去，才不過一息之間，便到了定王面前。定王一擊未中，正全神貫注地在尋找慕汀嵐的漏洞，當他看見迎面而來的箭時，利箭已經戲劇性地沒入了他的胸口。

只聽「噗」地一聲，定王感到自己胸前一陣熱流淌過，他低頭一看，殷紅的鮮血已經沁濕了他的衣襟，淺色的衣衫被鮮血染紅了一大片，一支黑色的箭尾還插在他的胸膛上，微微震顫。

在四周嚴陣待命的將士們全都驚呆了，他們萬萬沒有想到，在數千人的眼皮子底下，竟會有人膽敢暗中搗鬼。

定王身邊的幾個心腹很快奔到了他的面前，從身後穩穩地扶住搖搖欲墜的主子。定王緊緊地捂住自己的胸口，最初的麻木過去，劇烈的疼痛緩緩襲來，隨著他起伏的呼吸，一下一下，疼得他幾乎說不出一句話來。

「卑鄙小人給本王滾出來！」定王氣喘吁吁地朝慕汀嵐背後的清風林看去，銳利的眸子裡，全是抑制不住的憤怒和不甘。

若是他沒有看錯，這支箭本來是要射向慕汀嵐才對，誰知道慕汀嵐那麼警覺給避了開，結果害得自己白白替敵人擋災！

樹林裡的人遲疑了片刻，終於慢慢從林子裡走出來。

在一旁靜觀其變的慕汀嵐眼見定王身上的血越流越多，不想他死在自己的地盤上。眼下還須速戰速決，然後趕緊將定王送回京城比較穩妥。他看了一眼因為體力不支緩緩癱軟下去的定王，回過頭朝那緩步走出樹林的兩人看去。

「元、承、煦。」慕汀嵐的嘴裡一字一頓地吐出那人的名字，又看向四周已經陷入了慌亂的定王人馬，心裡不禁一陣無語。

他真的不知道元承煦到底是哪來那麼大膽子，明知道已經暴露身分引人注意，居然還敢再一次孤身來犯！到底是這人心胸太狹隘，被仇恨蒙蔽了理智，還是那邊境三城的誘惑太大？

「呵，終於見面了啊！元將軍。」

慕汀嵐淡淡地朝迎面走來的元承煦打招呼。他素來尊重對手，包括五年前在飛沙關被他一劍斬殺的元昭白大將軍。

如果他和元昭白不是立場對立，或許他們能夠成為很好的忘年之交，只可惜，他們生來就是敵人，注定要在戰場上拚個你死我活。

元承煦沒有看慕汀嵐，他皺著眉頭，緊盯著地上失血過多而陷入昏迷的定王，心中也有了片刻驚慌。怎麼會這樣？這箭明明是射向慕汀嵐的，怎麼就進了定王的胸口?!

元承煦的腦子裡一時一片空白。縱使他曾跟隨父親經歷過戰場上的瞬息萬變，但此時這巨大的反轉，仍然驚得他有些無措。

他一直想要的，無非只是慕汀嵐的項上人頭，和他們陳國的切身利益而已，他並不想害死定王這個大寧皇族，更不想他死在自己手上，這不是在給陳、寧兩國找一個不得不開戰的理由嗎？

「慕汀嵐，本將可不是來與你敘舊的，殺我父親的帳稍後再算！」

元承煦遠遠地觀察著定王的臉色，見他胸膛起伏，面色只白未青，心中暗暗鬆了口氣。看來定王一時刻還死不了，想到這裡，他很快便鎮定下來。

「慕將軍還是趕緊先把定王送醫吧！」如果定王就這麼死了，無論是隸屬王府的幾千人馬，還是慕汀嵐手中那兩萬大軍，都不會輕易放自己離開的。

「這個不勞元將軍操心，我們的軍醫馬上就到，不過這帳嘛，早算晚算總是要算，不如我們現在就做個了結吧！」

無論是出於對家人的保護和擔憂，還是因為他就是傷害定王的凶手，慕汀嵐這一次絕對不會讓元承煦這麼輕易脫身！

元承煦眼裡閃過一抹幽深，心知今日既然一擊未中，不僅錯過了好的暗殺時機，還暴露了自己的行蹤，此時還想要毫髮無傷地離開，已是難上加難，索性也放棄了脫身的想法。

「既然如此，不如，咱們也來個男人與男人之間的決鬥？」

慕汀嵐聞言冷笑一聲。元承煦這是要仿效他與定王的一對一？他還真是異想天開！

元家人跟定王可不一樣，定王再怎麼作亂，他始終是大寧的親王，況且他至今沒有做過任何傷害寧國百姓的事情；可元承煦就不一樣，自己方才與定王大戰一場，體力已經消耗了大半，再與元承煦對決，他並無百分百勝算。

慕汀嵐不是自大逞強之人，如果這次一不留神，讓元承煦乘機跑了，或者自己不幸戰死，後果不堪設想。

有臨山村這個前車之鑒在前，無論是從自己父母、妻兒和寧國百姓的安危上來說，還是從泱泱大寧的國體顏面上來看，他都無法向自己交代。

「來人，把這個傷我大寧親王的賊子給我拿下！」

慕汀嵐驟然變臉，再也沒有閒心跟元承煦閒聊，他大手一揮，毫不留情地率先撲向了站在原地全神戒備的元承煦。

而他身後那些早已憤怒得眼眶發紅的定王人馬，和一直在一旁冷靜待命的西營將士們，很快就將元承煦和他帶的小隨從給團團圍了起來。

元承煦看著周圍不斷湧過來的人群，這下是真的慌了。

他和定王本就是同盟，原本只要射死慕汀嵐，他和他的護衛雖然只有兩個人，卻根本不用考慮脫身的事情，慕汀嵐一死，西營這群人還不得聽定王的？就算有那死忠的也無須顧慮。

然而，現在事情出現了他根本沒有預料到的變故，盟友頓時全都變成了敵人，他這方只有兩個人，要對戰數千人根本就是天方夜譚，就算他和護衛能夠以一敵百，也完全不可能有勝算。

不消片刻工夫，抵死掙扎的元承煦，毫無懸念地，被烏壓壓的士兵們給生擒活捉。

定王身受重傷，而他的手下們群龍無首，又身負叛軍之嫌，為了不耽誤定王的傷勢，經過一番商議之後，眾人決定先行休戰，讓定王到慕汀嵐的軍營裡先治傷要緊。

軍隊鳴金收兵，王軍醫揹著藥箱匆匆趕來，連忙命幾個小兵抬著擔架，將定王從清風林給抬了回去。

慕汀嵐將地上已經被挑斷手筋、腳筋的元承煦，牢牢地捆綁起來，又在他欲開口咒罵的瞬間，解下他的腰帶，嚴嚴實實堵住了他的嘴。

「慕二，帶幾個兄弟和一千精兵，將這個暗殺我寧國皇族的賊子給壓回去！」

「是，將軍！」

慕二與太子那邊有聯繫，他久未見面的母親也在太子府，這件差事交給他，算是他這個上司對下屬的一點體恤，也算是他對太子表明了態度。

至於元承煦這個一直在暗處不斷禍亂他大寧的毒瘤，就一起交給太子殿下親自定奪吧！定王受傷昏迷，元承煦被抓，縈繞在眾人心頭的陰霾很快便散去了。

慕汀嵐打理完所有雜事，大步踏進定王所在的營帳。「軍醫，王爺怎麼樣？」

此事他已經讓慕二帶信給太子，無論定王謀逆之罪最終如何定奪，他都不能讓王爺就這麼死在他的地盤上。

王軍醫已經將定王胸口上的羽箭給取出來，在他赤裸的胸膛上纏了一圈厚厚的紗布，他走到一旁的木盆，掬起一捧清水，淨了淨手道：「將軍放心吧！休息一、兩月便能痊癒，不過……」

軍醫想了想，還是覺得應該把心裡的疑惑告訴慕汀嵐。「屬下在為王爺施針寧神的時候，發現王爺的腦部針行不暢、氣血難通，似乎是當年的頭疾並未完全根治。」

第五十九章

慕汀嵐一愣。頭疾沒有根治？他想起傳言中定王發病時的模樣。如果他的頭疾從未被根治，那麼這麼多年，他是怎麼走過來的？

平常人連一個失眠導致的頭疼都會精神不濟、暴躁不安，更何況是疾病導致的劇烈疼痛，也難怪定王會那麼憎恨朝他下毒的皇上了。

正在思索間，躺在床上的定王突然悶哼一聲，眉頭深深地緊鎖起來。

「啊！」一聲痛呼，他猛地睜開了眼睛，原本黑白分明的眸子，布滿了赤紅的血絲。

「將軍，定王爺這是犯病了！」軍醫一看這情形，連忙走到一旁攤開針包，從最右邊取出那根最粗、最長的銀針，捏在指間，輕輕撚轉。「煩請將軍幫老夫將定王按住！」

聞言，慕汀嵐連忙走上前去，手腳並用，將已經神志不清的定王，牢牢固定在床榻上。

軍醫扶住定王的腦袋，將銀針快狠準地扎入他頭頂的百會穴，銀針輕輕旋轉，軍醫一邊行針，一邊專注地觀察著他的表情，片刻之後，被按在榻上的定王終於安靜下來。

「軍醫，這是怎麼回事？」慕汀嵐鬆了一口氣，放開已經重新陷入昏睡的定王。

軍醫搖了搖頭，收起銀針朝他道：「恐怕是這回受傷過重，將原本就未根治的頭疾再度引發了。」

按理說，十年前定王的頭疾就已經十分嚴重，這些年病痛應該日漸加深，將人折磨得生不如死，斷卻生志才對；可定王不僅活蹦亂跳的，還有心思去奪皇位呢！或許是當年的許老神醫用了什麼秘法或者靈藥，才讓定王這十年來猶如普通人一般正常生活吧。

「老夫剛才的那一針，只是治標不治本，暫時將定王爺穩住罷了，但要再保他十年無虞，恐怕是無能為力。」

慕汀嵐聽了軍醫的話，走到一旁的椅子上坐下，低下頭去，若有所思。

「軍醫，如果他的頭疾不治，是否會有性命之憂？」

對於一個屢次想害自己的人，慕汀嵐心裡所希望的，不過只是暫時保住他的命，不要因為他的死影響到整個慕家就行；至於他那頭疼的毛病，根本不在他的關心範圍之內。

同處一個陣營，軍醫哪裡猜不出將軍的想法，但他卻無奈地搖了搖頭。「若是平常也就罷了，但如今定王身受重傷，若他頭疾再犯，隨時隨地都可能失去理智，傷人傷己。」

這人明明是來殺他的，可他現在居然還要想方設法救他！

慕汀嵐無語地看著躺在床上一動不動的男人，心裡忍不住嘆了口氣。他強迫自己整理好心情面對現實。「慕一，派人去青石鎮上請許大夫過來一趟吧！」

定王的病，當年是許大夫的父親許老神醫親自醫治的，可如今老神醫已經過世多年，這世間如果還有能夠醫治定王頭疾的人，或許也只有老神醫的傳人許大夫了。

慕一領命出了門，卻是沒多久就跑了回來。

這麼快？許大夫不用做準備嗎？慕汀嵐遠遠看著他的身影走近，又往他身後看了看，卻沒看見許大夫的人。

「怎麼就你一個人回來了？許大夫呢？」不會不在家吧？還是病了、癱了？嫌錢少？怕惹事？慕汀嵐心中各種猜想一一閃過。

慕一拱手回稟道：「許大夫拒絕出診，他不來。」

慕汀嵐皺了皺眉。不來？為什麼不來？自己有哪裡得罪過他嗎？

「罷了，我親自去一趟，你和軍醫看好定王，哪裡都不要去。」

「是！」兩人躬身領命。

慕汀嵐換了身衣服就往青石鎮匆匆而去。許大夫的醫館正門大開，門口掛了今日歇業的牌子。慕汀嵐進去的時候，他正端著一盞茶，正襟危坐，像是早已料到他會來。

「將軍坐吧！」許大夫不高興地撇撇嘴，還沒等慕汀嵐開口，自己先說道：「將軍身為一方駐軍首領，為了保護渝南郡的老老少少，錦衣玉食的京城不待，反而常年駐守在這窮鄉僻壤的小鎮，老夫深感欽佩。」

許大夫的鬍子一翹一翹，先將慕汀嵐誇了個天花亂墜。

慕汀嵐詫異地看著他。這老頭兒到底怎麼想的？既然覺得他這麼好，為什麼請他去診個病人都不去？

「既然許大夫如此體諒在下，就煩請您跟在下回趟軍營，一解燃眉之急吧？」

許大夫翻了個白眼，嘴角弧度微微向下。「老夫誇你是想告訴你，若這回是你或者你的家人有什麼需要老夫盡力的地方，老夫定當義不容辭，可是唯獨這定王，請恕老夫難以從命！」

「這……」慕汀嵐這下更想不通了，許家好像沒有什麼不給皇族貴族治病的規矩吧？許大夫的父親當年不是還替定王治過病嗎，怎麼到了許大夫這兒他卻不樂意了？

「許大夫，您這是為何呀？」

許大夫瞥了一眼一臉不解的慕汀嵐，也沒打算瞞著他，將他領進內室，指著室內香臺上供奉的一個靈位。「這就是原因，慕將軍可明白了？」

慕汀嵐順著許大夫手指的方向看過去，靈牌上面端端正正地寫著一行大字：先嚴許公老大人之靈位。許公兩字的右下角又用小字寫著他的名諱：則顯。

許則顯？這是許老神醫的的靈位！

慕汀嵐陡然想起，當年許老神醫給定王治好病以後，拒絕了先帝的招攬，沒多久就與世長辭。看眼下許大夫這態度，莫非這當中另有隱情？許老神醫並不是壽終正寢，而是被人謀害了？

慕汀嵐的猜測很快就得到了證實。許大夫看著香臺上那塊靈牌，不知道想起了什麼，一時眼眶有些微紅。「父親當年用了家傳數百年的靈藥對定王傾力相救，可換來的是什麼？是先帝的以怨報德！」

許大夫的母親早逝，他與父親相依為命多年，因為擔心續弦的妻子會對自己的孩子不好，許老神醫甚至終身沒有再娶。

許大夫受父親的影響，對醫術也十分感興趣，父子兩人有了共同的愛好，相處起來更加和諧，幾十年來亦師亦友，感情十分要好。這樣一位心懷大愛的慈父，就因為給狼心狗肺的皇族看了一次病，落得死於非命的下場，這是許大夫這麼多年來無論如何都想不通的。

慕汀嵐的心中微微震動，卻想不明白先帝為什麼要這麼做？他斟酌了一下語氣，對許大夫道：「老神醫的死因，您是如何得知的？」

許大夫不悅地看了慕汀嵐一眼，甩了甩袖子轉身走出房間，語氣有些不大好。「先帝本欲將我父親永遠留在太醫院，父親拒絕以後，連夜從京城趕回家裡，可人剛到家門口就倒下了。他臨死前，萬般叮囑我萬不可再提此事，你說害他的人除了皇家，還能有誰?!」

慕汀嵐隨著許大夫從內室走出來，見他十分不高興，只好耐心安撫道：「我不是懷疑您說的話，只是，如果這次您不去救定王的話，就算為了皇家的顏面著想，皇上也不會輕易放過您的。」

若是對那些布衣草民見死不救，旁人頂多說一句大夫沒有醫德，狠心薄情，卻沒人能拿那大夫怎麼樣；但若那個快死的人是皇族，而大夫卻拒絕相救，那麼不管這病人是不是逆臣，身為大夫，藐視皇族的罪名是逃不脫的。

「許大夫不為自己著想，至少也要為家人想想，您家族裡不是只有您一個人。」

慕汀嵐的話還沒說完，許大夫立即吹鬍子瞪眼地朝他沈聲怒斥。「你在威脅我！」

慕汀嵐無奈地撫了撫額頭。唉，這倔老頭怎麼就說不明白呢？

「我威脅您做什麼？您以為我很想救他？這不是麻煩到了眼前甩不掉嗎？要是他死在我這裡，我的家人一樣要受牽連！」

慕汀嵐沒有辦法，只好將一些不算太機密的事情講給許大夫聽。從定王暗中勾結元家給自己軍營下毒，再到他密謀突襲想要置自己於死地，這一連串的故事，聽得許大夫臉上的表情越來越怪異。

「這麼說，憋屈的不只我一個人？」

慕汀嵐無奈地笑了笑。「可不是嗎？我心裡不知道比您憋屈了多少倍！」

許大夫皺眉想了想，心知慕汀嵐之前說的那些話都有道理，為了許家其他的人著想，有些事情他不得不為難自己。罷了，總算還有個人陪著他一起不爽，這樣想來，他心裡好受不少。

兩人很快就到了軍營，定王依舊躺在床上昏睡不醒，許大夫替他診了脈，又仔仔細細按壓他頭頂的各處穴位。

詳細檢查一番後，許大夫突然發現，定王這頭疾可能並不是如他所說，是皇帝下毒所致。

眾所周知，定王第一次發病的時候還不到十五，而後每年疼痛加劇。這樣早發的病症、病狀，加上他方才那番診斷，以他多年的行醫經驗判斷，這病根本就不是毒藥所致，更像是從娘胎裡帶出來的。

許大夫皺眉深思。當年的蓮妃，一直活到四十多歲都沒聽說有什麼頭疼的毛病，先帝自己就更加沒有了，那麼，這說明什麼？

許大夫心中震驚不已，意識到自己可能不小心窺探到皇家的醜聞。

他突然想到了自己的父親。

這麼多年來，他一直以為父親是因為拒絕先帝的招攬，不識抬舉，不肯去做太醫院院判，才被先帝打擊報復，沒有想到真正的原因竟然是這樣！父親肯定是知道了定王並不是先帝的孩子，所以才拒絕了先帝的招攬，想要脫身避禍，但先帝怎麼可能會讓一個知道了自己秘密的人活著離開？

「原來是這樣……竟然是這樣……」許大夫的目光一時間有些呆滯，垂在身側的雙手，控制不住地微微顫抖。

一旁的慕汀嵐和王軍醫等人，都不明所以地看著他，見許大夫整個人如同陷入了魔障般，不停地喃喃自語。

慕汀嵐走上前去，將手輕輕搭在他肩上。「許大夫您沒事吧？要是實在無法醫治，我這就派人先送您回去。」

聽見慕汀嵐的話，許大夫突然從震驚中回過神來，接觸到慕汀嵐眼中流露出來的關切，他心中一動，語氣堅定地看向他搭在自己肩膀上的手。「治，怎麼不治！」

皇家要他們將這個人完好無損地送回京去，由皇帝親手處置，他能不治嗎？天子腳下，萬民臣服，這就是皇權。不過，想到眼前這個人的存在就是先帝一生中最大的笑柄，許大夫的心裡竟然升起了一抹難以言喻的快感。那個恩將仇報、殺害他父親的男人，也會被自己心愛的女人無情背叛，也會頂著一頂碩大的綠帽子心如刀絞，可真是報應！

許大夫的嘴角冷冷勾著，再看定王的時候，也不再像開始時那麼厭惡。

「老朽這裡有一味藥，正是先父當年給定王用的靈藥，但定王的頭疾乃是遺傳，任何藥物都只能暫時緩解他的疼痛發作，並不能完全拔除病根。十年前，家父就已經給王爺用過一次藥，這麼多年過去，王爺的身體怕是早已習慣這種藥效，現在若再用一次，效果恐怕難再保持十年之久。」

許大夫絮絮叨叨說了一大堆，但是慕汀嵐只關注到一句重點。

「遺傳的？」慕汀嵐也不是傻子。若定王的病是遺傳的，那說明什麼？

不同於許大夫的震驚，慕汀嵐很快就鎮定下來。不論定王的病是不是天生就有，也不管最後到底能不能根治，他的目的只是保他現在不死就行。

「許大夫，這事關係到你我的切身安危，還請您務必保密，先給王爺用藥吧！」

許大夫自然清楚這件事情的重要性。在皇家血統面前，他們這些平頭百姓的性命根本不算什麼，父親已經為此枉死，他沒有必要再為此事搭上自己全家。

許大夫默默地點了點頭，從隨身的藥箱裡，謹慎地掏出一個瓷瓶，又從瓷瓶裡倒出一顆褐色的藥球。才將藥球用桌上的溫水化開，正要讓人扶起定王，將藥汁給他服下時，卻見床上原本躺著一動不動的定王，不知道什麼時候已經睜開了眼睛。

定王的眼睛一眨不眨，掃視了周圍一圈，視線在慕汀嵐的臉上停留了一下，最後落到了許大夫的身上。

「庸醫，你會診病嗎？」定王的面色異常平靜，嘴裡說著罵人的話，但眸子裡卻沒有一絲的情緒起伏。他冷冷地盯著許大夫，像是在等他的一個回答。

許大夫端著藥碗的手頓了頓，很快也同樣神色冷淡地回看著他。「這藥是我父親當年偶得靈材，耗盡畢生心血研究藥方，才做出的兩顆靈藥。老人家走得突然，到了我這一輩，不僅是藥材，連方子都失傳了，所以這世上除了眼前這一碗，再也沒有別的藥能治王爺的頭疾，若王爺覺得這藥不好，倒了便是。」

第六十章

許大夫話畢，似是不樂意再跟他多廢話，將手中的藥碗輕輕擱在床邊的桌上，回頭朝慕汀嵐拱手道：「將軍，這藥須配合針法，將導致疼痛的幾處經脈穴位封住，這種針法一般的老大夫都會，在下先行告辭了。」

許大夫話說完，頭也不回地大步朝外走去。

慕汀嵐也沒有阻攔，只是揮了揮手，讓慕一跟上前去送他一程。想必定王已經聽到許大夫之前對他病症所下的判斷，那句「庸醫」並不是罵他的藥不好，而是在指責許大夫胡說八道。

許大夫顯然也意識到這一點，可他並不想跟皇家的人再有過多牽扯，所以假裝誤解了定王話中之意，便匆匆離去了。

營帳裡一時間就只剩下慕汀嵐、王軍醫和定王三人，慕汀嵐眼底帶著微微笑意，走到桌旁端起那碗藥汁，放在自己鼻間聞了聞。「王爺十年前就用過這靈藥了，來吧，還是你熟悉的配方、熟悉的味道，過了這村可就沒這店了。」

什麼遺傳病？這庸醫不就是診成了普通的偏頭疼！這種病民間不是沒有人得過，故意說得那麼難治，不就是想到自己面前邀功？定王心中鬱悶地胡思亂想，也不管想法合不合理，表情一臉不屑，冷哼一聲，端過慕汀嵐手中的藥碗一飲而盡。

慕汀嵐詫異地挑眉。定王為何這麼平靜，是早就知道自己的身分有異，還是壓根兒不相信許大夫所說的話？

正在思索間，帳外忽然傳來親衛匆忙的稟報。「將軍！京中密旨，八百里加急！」

親衛進來將手中裝著密信的紙筒遞給慕汀嵐，慕汀嵐迅速拆開，看完後心中大駭——皇帝病危，急召慕汀嵐押送定王回京！

皇城內，已經油盡燈枯的老皇帝，這時候已經清醒過來，處置完被影衛押送回京的元承煦，皇帝拉著太子的手，老淚縱橫。

「父皇要走了，以後這偌大的江山重擔，全都要壓在皇兒一個人的身上了。」元承煦被打斷手腳送回元家去了，陳國那邊並沒有對此事做出任何回應，如今他只有一事放心不下。

太子的眼眶發紅，拚命忍著將要奪眶而出的眼淚。「父皇，兒子不孝，沒有早些找到解藥為您醫治，兒子對不起父親！」

太子羞愧地低下頭去，皇帝卻無力地擺了擺手。「這是命，是我當年一時心慈手軟放過了他，可你要知道，他並不是我皇家的人！」

太子神色迷惑。他知道，這個「他」指的自然是正被慕汀嵐押送回京的定王。

「父皇大限將至，這件事情必須要告訴你，以免日後父皇不在，你不明真相，被他拿捏住。」皇帝今天的精神和氣色都比以往要好，他示意太子扶著自己坐起身來，將這件事情，一點一點地講給他聽。

當年，定王的隱疾突然爆發，先帝遍尋名醫無果後，張貼皇榜，找了一個民間老神醫，老神醫診出定王的頭疾乃遺傳所致，並用偶然所得的神芝草治好了他。

定王的病雖然治好了，卻在先帝的心裡埋下了一顆懷疑的種子。因為先帝和蓮妃的身體並無異樣，定王的頭疾何來遺傳一說？可是老神醫治好了無數名醫都治不好的病，這一點證實了他的醫術確實比其他人都要高明，況且，他也沒有騙人的理由和膽量。

那麼，定王的頭疾到底是遺傳誰的？答案已經呼之欲出——蓮妃背叛了先帝！

果然，先帝在得知定王很有可能不是自己的親生兒子以後，第一時間就派親信暗中調查蓮妃。

派出去的人很快就查到，蓮妃早在入宮之前，就已經有互許終身的心儀之人，而那男子因為不堪忍受頭疾，已跳河身亡。

為了維護皇家的顏面，先帝悄悄將所有派出去的探子，和知道內情的許老神醫全都處死；但是在面對自己捧在手心裡疼了二十年的兒子，他始終沒能狠下心，只是這皇位，卻是萬萬不能給他了。

事情暴露以後，蓮妃自知愧對先帝厚愛，心中難安，積鬱成疾，沒過幾年也香消玉殞了。所有的一切，先帝全都瞞著當時大病初癒的定王，只是在臨終之前給自己的嫡長子，也就是當今陛下，一道遺詔。

詔書裡將定王的身世寫得清清楚楚，就是為了防止將來，外姓之子有機會擾亂皇室血脈，而朝臣與皇族卻無證據。後來的事情便如眾人所知，先帝放棄自己心愛的幼子，轉而立了嫡長子為儲君，新皇登基不久後，先帝也跟著去世。

「皇兒，這是你皇祖父留下來的遺詔，父皇怕是等不到定王回京，當面跟他了結。」

皇帝有氣無力地從枕頭下抽出一道明黃的聖旨，聖旨所用的綢緞已經微微有些陳舊，但是內容卻讓太子震驚。沒有想到，一直讓王叔懷恨在心的真相竟然是這樣。

「可是父皇，定王叔為什麼會認定這毒就是您下的？您剛才說的……」太子猶豫了一下，還是沒有問出口。雖然皇族內部的隱私數不勝數，但是能拿到明面上來說的，少之又少，更別說這人還是自己的父皇，要談論父親某些不太光明的手段，他始終覺得有些不敬。

但是皇帝卻不在意地拍了拍他的手。「先帝將這道密旨給我時，我第一時間就派人去暗殺過他，可惜，你皇祖父雖知定王不是我皇家血脈，卻仍割捨不斷與他二十年的父子之情。」

皇帝想起定王這個唯一得到過自己父皇真心疼愛的人，目光幽幽放空。在他的記憶裡，先帝於任何時候都是一板一眼、不苟言笑的，只有看到定王時，他的臉上才會露出一絲屬於父親的溫柔。

定王小的時候，先帝會抱著他騎到自己的肩膀上，會寵溺地親他的臉蛋和額頭，再小一些的時候，還摟著他在懷裡，親自餵飯；而那個同樣被先帝捧在手心裡的蓮妃，無論是後宮地位還是帝王寵愛，都遠遠勝過自己的母后一籌，這叫他心裡如何好受？

所以在得知定王身世以後，皇帝第一個念頭就是派人殺掉他，反正那人也不是自己的親弟弟；可是他沒有想到，先帝那麼睿智的人，竟然會暗中派人保護這個象徵著恥辱的兒子。

先帝說，想給定王留條活路，做個閒散王爺就好，畢竟兒子的血脈雖是假的，但是感情卻是真的。

這片慈父之心雖然讓皇帝心中不快，但是父親已經老了，皇帝不忍再讓他傷心，於是答應了他的請求，不到萬不得已，絕對不會當眾揭穿定王的身世。可另一方面，因為前去刺殺的人暴露了身分，定王便一直懷疑自己的頭疾也是皇帝所為。

先帝去世後，皇長子登基，十多年來，兄弟倆一個高居廟堂，一個四海為家。直到十年後，定王借著四處遊歷之便，與元家達成了共識，想要回來奪走屬於自己的一切。

皇帝一口氣將這段往事講完，氣息微微有些不穩，面色也蒼白起來。

太子連忙上前幫他順氣，又扶著他躺下。「父皇不必太過操心，兒臣早已長大成人，一定會將此事處理好的。」

「嗯。」皇帝眼睛裡的光越來越黯淡，他緊緊地抓著太子的手，嘴裡呢喃自語。「我累了，以後，辛苦你了……」

慕汀嵐和明玉秀趕到京城時，已經是十二月二十，皇帝駕崩已有三日，文武百官家家門口都掛著白幡。

太子將定王送進宮內的一處冷宮，又將那份遺詔丟到他的面前。「皇叔，你自己好好看看，要不是你獨斷妄為，我父皇怎會被你害得早早離世？我皇爺爺怕你難過，有心替你隱瞞，可你看看你都幹了些什麼！

「有的人生來就是高高在上的貴人，有的人生來就是被人唾棄的野種，既然王叔不願意做貴人，那就去做野種吧！」太子最後丟下一句狠話，頭也不回就朝室外走去。

定王震驚地看著自己手中的遺詔，絲帛下的詔書已經有些微微泛黃。那是他父皇的親筆手書，那是他父皇的私印和璽印。

這詔書是真的，那山村老庸醫說的話也是真的！心中滔天的巨浪朝他洶湧襲來，讓他一時間竟不知自己身在何處，姓甚名誰？

「怎麼會這樣？我、我不信！」定王猛地捂住了自己的胸口，經過了一個月多月的休養，原本已經結痂的傷口，似乎又在隱隱作痛。他不顧門口侍衛的阻攔，揮手拍開了他們，往自己外祖家奔去。

他要去問問自己的外祖父母，問問母妃身邊的奶娘，自己到底是誰的孩子？

太子得知定王跑出宮以後，並沒有阻攔。如果定王要跑，他依然會尊重皇祖父的決定，放他一條生路，只要他不回來興風作浪。

十二月二十八，太子登基，大赦天下。

刑部釋放了在蓮妃母家打砸鬧事的定王，新皇做主赦免他一切罪責，對外只說定王的頭疾又犯了，無法控制自己。被無罪釋放的定王卻沒有回到王府，而是脫下了錦袍，一身布衣走出了京城，沒有人知道他去了哪裡。

事情終於告一段落，慕汀嵐和明玉秀兩人坐在房間裡，皆是唏噓不已。

「先帝當時為什麼不直接告訴定王他的身世？不然後面就不會有這麼多糟心事了，還白白死了那麼多人。」

還好大仗沒有打起來，否則還會有更多無辜的士兵因此喪命，但是一想到那些已經埋入黃土的臨山村村民，明玉秀心中還是有些不快。

「想必也是不忍心吧！定王一個高高在上的皇子，怎麼能接受自己一夕之間變成一個來歷不明的野種？」

「啊！」正想要再說些什麼，明玉秀的腳步忽然一頓，如遭雷擊般站在原地。扶著她的慕汀嵐心中一跳，臉色瞬間變了。「怎麼了？哪裡不舒服？」

如今秀兒的身孕已經五個月了，母親和岳母都囑咐過他，千萬要小心才是。

明玉秀看著慕汀嵐滿臉慌亂焦急的模樣，連忙抓起他的手，按在自己的肚皮上。「你摸一下！」

慕汀嵐的手搭在明玉秀的肚子上，才不過一秒，原本緊張的臉瞬間變得僵硬，連說話都有些結巴。「妳、妳的肚子，是孩子在動？」

他愣愣地看著明玉秀，眼眶忽然間有些濕潤了。第一天知道有了孩子的時候，他還曾怨孩子來得太早，打擾了他和秀兒的兩人世界；可如今，第一次真正感受到孩子的存在，那麼直接、那麼真實，掌心下活潑有力的跳動，讓他莫名感動。

「秀兒，辛苦妳了。」慕汀嵐將明玉秀輕輕攬進懷中，在心中默默對她道：謝謝妳讓我做父親，更謝謝妳願意做我的妻子。

兩人正在你儂我儂，跟在明玉秀身邊的貼身丫鬟靜書，從外面輕聲叩門。「將軍、夫人，老夫人派人送了一個會推拿的醫女過來，正在院裡候著。」

明玉秀上了月分以後，經常感覺渾身腫脹痠疼，特別是兩條小腿，夜裡睡覺還會抽筋，實在是難受。

慕汀嵐想找個老大夫學學推拿之術，緩解一下她的痛苦，但人體大小穴位無數，哪裡是一朝一夕就能學會的？萬一按錯地方，不僅幫不到媳婦，反而還會給她添堵，眼下這醫女倒是來得及時。

「我這些天還在外尋找呢，沒想到祖母這麼快就找到了。」自古士農工商醫，學醫的人本來就少，大多還是男人，這醫女更是少之又少。

明玉秀詫異地看著慕汀嵐，小聲在他耳邊道：「你們家老太太不是超級討厭我的嗎，怎麼突然對我這麼好？不會是有詐吧？」

慕汀嵐好笑地用額頭碰了碰她。「祖母之前性格大變，是因為中了冷香草之毒，她以前很好的，就像現在一樣好，妳就不要再怪她了。」

「啊？元承煦還給祖母下毒了？他沒病吧？他要害的是你，祖母不好，對他有什麼好處？」

明玉秀一時有些憤憤。慕汀嵐將她摟在懷裡，輕輕替她捏著有些腫脹的手臂。「大約是想從內部瓦解我們家吧。」

或許是元承煦還想多留慕老夫人一些時日，好讓性格大變的她繼續在慕家「發熱發光」，所以下的毒很輕。

也或許是慕老夫人底子好，她並沒有像先帝那樣油盡燈枯。解了毒以後，慕老將軍查出慕老夫人身邊的翠玉，在陳國有個不近不遠的表親，在她住處搜出一些確鑿的證據後，當即就將翠玉亂棍打死。

明玉秀聽完以後，頓覺豁然開朗。

她以前曾聽誰說過，如果非常討厭一個人，就教壞自己的女兒，然後再把女兒嫁過去禍害他們全家，大仇就得報了。這兩件事情不正是異曲同工嗎？這元承煦的心思還真毒啊！有妻不賢禍三代，還好慕老夫人現在好了起來，他們家以後一定會越來越好。

「那走吧，靜書還在外面等著呢！咱們趕緊過去看看那醫女。」

慕汀嵐笑著點點頭，起身將榻邊的一件披風拿過來細心替她繫上，又牽起她的手，慢慢朝外走去。

和風入夜，明玉秀坐在梳妝檯前，一臉愁眉不展。自從上了月分，她發現自己真的是一天比一天難看了，臃腫的四肢、變形的五官，加上臉上肆虐的妊娠斑，整個人完全走樣了。再看看床榻上靜靜翻書的慕汀嵐，青絲如墨、清俊優雅，一眼看去，還是那麼的光風霽月，如刻如畫。

明玉秀瞬間就陷入了濃濃的自我厭棄，她皺眉噘嘴，一副委屈兮兮的模樣。「汀嵐，我都變成黃臉婆了，你會不會後悔娶我？」

慕汀嵐聞言一愣，從書本裡抬起頭，上下打量了她一番，繼而煞有介事地點點頭。

「嗯，是胖了些。」

這段日子補得太過，胎兒過大的話，生產時恐會傷著母體，看來秀兒以後得少吃些，多動動才是。

「你！」明玉秀見慕汀嵐真敢點頭，氣得柳眉倒豎。「慕汀嵐，你的求生慾就這麼薄弱嗎？你敢不敢再說一遍？」

見這丫頭動了真格，慕汀嵐低低笑出聲，招了招手，將她喚到榻邊來，指著書裡翻開的一頁小字。「妳看，這是我之前從許老那裡借來的醫書，裡面詳細記載了孕婦孕期的常見症狀。妳如今的模樣變化都屬常態，生下孩兒以後都會好的，況且我瞧著也不醜，珠圓玉潤甚是可愛。」

「你才珠圓玉潤呢！」明玉秀氣鼓鼓地掀開被子上床，想起什麼，又可憐兮兮道：「你要是嫌棄我了，想找別的姑娘，一定要提前告訴我，省得到時候讓我難堪。」

「妳就這麼不信我？」慕汀嵐無奈地合上書本，放到床頭，翻過身子攬過明玉秀的腰身，與她四目相對。「於我而言，妳是不同的、是唯一的，我若厭棄了妳，又去哪裡找個一樣能得我歡心的妳來替代？」

「我有那麼討人喜歡？我從前怎麼不知道？」聽了夫君的甜言蜜語，明玉秀的兩頰泛起了薄薄的紅暈，白皙的面龐不勝嬌羞。

「是啊！就是這麼討人喜歡。」慕汀嵐輕輕吻了吻她的額頭，用手撫摸著她隆起的肚子。

「尚算年少時，我就隨著祖父鎮守在邊疆，那時父母不睦、家宅不寧，將軍府於我而言，不過只是一個睡覺的地方，直到去了妳家、遇見妳，我才知道原來家人之間的相處，也可以那樣地和煦溫暖，讓人安寧。」

「我也沒有做什麼呀！」明玉秀笑咪咪地抱著慕汀嵐的胳膊，心裡滿是甜蜜。

「是啊！妳什麼都不用做，就能給我家的感覺，如今想來，那夜的小年飯，才是我此生最圓滿的開始。」

「嗯！也是我最圓滿的開始。」明玉秀枕著慕汀嵐的胳膊，終於心滿意足地睡去。

看著妻子嬌憨的睡顏，慕汀嵐的嘴角彎彎，勾起了一抹寵溺的笑，也緩緩合上了眼睛。

時光很長，歲月很美，他們還有大把的時光，執子之手，地久天長。

番外

有人說，痛苦是上天賜予的寶藏，能夠讓你受傷，也能夠讓你變得堅強。

在十四歲之前，我並不太懂這句話的涵義。

祖父和父親是我們和田村乃至雲池鎮，都十分有名的大夫，家中只有我一個女兒，所以我十分受寵。

家裡人並不像一般人家那樣，喜歡拘著女兒家謹言慎行；相反地，他們常常帶我出門，並且教我醫術，要我趁著還沒長大，多做些自己喜歡的事情。而我最喜歡做的，除了學醫，便是種藥草。

雖然醫者在上層階級裡並不被高看，但是在雲池鎮這樣的小地方，還是很受歡迎的。因為這裡有許多的人看不起病，所以像爺爺和父親這樣時常出門義診的大夫，在民間有很高的名望，我將來也想成為他們那樣的人。

在我的記憶裡，祖父是十分受人敬仰的。他常常負手而行，總是雄赳赳、氣昂昂的模樣；而父親，三、四十歲的人了，經常為了哄爺爺開心，老在爺爺身後像一個小跟班，揹著他的藥箱。

母親時常笑著說，家有一老，如有一寶。祖父最享受大夥兒喜歡他、愛戴他、尊敬他，所以我們做晚輩的就要陪著他、順著他，多給他端茶、遞水、打下手，好讓他把全部的精力都放在病人身上。

對此我深以為然，只要爺爺開心，父親，也會開心；父親開心了，母親就會開心，大家都開心了，我便覺得這日子過得溫馨自在。但這世間並不是所有的事情都會如人所願，一直平平穩穩地延續下去，就算人在家中坐，也會禍從天上來。

那一日，祖父和父親照例出門去看診，碰到回小鎮娘家省親的江陵府知府的小妾。祖父見那小妾面有異色、四肢微腫，便主動上前替她診脈，誰知道這一診，我們家的厄運就接踵而來。

那小妾在府裡獨得知府盛寵，經年累月，早已觸怒了知府夫人的底線，因此知府夫人悄悄命人在她的飯食中下了絕子藥。原本那藥是不易察覺的慢性藥，連吃三月就再也治不回來，誰知在最後關頭，竟被祖父給解了。

知府夫人被得知真相的知府狠狠一通訓斥，不但顏面掃地，還落得恩寵盡失，便將所有的怒火都撒到了祖父和父親身上。沒過幾天，祖父和父親被人帶走了，不過兩個時辰，變成了兩具冰冷的屍體，送回我和母親面前。

親朋好友們都說，祖父太愛管閒事了，仗著自己有一身好醫術，四處臭顯擺，這才惹上事，還搭上自己兒子的命。

我們告官，官不理，說沒有證據、狀師便不能立案，其實我知道，縣太爺只是擔心得罪知府老爺罷了。儘管知府夫人失寵，但她終究是知府夫人，知府不可能樂見此事鬧大。

那些以往受過我們家恩惠的村民、鎮民們，個個都擔心我家會挾恩圖報，去找他們幫忙，因而那段日子，他們見到我和娘親，都會退避三舍；而在這整件事情裡，受益最多的知府小妾，也是唯一有說服力的證人，在事發後，我們卻再也尋不到她的蹤影了。

那一瞬間，我忽然明白了什麼叫做世態炎涼。我不知道以後自己會不會也變成他們那樣？因為明哲保身其實沒有什麼大錯。但當我看見祖父和父親墳頭的青草，還有家裡再也不會笑的母親，我還是希望自己不要變，因為那些人真的是太討厭了，我不想變成連自己都討厭的人。

遇到夫君的時候，娘親已經過世兩年，我變成所有人口中的孤兒。

我不再學著祖父和父親去義診，因為我雖然能夠理解，但是始終無法原諒那些人，無法原諒那些曾經一邊拿著我們家的好處，一邊像躲瘟神一樣躲著我的人。

我在家中種了塊藥田，都是祖父生前四處遊歷，收集到的稀有草種。平時我便做些治療頭疼腦熱的普通藥丸，放在鎮上的小醫館裡寄賣，日子倒也過得十分清閒。

夫君到我們村裡來的那一天，所有人都沒有發覺，但我踩在家中曬草藥的木架子上，一眼就看見了他。

爹走的時候我才十二歲，娘過世時也才十四，現在我已經十六了，家裡沒有人給我說親，我只好自己打算，不然再過兩年，我就真的是個嫁不出去的老姑娘。

夫君一身青衣，從我家後院走過去，雖然他眉頭緊緊蹙著，似乎有很重的心事，又像是身體有些不舒服，但是這些絲毫不影響我對他志在必得的想法。

那麼好看的人，不跟他生個孩子簡直太虧了。我們和田村的男人，大多長得又黑又醜，除了種田、種地，慣會聚在一起喝酒吹牛、講些葷段子。夫君那樣的人，一看就是乾乾淨淨、清清爽爽的，絕對不會像他們那些人一樣庸俗。

我在暗中悄悄觀望，發現他去了村裡的小書院，心想著，我是不是也得去書院裡找個什麼活計才好接近他？

未料正琢磨著，沒過幾天，已經在書院裡當先生的夫君，卻主動找到了我。當我打開家門，看見他抱著頭蹲在我家門口時，心裡忽然湧起一股說不清、道不明的感覺。

夫君有很嚴重的頭疼病，應該是小時候就有了。我給他拿了治療頭疼的藥丸，他付了診金，頭也不回便走了。

我原本以為他是受了病痛折磨，沒有力氣講太多話，可是幾天以後才發現，原來我的意中人竟然是超級冷淡的大冰塊。

村裡有好多的姑娘都給他送過帕子、遞過荷包，可他看都沒看一眼，就通通丟到了地上；還有河西邊的那個梅寡婦，我見過她夜裡去敲過書院的後門，硬是敲了一個多時辰仍沒有等到門開。

說實在的，這一幕我見著後竊喜了很久；不過，夫君這樣潔身自好又拒人千里，真是讓我既開心又憂愁。因為他不僅對別人這樣，對我也是這樣。

他說，他不喜歡我這個年紀的小丫頭，若他在正經年紀成婚，孩子也有我這般大了。雖然我聽了這話，心裡覺得有些難受，但是每次看見他頭疼得皺緊眉頭時，又忍不住想要上前關心他。

我想，我應該不只是喜歡他的容貌，更喜歡他那一身歷經滄桑的內斂風華，讓我覺得特別有男人味。

娘說世上不偷腥的貓只有我爹爹一隻，就連祖父當年也是有過姨奶奶的，我們和田村和雲池鎮上的男人就更不用說了。就算是家裡有隻母老虎的，對於送上門的姑娘，吃不進嘴裡，他們也會想方設法摸一把。

夫君不像別的男人，他從來不占姑娘家的便宜，他是個正人君子，雖然他經常頭疼，又對人冷冰冰的，但這並不妨礙我覺得他是一個很好的成親人選。

為了確保自己下半生不做寡婦，我用藥田裡的神芝草做了許多的藥丸，然後繼續種植神芝草；就算夫君的身體越來越抗藥，這麼多藥，從兩月一次到一月一次，再到半月一次，甚至至一日三次，總能保他平平安安活到老。

後來，我給夫君送了好多次藥，可惜無一例外地，都被他拒於門外。直到那天我在河邊替夫君挨了李大壯一棒，不知為何，夫君突然就接受了我的好意。

我們倆沒過多久便成親了，直到後來，夫君給我講起兵法，我才忽然明白，夫君那時是中了我的苦肉計！

成親的第二年，江陵府的知府因為貪污賑災糧餉，被定國將軍府的人給舉報了。知府全家被流放了三千里，送到邊關服苦役去了，聽說知府夫人還親自上了城頭，搬磚修牆。

聽到這個消息，我在夫君的懷裡哭了好久，那是我第一次在他面前哭，也是唯一一次。

再後來，夫君帶著我去鎮上開了間藥鋪。第三年的春天，我們就有了安兒。

安兒非常喜歡笑，有好吃、好玩的他會笑，陪他玩耍時也會笑，就算把他放在藥鋪裡自己一人待著，他也會自顧自地拍著巴掌傻樂。

我有時候擔心兒子是不是有點傻？但是給他診脈，又發現一切都很正常。

夫君說，咱們家的傻兒子是隨了娘，天生就樂觀。

夫君從來都沒有跟我講過他過去的事情，包括他以前是做什麼的、老家在哪裡，或者，有沒有娶過妻妾之類的。他不願意說，我便不開口問，但我知道，他常常站在窗邊眺望的遠方，是京城的方向。

一個人如果背井離鄉，到沒人認識的地方獨自生活，那麼他心裡一定是有許多不得已的苦衷，有些事情需要自己慢慢消化和放下，我不願意去觸動他心裡的那根弦。

第四年的時候，我們家的生意已經做得很大，夫君忽然主動提議，去京城開間鋪子。他眉目間十分平和，看著我和安兒的目光，一如既往的溫柔，我知道，他心裡是放下了。

我們的藥鋪開在京城一個不起眼的小角落，這裡的朱雀大街比起我們落後的小鎮，不知道要繁華了多少。看著夫君眼底劃過的那抹懷念，我便猜到，這裡大概才是他出生和長大的地方吧？

夜裡，夫君給我講了一個故事。

在一個大家族裡，家主有許多的妻妾和孩子，也有很大一筆家業。孩子很多，父親卻只有一個，為了爭奪父親的關注和寵愛，孩子們經常在背地裡勾心鬥角、互相陷害。

但是在眾多的孩子中，有一個孩子是不需要那樣做的，那就是家主最寵愛的小兒子。

這個最小的兒子，是家主和他最後娶回來的一位小妾所生。家主十分喜歡那個小妾，愛屋及烏，也把幾乎大半的父愛都給了他們唯一的小兒子。

可是天有不測風雲，在小兒子十五歲那年，他突然得到一種怪病，病痛折磨得他性情大變，動輒打殺下人和前去給他看病的醫者，已經完全失去了一個正常人應有的理智。

家主沒有辦法，遍請名醫都沒有治好他，直到他二十歲那年，終於在民間尋到了一位神醫，治好了他。

可是小兒子的病養好以後，一向最疼他的家主，卻把家主之位傳給嫡妻所出的長子。

小兒子的心裡十分不解，不僅僅是因為自己失去了家主之位，更讓他難過的是，家主好像不再喜歡他了，甚至很少再出現在他面前。他不明白發生了什麼事情？難道是其他的兄弟趁他生病的這段期間，也在暗中陷害了他嗎？

就在這時候，他忽然發現自己的大哥，居然派人來想要殺死他。

雖然被暗中保護的人救了，但是小兒子的心裡十分不平衡。打擊接二連三地落在他的身上，在他還沒有搞清楚到底是什麼情況的時候，家主去世了，而小妾沒兩年也跟著走了。

小兒子心中的不解和仇恨，都轉向了想要害死自己的大哥身上，因為這件事情最大的受益者就是他的大哥了；他甚至懷疑，連他的疾病都是大哥一手造成的，不然為什麼大哥能成功地趁他病重時，將家主之位奪走，還讓一向不喜歡他的家主把位置傳給他呢？

小兒子花了十年時間，不惜勾結外敵也要報復大哥，替自己討回一個公道。但是造化弄人，他失敗了。

當他的姪子將老家主生前所寫的親筆信交到他手上時，他才知道，原來自己根本不是家主的孩子，而是母親與別人偷生的野種。

小兒子傷心之餘，再也沒有顏面待在家中，他連夜離開了家園，去了一個沒有人認識的小村莊裡，隱姓埋名，直到時間抹平了心中的傷痛。

夫君講到這裡，低頭看著我，我攬著安兒，心中震驚。沒有想到，夫君就是當年舉國謠傳突然失蹤的定王，更沒有想到，原來一切的真相竟然是這樣。

「瘋丫頭，妳後悔嫁給我嗎？」夫君的眸光微閃。

我愣了一下，似乎看見了他眼底劃過的一抹擔憂。

我心裡微微泛疼。夫君一定是鼓足了很大的勇氣，想了很久，才選擇對我言明他的過去吧？這時，我頓然想起那個忽然被抄家的知府，臉上的笑容忍不住越來越深。

「不，我不後悔，以後有我和安兒陪著你，夫君一定會永遠幸福平安！」

——全書完

2018年4月出版

妞啊，給我飯

文創風 625～627

她愛吃、懂吃，做菜功夫更是一把罩，
只有別人喊不出來的食材名，沒有她做不出來的菜，
什麼松鼠魚、五彩麵條，那就是隨便做做即成的，
說句不客氣的，只要吃過她燒的飯菜後，就回不去啦！
唔……這樣一來，她會不會太受人喜愛與歡迎啊？

竹外桃花三兩枝　春江水暖鴨先知／負笈及學

杜三妞長得冰雪聰明、精緻可人，實在不像個農家女，
因此雖說她娘沒能給她爹生個兒子，但她爹可是打心裡疼她，
不論她想做什麼，便是她娘攔著，她爹卻是連眉頭都不皺一下的，
也之所以，她打小就是個很能折騰的人，
但她折騰的不是人，而是食物——各式各樣的美食佳餚，
就連對面剛從京城搬回來的衛家人自吃過她煮的飯菜後，便纏上她了，
照理說，他們兩家雖然是鄰居，但實在是沒有往來的可能性，
畢竟人家的背景擺在那兒，兩家那就是天與地、雲和泥的差別啊！
擱在別人心裡，衛家人是只可遠觀、不敢親近的高門大戶，
但在她眼中，衛家上下老小，那就是一家子餵不飽的吃貨啊！
然而這衛家小哥衛若懷竟是從第一眼看到她時就把她給惦記上了，
雖然他是姑娘們眼中的天菜，但她真沒啥特別的想法，
且她這個人很有自知之明的，也深深認同「門當戶對」這句話，
不料他心思藏得極深，為了娶她居然佈下天羅地網，徐徐圖之多年，
若不是他堂弟透露，她這個人妻恐怕還傻傻被他蒙在鼓裡呢！

文創風
635

巧女出頭天 下

國家圖書館出版品預行編目資料

巧女出頭天 / 織夢者著. --
初版. -- 臺北市 : 狗屋, 2018.05
冊 ; 公分. --（文創風）
ISBN 978-986-328-864-0（下冊 : 平裝）. --

857.7 107003872

著作者	織夢者
編輯	林俐君
校對	沈毓萍　簡郁珊
發行所	狗屋出版社有限公司
地址	台北市104中山區龍江路71巷15號1樓
電話	02-2776-5889～0
發行字號	局版台業字845號
法律顧問	蕭雄淋律師
總經銷	知遠文化事業有限公司
電話	02-2664-8800
初版	2018年5月
國際書碼	ISBN-13　978-986-328-864-0

本著作物由北京晉江原創網絡科技有限公司授權出版

定價250元

狗屋劃撥帳號：19001626

網址：love.doghouse.com.tw　E-mail：love@doghouse.com.tw